THE TWIN
SUNs

두
개
의
태
양

두 개의 태양 *2*

초판 1쇄 찍은 날 2010년 8월 31일
초판 1쇄 펴낸 날 2010년 9월 10일

지 은 이 | 유호
펴 낸 이 | 서경석

책임편집 | 조수희

펴 낸 곳 | 도서출판 청어람
등록번호 | 제1081-1-89호
등록일자 | 1999. 5. 31
어람번호 | 제10-0002호

주소 | 경기도 부천시 원미구 심곡2동 163-2 서경B/D 3F (우) 420-822
전화 | 032-656-4452 팩스 | 032-656-4453
http://www.chungeoram.com
E-mail | chungeoram@chungeoram.com

ISBN 978-89-251-2285-4 04810
ISBN 978-89-251-2283-0 (SET)

2

유호 장편 소설

두 개의 태양

THE TWIN
SUNS

황금펜 클럽
GOLD

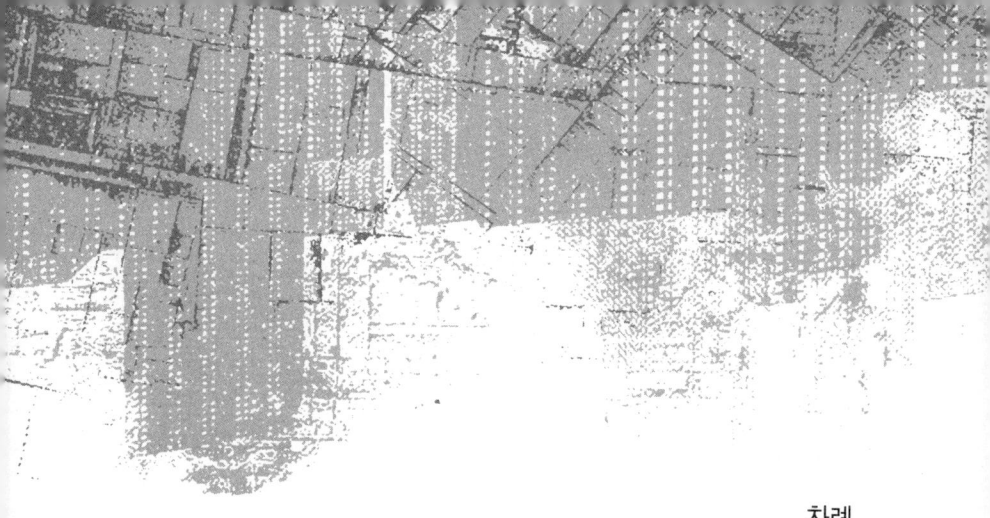

차례

CHAPTER 1
위기일발

THE
TWINSUNs

호텔 웨이터 정장으로 갈아입은 김태훈이 화장실에서 나오자 이현주가 모니터를 그에게 돌려놓고 호텔 도면 한쪽을 가리켰다.

"여기로 나가면 바로 난방, 온수 공급장치, 여기가 기계실, 여기가 VIP 룸 입구입니다."

"비슷하군. 어제는? 재미있었냐?"

김태훈은 스포츠 가방에서 여자용 호텔리어 정장과 방탄복을 꺼내 이현주에게 넘겨주면서 씩 웃었다. 이현주는 아직도 야한 탱크탑에 미니스커트 차림이었다. 12시간 넘게 방대섭의 오피스텔을 감시하고 밤에는 방대섭의 내연녀를 따라 샤이어로 건너와 호텔 근처를 배회하다가 종국에는 클럽 손님 노릇까지 하다 보니 옷을 갈아입을 여유가 없었던 것이었다. 이현주가 재빨리 화장실로 들어가 블라우스를 걸치며 고개를 절레절레 흔들었다.

"발정 난 골빈 수컷들하고 부킹하는 걸 재미라고 한다면 대답은 예스겠죠. 틈만 나면 더듬어대는 바람에 죽는 줄 알았습니다."

"후후. 수고했어. 같이 있던 녀석은?"

"방에 올라오자마자 쫓아냈죠. 후후. 정식 오빠는 계속 영감님들 뺑뺑이 돌리는 건가요?"

"그래. 재미 쏠쏠하단다."

"차성묵 그 사람 성격이 보통 아니라던데 50킬로그램짜리 배낭 둘러메고 하루 종일 헛발질하다가 집에 가려면 성질 좀 나겠네요."

"그렇겠지. 어쨌든 정식이는 차성묵 그 인간 적당히 돌리다가 박재영을 따라 움직일 거다. 아마 양평으로 넘어가겠지."

"어때요?"

어느새 치마까지 챙겨 입은 이현주가 화장실에서 나오며 물었다. 이현주의 체격에 비해 사이즈가 작아서 치마가 좀 짧아 보이지만 크게 어색하지는 않았다. 그가 어깨를 으쓱해 보이며 큼직한 안경을 내밀었다.

"그냥 봐줄 만하다. 나도 안에 방탄복 받쳐 입었더니 엄청 버겁다. 참. 치맛단은 활동하기 편하게 좀 찢지?"

이현주는 두말없이 치마 한쪽을 찢어내고 권총에 소음기를 끼웠다.

"가자."

방에 남은 지문들을 꼼꼼하게 챙겨 지운 두 사람은 섬광탄과 C4, 전기봉을 하나씩 따로 챙기고 마지막으로 권총 위에다 흰 천을 나란히 걸친 다음, 방을 나섰다. 직원용 엘리베이터는 복도 반대쪽이었다.

호텔은 전반적으로 어수선했다. 주간 근무자들의 교대가 막 이루어졌고 투숙객들도 줄줄이 빠져나가는 시간, 덕분에 세탁실로 나가는 옷가지를 빼내는 것도 비교적 쉬웠고 호텔과 샤이어 근처를 점검하는 것도 어렵지 않았다. 반면 샤이어는 완전히 한밤중이었다. 새벽 4시에 영업이 끝나고 5시부터 뒷정리와 퇴근, 9시가 넘어선 지금은 거의 완벽한 정적이었다. 샤이어 출입구 근처에서 껄떡대는 꼬맹이 몇 놈을 빼면 쥐 죽은 듯이 고요했다. 이현주가 엘리베이터 버튼을 누르면서 말했다.

"확인된 숫자만 14명이 넘습니다. 친위대쯤 되는 거 같은데 행동거지가 범상치 않았고요."

"머릿수는 상관없다. 신경 쓰이는 부분이 있긴 하지만."

"걸리는 게 있으십니까?"

"영업시간이 지났다고는 하지만 아무리 그래도 사람이 너무 없다. 오른팔인 최병만이 보이지 않는 것도 영 미심쩍고."

"밤새 빈틈없이 점검했습니다. 함정은 아닙니다. 방대섭의 내연녀도 어제 VIP 룸으로 들어갔다가 새벽에야 나왔습니다."

"알아. 실수를 만회할 생각에 신경 많이 썼겠지. 후후. 사실 나도 어젯밤에 몇 바퀴 돌면서 꼼꼼하게 확인했다. 조금 전에도 별다른 이상은 보이지 않았어."

"최병만은 양평에 간 것 아닐까요?"

"거기도 없었다. 어쨌든 최병만 그놈은 신경 끄자. 다른 볼일이 있다고 쳐도 말은 되거든. 사실 방대섭 이놈도 여기다 머리를 처박고 숨은 것까지는 대충 이해가 가. 그런데 이 와중에 왜 몇 놈이 돌아다니면서 동네방네 떠들고 다녔냐는 거지."

지난밤 로비에서 최병만과 같이 다니던 놈이 VIP 룸에 들여갈 음식이라며 호텔 직원들을 다그치는 모습을 본 것이었다. 분명히 한선아의 소속사 사무실에서 그와 마주친 놈, 어깨를 탈골시킨 놈이어서 확실히 기억에 남았다. 그런데 놈이 '회장님'이라는 단어를 심심치 않게 입에 담았다. 마치 작정하고 방대섭이 여기 있다는 사실을 떠들고 다니는 것 같았다. 폭력배라 멍청해서 그렇다고 치부하기에는 뭔가 부족했다. 더구나 한 번 실패를 경험한 입장이다 보니 아무래도 조심스러울 수밖에 없었다. 그러나 물러설 생각은 추호도 없었다. 상대가 강하게 나오면 그냥 부러트릴 생각이었다.

"가자."

엘리베이터 문이 나직한 벨소리를 내면서 열렸다. 하늘색 청소복을 입은 아주머니 둘이 대형 세탁물 카트 뒤에 서 있었다. 두 사람은 가볍게 눈인사만 건네고 구석으로 올라탔다. 잠시 어색한 침묵이 흐르고 세탁물 카트가 내렸다. 지하 3층, 두 사람은 지하 4층 주차장까지 내려왔다가 '관계자 외 출입금지'라는 큼직한 팻말이 붙은 비상구를 통해 지하 2층으로 다시 올라갔다. 지하 2층 출입구의 철문에도 출입금지 팻말은 붙어 있었고 안으로 잠겨 있었다. 그가 간단히 문을 따고 이현주에게 시선을 돌렸다.

"조용히 끝내기는 어려울 거다. 지금부터 걸리는 건 모조리 치운다. 준비됐지?"

이현주는 자신있게 고개만 끄덕였다. 문을 열자 묵직한 굉음이 흘러나왔다. 무슨 소음인지 구분도 어려운 각종 모터와 팬 돌아가는 소리가 마구 뒤섞여 극성스럽게 귀청을 자극했다. 굵직한 파이프들을 따라 잠시 걷자 건물 크기에 걸맞은 대형 열교환기가 나타났다. 그는 열교환기 아래에다 C4 하나를 밀어 넣었다. 만일에 대비한 보험, 수틀리면 지하실 일부를 날려 버릴 생각이었다.

코너를 돌자 계단 옆으로 기계실이 보였다. 근무자는 둘, 폭력조직과는 상관없는 평범한 사람들 같았다. 위치를 눈여겨보면서 좁은 통로를 걸었다. VIP 룸 입구는 통로 끝, 지상에서 바로 내려올 수 있도록 계단과 전용 엘리베이터가 바로 옆이었고 출입문 앞에는 거구 둘이 나란히 서 있었다. 그는 이현주를 앞세우고 천천히 걸었다. 힐끗 이쪽을 쳐다본 거구들은 크게 신경을 쓰지 않았다. 가까이 다가가자 머리를 짧게 깎은 사내가 이현주에게 말을 건넸다.

"아침 식사는 아직 멀었냐?"

식사를 기다리는 모양, 김태훈이 얼른 옆으로 나서며 말을 받았다.

"곧 내려올 겁니다. 두 분도 식사하셔야죠."

"그래야 되는데 안은 아직 한밤중 같다. 들어가기도 애매해."

"그렇군요."

그는 자연스럽게 이현주와 눈을 마주치면서 순간적으로 총구를 놈의 눈앞에다 들이댔다. 놈은 기겁을 하면서 양손을 들어 올렸다.

"커어……."

바로 옆에서 새된 비명이 들려왔다. 이현주는 아예 전기봉으로 다른 한 놈의 목줄기를 찍고 있었다. 놈은 온몸을 바들바들 떨면서 무너졌다. 그가 재빨리 마주 선 놈의 허리춤을 더듬으며 나직하게 중얼거렸다.

"어디… 뭐가 있는지 볼까? 오호. 이게 뭐야? 테이저건이네?"

시중에 유통되는 테이저건 중에서는 제법 고가의 물건이었다. 그는 옆구리 총집에 있는 테이저건을 뽑아 한쪽에 던지면서 놈의 목을 틀어잡았다.

"잘하면 진짜 총도 나오겠네? 안 그래?"

"초… 총은 없습니다. 저건 어제 한꺼번에 산 거고요."

그는 고개를 끄덕여 보이면서 이현주와 눈을 마주쳤다. 놈들이 테이저건을 잔뜩 샀다면 이쪽도 총기를 사용할 수밖에 없고 결국 총격전의 와중에 사람이 죽어 나갈 가능성이 높았다. 아무리 쓰레기들이라도 사람이 죽는 건 아무래도 신경이 거슬리는 일이었다.

'젠장! 이유가 있었군.'

내심 욕설을 토해냈다. 준비된 상대와 싸우는 건 언제나 썩 내키지 않는 일이었다. 그러나 화살은 이미 시위를 떠난 뒤였다. 이젠 밀어붙이는 수밖에 도리가 없었다. 그가 차갑게 웃으며 말했다.

"참고하지. 문 열어."

"아… 안에서 열어야 됩니다."

그는 씩 웃으면서 총구를 놈의 사타구니에 가져다 댔다. 이현주는 벌써 마지막 남은 C4 하나를 문 옆에다 붙이고 있었다.

"이름이 뭐지?"

"네?"

"이름!"

"나… 나봉식입니다."

"그래. 봉식이. 이름 재밌네. 평생 고자로 살고 싶지 않으면 안에다 식사 왔다고 전해."

"어… 그게……."

말을 더듬는 놈의 사타구니를 다시 총구로 쿡 찌르자 놈은 허겁지겁 돌아서 인터폰을 눌렀다. 대답은 즉시 나왔다.

―식사냐?

"어… 예."

말을 더듬었지만 의심하는 것 같지는 않았다.

―군기 좀 잡았더니 빠르네. 기다려.

문은 금방 열렸다. 30대 초반으로 보이는 날카로운 인상의 사내가 문을 열었다. 그리고 그 얼굴은 곧바로 험하게 일그러졌다. 이현주의 전기봉이 놈의 목을 찌르고 있었다.

"크어……."

김태훈은 문을 붙잡고 주저앉는 놈의 어깨 너머로 섬광탄을 던져 넣고 고개를 돌렸다.

쩡!

금속성 폭음과 함께 날카로운 섬광이 터졌다.

"으악! 내 눈!"

그는 비명을 내지르는 나봉식의 뒷목을 가볍게 찍으면서 안으로 튀어 들어갔다. 거창하게 꾸며진 거실에는 7, 8명의 거구들이 눈을 부여잡은 채 고통을 호소하고 있었다. 두 사람은 신속하게 움직이면서 웅크린 놈들의 뒷덜미에다 닥치는 대로 전기봉을 찔러 넣었다. 잇달아 둘을 기절시키고 나자 전기봉의 배터리가 약해지는 것 같았다. 이제는 힘으로 기절시키는 수밖에 없었다. 주저앉아 테이저건을 꺼내 드는 놈의 뒤통수를 전기봉 방아쇠를 당긴 채 강타하고 마지막으로 소파 옆에 웅크린 놈의 목덜미를 매섭게 내리쳤다. 순간, 소파 건너편 문이 벌컥 열리면서 네 명이 한꺼번에 튀어나왔다.

쾅! 콰쾅!

무지막지한 총성, 앞장선 두 놈의 손에는 황당하게도 리볼버가 쥐어져 있었다. 구형이지만 맞으면 죽기는 매한가지, 그는 마구잡이로 쏘아대는 총탄을 피해 소파 밑으로 몸을 날리면서 곧바로 응사에 들어갔다.

파바박!

이현주의 권총도 가차없이 불을 뿜었다. 잇단 파열음과 비명, 몇 발 쏘기도 전에 놈들은 줄줄이 쓰러졌다.

'빌어먹을!'

그는 즉시 몸을 일으켜 소파 바로 옆에 쓰러져 신음을 토해내는 놈의 손에서 총을 차내고 다른 놈이 쥐고 있는 발사되지 않은 테이저건도 멀리 차버렸다. 우선은 상태 확인, 둘은 가슴 한복판에 구멍이 뚫렸고 다른 한 놈은 옆구리에 두 발을 맞았다. 소파 위에 엎어진 나머지 하나는 허벅지에서 분수처럼 피를 뿜어내고 있었다. 셋은 당연히 가망이 없어 보였고 옆구리를 맞은 놈도 당장 병원으로 가지 않는 한 산다는 보장이 없었다. 방대섭의 얼굴은 보이지 않았다.

그는 소파 등받이 위에 늘어진 놈을 일으켜 앞장세우고 방 안으로 들어갔다. 들어서자마자 다시 총성이 터졌다.

쾅! 쾅! 콰쾅!

"끄르… 륵."

앞장세운 놈의 입에서 끓는 소리가 났다. 마지막 숨을 거두는 소리, 방대섭이 다시 몇 발을 쏘면서 악을 썼다.

"가까이 오지 마! 가까이 오면! 전부 죽여 버릴 거야!"

놈은 서너 명이 굴러다녀도 시원치 않을 만큼 커다란 침대 뒤에 쭈그리고 앉아 있었다. 다가서는 그의 목소리에 서리가 내렸다.

"그래서? 네놈 총은 리볼버야. 여섯 발밖에 안 들어가지. 더는 총알이 없다는 이야기고."

그는 유령처럼 침대를 건너뛰면서 놈의 이마에 총구를 가져다 댔다. 놈이 기겁을 하면서 방아쇠를 당겼지만 철컥 소리가 전부였다. 그가 총을 빼앗아 침대 위에다 던져 버리고 차갑게 말했다.

"이빨 물어."

"뭐?"

그는 사정없이 놈의 뺨을 후려갈겼다. 쩍 하는 파열음과 함께 턱이 홱 돌아갔다. 순식간에 따귀 서너 대를 더 얻어맞았지만 놈은 덜덜 떨면서도 죽기 살기로 악을 썼다.

"씨팔! 나하고 무슨 원수가 져서 개지랄이야! 너 뭐야 이 X새끼야!"

김태훈은 한마디 말도 없이 다시 십여 대를 더 두들겼다. 악착같이 대들던 놈은 이빨 서너 개가 한꺼번에 튕겨져 나가고 나서야 목소리에서 힘이 빠져나갔다.

"사… 살려줘. 뭐든 시… 시키는 대로 하겠다. 제… 발. 그만 때려."

한 템포 쉬면서 놈의 반응을 본 그는 마지막으로 한 대 더 강하게 따귀를 올려붙이고 나서 녹음기를 꺼내 놈의 코앞에 들이밀었다.

"누가 시켰지?"

"뭐… 뭐 말이냐. 한선아를 납치한 건 내가 아니야. 일본 아이들이 했어."

"금괴, 총기밀수 말이야. 너 같은 조폭 따위가 왜 거기 끼어 있지?"

"그… 그게… 나… 난 사업가다. 돈이 되는 일이면 뭐든 해. 그리고 시키는 대로 했을 뿐이다. 전부 박재영 사장이 하라는 대로 한 거야."

"일본 놈들에게 팔아먹은 물건은 어디 있나?"

"이… 일본인들이 가지고 있다. 박 사장이 해외로 내가는 방법을 수소문하고 있다는 이야기만 들었다."

"반출 방법은?"

"모… 몰라. 박 사장 비서실장이 어제, 그제 외교안보연구원에 급히 들락거렸다는 것밖에 모른다. 내가 아는 건 그게 전부야."

놈도 줄곧 박재영을 감시하고 있다는 뜻, 어차피 서로 믿지 못하니 서로 감시의 눈을 번득이고 있을 것이었다. 어쩌면 놈이 박재영의 배후에 대해 감을 잡고 있을 수도 있었다. 다음 질문은 뻔했다.

"박재영의 배후는 누구냐?"

"그… 건 몰라. 난 박재영 사장이 시키는 대로 한 것뿐이다."

"박재영 그놈이 주범이라는 헛소리는 치워라. 박재영이 같은 잔챙이가 국가기밀을 빼돌리고 수천억대의 금괴를 밀수하고 북한제 자동소총을 박스로 들여와? 농담하지 마라. 배후가 누구냐?"

"나… 난 몰라. 있다면 박 사장이 줄을 댔을 거다."

"헛소리!"

그는 턱을 틀어잡으면서 총구를 놈의 입안에 틀어박았다. 순간, 어디선가 독한 지린내가 났다.

'황당하군.'

놈의 사타구니가 온통 오줌으로 젖어가고 있었다. 이런 놈이 도대체 어떻게 강남 암흑가를 일통했으며 종로와 익산의 보석상을 쥐고 흔드는 거물이 됐는지가 의심스러웠다. 그러나 눈물 콧물을 짜면서도 대답은 바뀌지 않았다.

"나… 난 몰라. 살려줘……."

그는 즉시 한발 물러서면서 놈의 발목에다 총탄을 박아넣었다. 울음 섞인 비명을 뽑아낸 놈은 발목을 움켜쥔 채 대굴대굴 굴렀다.

"끄어어… 몰라! 모른단 말이야!"

이번엔 오른쪽 발목에 다시 한 발, 놈은 죽기로 비명만 토해내며 침대와 커피 탁자 사이를 굴러다녔다. 그는 쓰게 입맛을 다시며 고개를 가로저었다. 이러면 놈은 확실히 아무것도 모른다는 뜻, 놈은 곁가지에 불과했다. 그가 다시 한 발짝 물러서며 나직하게 속삭였다.

"나라에 해만 되는 놈을 살려주면 건전한 시민들에게 욕을 먹는다. 미안하지만 죽어줘야겠어. 남겨줄 시간은 얼마 안 되지만 네놈이 흘리게 한 보통 사람들의 피눈물을 생각하고 깊이 반성해라. 한마디로 좆 잡고 반성하라는 이야기야. 잘하면 지옥은 면할수도 있을 거다."

"사… 살려다오. 원하는 건 뭐든 다 주겠다. 돈? 돈이라면 평생먹고살 수 있을 만큼 주겠다. 살려만 줘. 나도 처자식이 있는 아버지다. 한 번만 기회를 다오. 부탁이다."

방대섭은 총상 입은 자리를 움켜쥔 채 필사적으로 애원을 했다. 놈의 진면목을 모른다면 깜빡 넘어갈 만큼 절절한 연기, 쓴웃음이 저절로 나왔다.

"넌 충무로 단역으로 진출하는 편이 훨씬 나을 걸 그랬어."

그는 가차없이 놈의 양쪽 팔에다 다시 한 발씩을 쏘아붙였다.

"흐어……."

자지러지는 놈의 비명을 등진 채 그대로 밖으로 나왔다. 이현주는 벌써 출입구에 붙어 서서 VIP 룸 안팎의 상황을 한꺼번에 주시하고 있었다. 그는 난감한 표정으로 거실을 한 바퀴 둘러보았다. 최소한 네 명이 죽은 상황, 이러면 길은 오로지 하나였다. 그는 스탠드바 벽장에 진열된 독한 술 몇 병을 스탠드에 던져 깨트리고 탁자 위에 널린 신문지 뭉치에 불을 붙여 스탠드에 던져버렸다. 불길이 확 일어났다.

"화재경보."

이현주는 기다렸다는 듯 입구의 화재경보기를 깨트리고 손잡이를 잡아당겼다. 즉시 요란한 경보음이 귀청을 두들겼다. 그는 천장을 향해 치솟는 무시무시한 불길을 뒤로한 채 성큼성큼 걸어 VIP 룸을 빠져나왔다.

'젠장. 강은 확실히 건넜군.'

계단에 발을 올리는 그의 등 뒤로 C4의 날카로운 폭음이 폭죽처럼 터졌다.

✝

차성묵은 바짝 긴장한 채 칠흑같이 어두운 지하철 승강장을 노려보고 있었다. 지금은 쓰지 않는 폐쇄된 구舊 제기동 전철역, 전기가 들어오지 않는 건 물론이고 하다못해 휴대전화도 전혀 터지지 않았다. 거의 완벽한 어둠 속에 고립된 상태였다. 물론 상대가 유령이니만큼 어느 정도 예상은 했지만 이건 지나치게 기분이 나빴다.

'재수없는 놈!'

사실 접선 장소는 상대의 수준을 판단하는 척도였다. 상대가 조용한 곳을 골랐다면 상황을 통제하려는 성향이 강한 조직이나 기관 쪽이고 복잡한 장소를 선택했다면 치고 빠지는 걸 좋아하는 속전속결형 프리랜서였다. 둘 중 어느 한쪽이라면 당연히 대응은 편했다. 장소에 따라 전형적인 대테러 대응전술을 선택하면 그만이었다.

그러나 두 가지를 겸한 곳이라면 상황이 완전히 달라졌다. 기본적으로 상대가 만만치 않다는 뜻, 당장 눈앞의 장소가 그랬다. 계단 아래는 쥐새끼 한 마리 얼씬거리지 않지만 계단 몇 개만 올라가면 순식간에 군중들 틈으로 숨어들 수 있었다. 이런 경우, 상대의 행동패턴을 파악하기도 힘들고 경우의 수도 너무 많아져서 작전 자체가 쉽지 않았다. 더구나 단신으로 적지에 들어온 꼴이라 망신만 당하지 않으면 다행이었다.

초조한 시간이 한없이 흘러 시계가 11시를 가리킬 무렵, 드디어 어수선한 발자국 소리가 들려왔다. 등 뒤였다. 그는 자연스럽게 자세를 낮추면서 계단 뒤로 몸을 숨겼다. 이제야 나타나나 싶었으나 이어진 건 이어셋에서 흘러나오는 익숙한 호출부호였다.

—올빼미 하나. 어디 계십니까? 올빼미 셋입니다.

"여기. 현 위치에서 대기해라. 현 위치 대기! 목표가 아직 나타나지 않았다."

—로저. 대기합니다. 그런데 보고해야 할 사안이 있습니다.

"뭐냐?"

—10분 전쯤에 올빼미 둘에게서 연락이 왔습니다. 샤이어에 화재가 났는데 지하 1개 층이 전소됐답니다. 방대섭이도 연락두절이고요. 박재영 사장이 또 길길이 뛰고 있답니다.

"화재에 연락두절? 돌겠군. 그나마 미리 물건을 뺀 것이 천만다행이네."

—올빼미 둘은 목표가 개입되었을 가능성도 생각해야 할 것 같답니다.

"당연하겠지. 놈이 개입됐다면 우리가 깨끗이 당한 거야. 여긴 아예 나타나지도 않겠지."

—그럴까요?

"여기 내려온 지 벌써 20분이 넘었다. 이러면 보나마나 당한 거다. 휴대전화까지 안 터지는 지하에다 날 처박아놓고 놈은 딴짓을 한 거야. 빌어먹을… 5분만 더 기다렸다가 철수한다. 대원들 산개시켜서 안전 확보해라."

—로저. 산개합니다.

차성묵은 랜턴을 켜서 반대쪽 승강장을 확인했다. 랜턴을 끄고 버텨야 할 이유가 사라진 셈, 놈은 나타나지 않을 것이었다.

'빌어먹을!'

지겹게 긴 5분이 흐른 뒤, 그는 미련없이 지상으로 올라왔다.

놈은 역시 나타나지 않았다. 전형적인 양동작전에 깨끗이 당한 꼴, 놈은 아이 다루듯 이쪽을 가지고 논 셈이었다. 분통이 터졌지만 이를 악물고 참았다. 대원들을 옆에 두고 추태를 보일 수는 없는 노릇, 화풀이는 나중이었다.

"차는?"

"4번 출구에서 대기합니다."

"가자."

그는 마치 죄지은 것처럼 주눅 든 하사 한 녀석에게 배낭을 넘겨주고 곧장 앞장서 걸었다. 하나둘씩 따라붙은 대원들의 얼굴은 모두 딱딱하게 굳어 있었다. 누구에게 불똥이 떨어질지 알 수 없기 때문일 터였다. 그런데 4번 출구로 나와 자동차 손잡이에 손을 대는 순간, 전화기가 부르르 떨었다.

"누구냐?"

[혼자 나오라고 했을 텐데?]

모르는 전화번호, 이번엔 목소리가 김태훈이었다.

"뭐라고?"

[넌 약속을 어겼다.]

"약속을 어겨? 그럼 너는? 너는 약속을 지킬 생각이 있었나? 아닐 텐데?"

[다시 연락하지.]

전화는 뚝 끊어져 버렸다. 화를 내고 싶었지만 화를 낼 대상이 없어진 모양새, 차성묵은 부글부글 끓어오르는 속을 필사적으로 다스리면서 차에 올라탔다. 대원들이 뒤따라 올라타자 그는 수신호로 이동을 명령하면서 차갑게 말했다.

"돌아간다."

도로는 생각보다 많이 막혔다. 아예 눈을 감아버린 차성묵은 곰곰이 생각에 잠겼다. 놈은 역시 대담하고 용의주도했다. 그는 물론이고 박재영과 일본 정보기관의 눈까지 한꺼번에 엉뚱한 데다 몰아놓고 외따로 고립된 방대섭을 공격했다. 직접 두 눈으로 확인하는 편이 가장 확실하겠지만 굳이 보고 싶지는 않았다. 답이 뻔히 보였다. 역시나 만만치 않은 상대, 실로 오랜만에 느껴보는 저릿저릿한 흥분이 온몸을 휘젓고 돌아다녔다.

두 눈 멀쩡히 뜬 상태에서 코를 베어갔으니 짜증이 솟구쳐야 했지만 실패의 굴욕감은 관심 밖, 머릿속에 가득한 건 오로지 불타오르는 승부욕뿐이었다. 그리고 조금씩 시간이 흐를수록 상태는 점점 더 심해졌다. 주체할 수 없을 만큼 줄기차게 혈관으로 공급되는 아드레날린 때문에 이제는 호흡까지 가빠지는 느낌이었다.

'놈의 다음 수순은 뭘까? 나라면?'

만약 자신이 놈의 입장이라면 오늘 당장 신문사에서 나가는 박재영을 저격하고 끝을 볼 것 같았다. 그렇다면 놈은? 대답이 애매했다. 오늘 놈은 마주 보고 방아쇠를 당기는 고전적인 방식 선택했다. 화재로 일을 마무리하기 위해서인지는 몰라도 굳이 어려운 길을 선택한 셈, 덕분에 그 과정에서 쓰레기들 상당수가 덩달아 목숨을 잃었을 것이었다. 문득 이유가 궁금해졌다.

'놈이 방대섭에게서 원하는 게 있었나?'

김태훈이 한선아라는 여자 때문에 이번 일에 끼어든 건 익히 아는 사실이다. 그런데 양평 별장에는 죽은 안필성과 함께 나타났다. 나타난 시간대가 다르고 목적도 달라서 얼핏 우연이라고 생각할 수도 있지만 이 바닥에서 우연이란 있을 수 없었다.

정황상 안필성은 배다른 동생의 복수를 원했다. 이때를 전후해서 방대섭의 수하 몇 놈이 죽거나 실종됐으니 동기나 행적은 어렵지 않게 유추가 가능했다. 최종 목표는 방대섭과 박재영이었을 터였다. 그런데 유령이라는 거창한 이름은 복수라는 단어와 전혀 어울리지 않았다. 복수일 가능성을 완전히 배제하기는 어렵지만 돌아가는 꼴을 보면 복수는 절대 전부가 아니었다.

기본적으로 놈은 아는 게 너무 많았다. 지난 2주 남짓한 기간 동안 벌어진 일련의 사건들, 부산의 금과 이송 트럭 폭발사고는 물론이고 내각정보실 안가의 화재와 한국지부장의 암살도 놈의 작품일 가능성이 높았다. 그리고 오늘은 랩탑을 빌미로 일에 딴죽을 걸면서 동시에 신속하고 효율적으로 방대섭을 제거했다. 치밀하게 계획된 사보타지라는 뜻, 이러면 놈은 내각정보실과의 거래나 금 시세 조작 계획에 대해서도 어느 정도 윤곽을 잡고 있다는 이야기였다.

덕분에 현재까지는 줄기차게 뒤통수를 맞은 꼴, 그러나 아직 끝은 아니었다. 이유야 어쨌건 아직도 박재영이라는 망나니가 그의 손에 남아 있었다. 그리고 놈을 사냥해야 하는 이유는 점점 더 분명해지고 있었다. 그가 비릿하게 미소를 떠올리자 뒷자리에서 그의 눈치를 보던 박 하사가 어렵게 입을 떼었다.

"올빼미 둘의 전화입니다. 받으시겠습니까?"

그는 두말없이 어깨 너머로 손을 올렸다.

"뭐냐, 이 대위."

[양평팀 '부동' 해제할까요?]

그는 잠시 뜸을 들이면서 생각을 정리한 다음, 단호하게 말을 받았다.

"아니. 박재영은 곧장 양평으로 넘어갈 거다. 즉시 4호 작전으로 전환한다."

[확실히 결정하신 겁니까? 진입을 차단하지 않아도 되겠습니까?]

"말이 길다. 하달해라."

그는 이민석의 질문을 잘라 버리고 전화를 끊었다. 이제 놈에게 남은 목표는 누가 봐도 하나였다. 놈처럼 닮고 닮은 여우가 대놓고 들이대는 미끼를 문다는 보장은 없지만 미끼가 워낙 그럴싸하니 가능성은 충분했다.

'와라, 유령. 이제 진짜 승부다. 후후.'

입가의 미소가 자꾸만 짙어졌다.

✝

[외교안보연구원은 물론이고 최근에 일본으로 발령난 외교관은 없습니다. 하위직도 마찬가지고요.]

장석호의 대답은 부정적이었다. 김태훈이 다시 말했다.

“그럼 내일하고 모레 이틀 사이에 일본이나 동남아시아로 나가는 외교행랑을 자세히 알아봐 줘.”

[대충 봤습니다. 그런데 일본, 미국, 중국은 거의 매일 나가고 들어오는 상황이라 날짜를 알아보는 게 무의미하고… 태국도 정정이 불안해서 최근에는 자주 오가는 편입니다. 나머지 동남아시아 국가들은 보통 1주일에 1회 꼴인데… 필리핀만 좀 튀는군요.]

“필리핀?”

[내일 오후에 전세기가 뜹니다. 신축하는 대사관 건물에 들어가는 위성통신 장비가 실릴 예정이랍니다.]

“내일 필리핀이라… 내일, 젠장. 이러면 시간이 너무 없는데. 일단 알았다. 참고하지. 다른 건 없냐?”

[오늘 중으로 국방장관 경질 발표가 있을 것 같은데 최명철 장군께서 신임 장관으로 취임할 거라는 소문이 파다합니다.]

“오늘? 좀 빠른데?”

[알고 계셨습니까?]

“대충.”

[이야! 이러면 형님 입장은 많이 나아지는 거 아닌가요?]

“그렇지도 않아. 공식적으로 나하고 장관님은 몰라야 돼. 날 도와주실 방법도 없고.”

[쩝… 재미없네요. 그런데 괜찮으신 겁니까? 장관 경질설이 나와서 그런지 오늘 갑자기 윗동네 사람들 분위기가 살벌해졌습니다.]

“괜찮아. 문제는 저쪽에 생겼지. 어쨌든 수고했다. 다시 연락하자."

[조심하십쇼.]

그는 전화를 끊고 한선아가 기다리는 차로 돌아갔다. 그가 올라타자 한선아가 얼른 차를 출발시키며 물었다.

"다음은 뭐죠?"

그는 시간부터 확인했다. 오후 5시, 더 늦기 전에 시외로 빠져야 할 시간이었다.

"8시까지는 정식이하고 합류해야 되니까. 일단 양평 쪽으로 빠지면서 괜찮은 데 있으면 거기서 저녁 먹자."

"넵! 감솨합니당. 간만에 맛있는 밥 먹는 거니까 비싼 데 갈 거야. 호호."

"후후. 그러자."

괜찮은 식당에서 밥을 먹는다는 말에 한선아는 어린아이처럼 싱글벙글했다. 2주 넘게 제대로 된 음식을 먹은 적이 없으니 반갑기도 할 것이었다.

시외로 빠져나와 양수리 근처의 제법 운치 있는 식당에서 칼질을 했다. 운이 좋았는지 한강의 아름다운 밤 풍경이 고스란히 내려다보이는 창가를 차지할 수 있어서 기분은 더 좋았다. 화장기 없는 맨얼굴에 야구모자와 잠자리 안경까지 쓴 한선아를 알아보는 사람은 없었고 그래서인지 한선아는 식사하는 내내 끊임없이 재잘거렸다.

"솔직히 굉장히 무섭기는 하지만 요즘처럼 자유롭고 즐거운 때가 없었던 것 같아요. 지난 2년 동안 잠 한 번 편하게 잔 적이 없거든요. 사실 무대 화장 안 하면 다크서클이 여기 턱까지 내려왔어요. 호호. 근데 요즘은 화장 안 해도 피부가 이렇게 멀쩡하잖아요. 헤헤. 만져 봐요. 얼른요."

한선아가 얼굴을 그의 코앞에다 내밀며 밝게 웃었다. 그는 눈길을 마주치면서 부드럽게 뺨을 쓰다듬었다.

"그래, 그래. 너야 대한민국 대표 피부미인 아니냐. 후후."

"에게? 피부만?"

"몸매하고 미모는 말할 필요도 없잖아."

그는 장난스럽게 엄지손가락을 치켜올려 보였다.

"정답입니다!"

한선아는 팔에 찰싹 달라붙어 고른 치열을 모두 내보이며 눈웃음을 쳤다.

그는 한선아의 얼굴을 내려다보면서 쓰게 웃었다. 사실 얼마 전까지만 해도 누군가를 앞에 두고 이런 낯 뜨거운 이야기를 입 밖에 낼 수 있으리라고는 상상조차 하지 못했다. 그런데 만난 지 얼마 되지도 않은 스물두 살짜리 아가씨가 아주 간단하게 그의 철옹성을 무너트려 버리고 말았다. 쉽게 그냥 눈을 마주치는 것만으로도 기분이 좋아지는 사람, 서슬 퍼런 수사기관들과 무시무시한 전쟁을 치르는 와중에 가끔이나마 웃을 수 있는 건 분명 눈 앞의 여자 덕분이었다.

그러나 무작정 즐거워할 수만은 없었다. 큰 싸움을 앞둔 시점에 지켜야 할 사람이 생기는 건 확실히 좋지 않은 조짐이었다. 거리를 두었어야 했다는 생각도 떠올렸지만 이미 엎질러진 물, 엉겁결에 일까지 치렀으니 이제는 심리적으로도 빠져나갈 구멍이 전혀 없었다. 누군가 피할 수 없으면 즐기라고 했으니 다만 하루라도 감정에 충실하기로 하고 잡생각을 털어버렸다.

식사를 끝낸 뒤에는 나란히 팔짱을 낀 채 강변을 걸었다. 가을 날씨답지 않게 하늘은 잔뜩 흐려서 곧이라도 빗방울을 뿌릴 것 같았고 바람도 제법 싸늘했다. 그러나 춥다는 느낌까지는 아직 아니었다. 이런저런 이야기를 하면서 제법 멀리까지 나갔다가 강변을 벗어나 오솔길을 통해 주차장으로 돌아왔다.

그런데 식당 주차장에 세워둔 그의 렌터카에 얼쩡거리는 검은 그림자가 보였다. 잠시지만 너무 방심했다는 생각에 급히 한선아를 데리고 숲 안쪽으로 들어갔다. 자세를 낮춘 채 손가락을 입에다 대 보이고 수신호로 기다리라고 한 다음, 침착하게 권총을 빼 들었다. 검은 그림자는 렌터카 뒷범퍼 아래에다 무언가를 붙이고는 주차장 반대편으로 부지런히 뛰어왔다. 이어 그가 몸을 숨긴 납작한 축대 앞에 세워진 자동차들 중에서 검은색 그랜저의 조수석으로 잽싸게 올라탔다. 시동을 걸지 않는 것으로 보아 바로 출발할 생각은 없는 것 같았다.

렌터카에다 붙인 건 손바닥 안에 들어가는 작은 크기이니 발신기일 가능성이 높았다. 누가 됐든 따라오겠다는 뜻, 그는 잠시 갈등하다가 자리를 털고 일어섰다. 자리를 뜨더라도 상대가 누군지는 확인을 한 다음 움직이고 싶었다. 조용히 숲을 빠져나가면서 권총에 소음기를 끼우고 축대를 뛰어내리면서 큼직한 돌 하나를 집어 들었다. 그랜저의 백미러를 의식적으로 피해서 운전석 쪽으로 신속하게 이동했다. 그가 2, 3미터 떨어진 거리에 도착할 때까지도 운전자는 전혀 측면을 의식하지 않고 있었다. 그는 차 옆에 도착하자마자 운전석 창문에다 다짜고짜 돌부터 던져 버렸다.

와장창!

"으헉!"

기겁을 하는 운전자의 관자놀이에 곧장 총구를 들이댔다.

"손가락 하나라도 멋대로 움직이면 머리통 날아간다."

그는 운전자의 옆구리에 꽂힌 권총을 재빨리 뽑아 조수석에 앉은 놈에게 겨누고 다시 말했다.

"총 밖에다 던져. 두 손가락만 사용해서. 아주 천천히."

조수석의 사내는 손끝을 떨면서 겨드랑이 아래에서 권총을 뽑아 차 밖에다 던졌다. 스물다섯이나 됐을까 싶은 새파랗게 젊은 요원, 현장 경험은 많지 않을 듯싶었다. 그는 조심스럽게 서너 발짝 뒤로 물러섰다.

"키 뽑고 내려라. 둘 다 운전석 쪽으로. 내가 누군지는 알지? 허튼짓은 안 하는 게 좋아."

운전석에 앉아 있던 사내는 예상외로 여유롭게 차에서 내렸다. 긴장한 기색은 전혀 없었다. 그러나 조수석의 사내는 바짝 얼어붙어 허겁지겁 뒤따라 내렸다.

"차에다 손 올리고 다리 벌려."

그가 몸수색을 하려 하자 운전석의 사내가 풀썩 웃으면서 입을 열었다.

"그럴 필요까지는 없어, 유령."

왠지 어눌한 억양, 한국인이 아니라는 판단으로 놈을 가로등 쪽으로 돌려세우고 얼굴을 확인했다. 축 처진 볼살이 불독을 연상케 하는 살집이 좋은 사내였다. 그러나 처음 보는 얼굴 같았다. 사내가 다시 웃었다.

"기억 못하겠나? 3년 전 상하이, 내가 당신 신세를 좀 졌지, 아마?"

그는 미간을 좁혔다. 3년 전 상하이라면 CIA와의 합동작전을 이야기하는 것일 터였다. 중국은 물론이고 일본 스파이들까지 뒤엉켜 배신을 밥 먹듯 하면서 서로 총질을 해댔고 종국에는 CIA 요원 둘을 곤죽을 만들어 중국인들의 입안에다 떠 넣어준 다음, 그 길로 상하이를 빠져나왔다. 당시 중국 측 요원이라는 이야기인 것 같은데 기억은 잘 나지 않았다. 놈이 다시 말했다.

"그때는 내가 조무래기였지. 그런데 당신이 CIA 소속 스파이 둘을 내게 넘겨준 셈이었어. 덕분에 상부에 시달리고 CIA에게도 엄청 시달려서 당신을 만나면 이야기를 좀 해야겠다고 생각했지. 솔직히 그때는 당신 머리통에 총알 몇 방은 박아주고 싶었어."

"창? 제스 창?"

그는 놈의 얼굴을 다시 확인하면서 고개를 갸웃했다. 얼굴은 여전히 기억나지 않지만 이름은 확실히 기억이 났다. 제스 창은 당시 MSS 상하이지국 특수부의 2인자쯤 되는 자였다. 작전이 진행되는 동안, 창의 직속상관인 특수부장은 물론 수하 10여 명까지 그의 손에 죽었으니 시달렸다는 말이 이해가 갔다. 그나마 막판에 CIA 요원 둘을 체포하지 못했다면 지금은 아마 서장이나 내몽고 자치구쯤으로 좌천돼서 사막의 모래 속에 주저앉아 신세한탄이나 하고 있을 것이었다.

"그래. 이제 기억을 하시는군. 섭섭해."

"아직도 내게 감정이 남았나? 선물은 그 정도면 충분했던 걸로 아는데?"

"아아. 나도 그렇게 생각해. 덕분에 이렇게 한국에 나와서 생활할 수 있는 기회도 얻게 됐으니까. 그런데 이번엔 내가 좀 급해서 말이야."

"지난번 총질이 당신 소행인 모양이로군."

"인정하길 기대하지는 않겠지? 후후. 어쨌든 우린 이 근처에서 한 달 넘게 죽치고 있었어. 아! '죽치고'라는 표현이 맞나? 아마 맞을 거야. 그간 당신이 벌인 할리우드 활극도 인상 깊게 구경했지. 아주 재미있었어. 그런데 오늘 어찌 된 일인지 호박이 넝쿨째 굴러들어 왔다는 소식이 들려오더군. 아이들 둘이 저녁 먹으러 나왔는데 대단한 한류스타가 식당에 나타났다는 거야. 그래서 나와봤지. 인정하기는 싫지만 솔직히 요즘 중국 연예인들은 한국 연예인들 모방하는 게 전부라서 식상하거든. 그리고 한선아 그 여자쯤 되면 아무리 감추려고 해도 미모가 너무 튀어. 물론 당신을 알아보지는 못했지. 어렵게 구한 10년 전 사진으로는 솔직히 나도 감 못 잡겠더군. 어쨌든 어떻게 대단하신 한류스타의 사인이라도 받을까 싶어서 얼른 추적장치를 챙겨왔는데 좀 늦었네그려."

"재수가 좋았다는 말이냐?"

놈은 싱글싱글 웃으며 벌벌 떨고 있는 젊은 요원을 돌아보았다.

"그런 셈이지. 이 친구가 한선아 광팬이야. 덕분에 중국에서도 놓친 유령과 얼굴을 맞댈 영광스런 기회를 얻은 거지. 물론 지금 얼굴이 진면목이 아닌지도 모르지만 말이야. 재미있지 않은가?"

"믿으라고 하는 이야기는 아니겠지?"

"믿기 싫으면 그만둬. 솔직히 나도 믿기지는 않으니까."

놈은 여전히 웃고 있었다. 당장 총을 맞아도 전혀 이상하지 않은 상황에서 여유를 부린다는 건 다른 이유가 있다는 뜻이었다.

"서론은 그만 치우고 본론이나 꺼내라. 내가 널 죽이지 않아야 하는 이유 말이야."

"후후. 역시 당신은 여우야. 난 이 대목에서 충고나 하나 하고 사라질까 싶어. 아직 죽고 싶지는 않거든."

"충고?"

"간단해. 지금 저길 들어가면 넌 죽는다."

창은 느물느물한 표정으로 어깨 너머 박재영의 별장 쪽을 가리켰다.

"모르긴 몰라도 여기가 그 육군첩보대 어쩌고 하는 놈들의 사거리에서 벗어난 마지막 식당이라고 보면 맞을 거다. 강을 따라 몇 킬로미터만 더 내려가도 저격수 수십 명이 깔렸어. 얼씬거리기만 해도 당신은 그 자리에서 사망이야. 솔직히 나는 당신이 저 안에 있는 줄 알았어. 온통 난리가 난 걸 보면 저 안에서 휘젓고 다닌다고 생각할 수밖에 없었거든. 사실 당신이 한바탕 총질을 하고 나면 그때쯤 기회가 나지 않을까 싶어 기다리는 중이었지. 그런데 당신이 지금 들어가다가 맥없이 죽어버리면 난 기회가 영 없어지지 않겠어? 그러니 꼴 보기는 싫지만 일단 살려두는 게 순서 같아서 말이야."

그는 다시 미간을 좁혔다. 저격수가 줄줄이 깔린 것이야 굳이 이야기하지 않아도 충분히 예상할 수 있는 일이었다. 어떻게든 몸을 빼기 위해 횡설수설하는 창의 말에 신경을 쓸 필요는 사실 없었다. 그러나 중국인들까지 그가 나타날 것을 예상하고 정보요원을 깔았다면 박재영의 별장 근처는 한, 미, 일, 중 4개국 정보 조직의 집회 장소나 마찬가지였다. 그만큼 위험하다는 뜻이기도 했다.

"그래도 들어가겠지?"

도발하는 듯한 질문, 들어가되 빨리 죽지만 말라는 뜻인 것 같았다. 그가 대답을 삼켜 버리자 창이 다시 말했다.

"반경 10킬로미터 이내에 국정원부터 CIA, 군 정보기관까지 새카맣게 깔려 있어. 물론 우리 아이들도 적지 않게 몰려 있지. 죽으려고 작정을 하지 않는 한 지금 저길 들어가는 건 미친 짓이야. 여기서 나를 쏘는 것도 미친 짓이고. 식당 CCTV에 두 사람 얼굴이 제대로 찍혔을 거거든. 후후."

"그럴까? 내 형편을 생각하면 그렇지만도 않아. 적이 하나라도 줄어드는 편이 내겐 바람직하니까."

그는 놀란 표정으로 움찔 물러서는 창을 향해 가차없이 방아쇠를 당겼다.

퍽!

정확한 헤드샷, 창은 비명도 지르지 못한 채 스르르 무너졌다. 기겁을 한 다른 놈이 발목에서 칼을 꺼내 던지려 했지만 그의 총이 한참 더 빨랐다. 놈은 가슴과 목에 잇달아 두 발을 얻어맞고 칼을 떨어트리면서 자동차 엔진후드에 머리를 박았다.

그가 아스팔트에 뒹구는 창의 눈동자를 내려다보며 나직하게 중얼거렸다.

"넌 한국에서 총질을 했다. 그것만으로도 죄목은 충분해. 물론 개인적인 감정은 없다."

둘의 시체를 그랜저 트렁크에다 대충 쑤셔 넣은 다음 주차장 상황을 살폈다. 고급스런 식당이지만 주차장이 상당히 커서 이 구석진 곳까지 눈길을 주는 사람은 없을 것 같았다. 일단 자신의 렌터카로 돌아가 범퍼 아래부터 확인했다. 그런데 창의 말과는 달리 범퍼 안쪽에 붙은 물건은 두 가지였다. 하나는 소형 GPS 발신기, 다른 하나는 원격조정으로 작동되는 폭약이었다. 크기는 작았지만 웬만한 승용차 한 대 정도는 간단히 날려 버릴 만한 크기였다. 결국 따라다니다가 때가 되면 날려 버릴 계획이었다는 뜻, 만일 창을 살려뒀다면 그가 범퍼 밑으로 몸을 숙이는 순간, 그의 목숨은 공중으로 날아갔을 것이었다.

조심스럽게 폭약과 발신기를 떼어낸 그는 재빨리 놈들의 차로 돌아가 연료탱크 아래에다 폭약을 던져 놓고 트렁크를 열어 놈의 옷가지를 뒤졌다. 원격조정 폭약을 설치했으니 격발기가 있으리라는 판단이었다. 그러나 옷에는 가짜 신분증과 지갑 등 잡동사

니가 전부였다. 격발기는 엉뚱하게도 소형 무전기와 함께 센터콘솔에 아무렇게나 던져져 있었다. 그는 잽싸게 격발기만 챙겨 들고 축대 아래로 뛰어가 한선아에게 손짓을 했다. 한선아는 제법 날렵하게 축대를 뛰어내렸다.

"으차!"

"괜찮지?"

그는 긴장한 표정으로 고개만 끄덕이는 한선아를 다독거리면서 차로 돌아갔다. 여기서 더 시간을 끌 일은 없었다. 어물거리다가 또다시 중국인들과 마주치면 꽤나 난처해질 것이 뻔했다. 주차장을 빠져나오는 즉시, 3분 남짓을 빠른 속도로 달리면서 백미러를 주시했다. 다행히 따라붙는 차량은 없는 것 같았다. 일단 위험 지역을 벗어나는 데는 성공한 셈, 도로변에 차를 세우고 격발기를 눌러 버렸다. 멀리서 묵직한 폭음이 느껴졌다. 조만간 경찰이 몰려들어 귀찮아지겠지만 그건 인근에 몰려든 날파리들에게도 조건은 같았다.

오정식과 만나기로 한 장소는 박재영의 별장에서부터 10킬로미터쯤 떨어진 강변의 깔끔한 통나무 펜션이었다. 여섯 채의 별채로 지어진 펜션인데 주변의 숲도 우거지고 옆 건물과의 거리도 제법 멀어서 외부의 눈을 크게 걱정할 필요가 없는 곳, 베이스캠프로 쓰기에는 그런대로 괜찮은 자리였다.

펜션 진입로가 가까워지자 그는 차량 속도를 줄이면서 조심스럽게 주변의 상황을 점검했다. 특별히 눈에 띄는 차량은 없었다. 그런데 비포장 진입로 직전에 숨겨진 짙은 색 SUV가 스치듯 눈에 들어왔다. 작은 구릉 뒤쪽이어서 신경을 곤두세우지 않았다면 그냥 지나칠 절묘한 위치였다.

'젠장!'

그는 진입로를 그냥 지나치면서 오정식에게 전화를 걸었다.

[예.]

"야, 피곤하다. 친구들 왕창 몰려왔다. 우린 그냥 집에 간다."

무선 감청에 대비해서 정해둔 긴급철수를 지칭하는 단어들, 최소한의 무장만 유지한 채 지역을 이탈하라는 뜻이었다.

[그러십쇼. 눈치 봐서 우리도 가죠 뭐.]

오정식은 심드렁하게 대답하고는 곧바로 전화를 끊었다.

그는 가속을 시작하면서 창이 죽기 전에 한 이야기들을 곱씹었다. 놈은 분명 부하요원 둘이 저녁을 먹으러 나왔다가 한선아를 봤다고 떠들었다. 그런데 차에 데리고 있던 놈은 하나였다. 그렇다면 하나가 아직 살아 있고 따라서 중국인들은 그가 탄 차량 번호와 차종을 알고 있다는 뜻이었다. 그의 이동 상황 역시 노출되었을 가능성이 높다는 뜻, 어차피 기습은 물 건너갔으니 최대한 신속하게 빠져나가는 것이 최선이었다.

"차를 바꿔야겠다."

그것도 빨리, 긴급철수 접선 장소까지 가기 전에 차를 버려야 했다. 본능적으로 위험을 감지한 한선아가 손을 내밀었다.

"나도 줘요."

그는 글로브박스를 가리켰다. 한선아는 글로브박스에서 권총을 꺼내 심각한 표정으로 소음기를 끼웠다. 그가 씩 웃으며 말했다.

"총 치워. 우린 지금 도망가는 거야."

"도망이요?"

"그래. 진짜 싸움꾼은 도망가는 걸 잘해야 돼. 후퇴는 창피한 게 아니거든. 강한 적을 만나면 일단 물러서서 내가 가진 자원을 정비하고 내가 원하는 장소에서 내가 원하는 싸움을 만드는 거야. 불리한 싸움을 무조건 강행하는 건 멍청이들이나 하는 짓이거든. 그리고 말이야……."

긴장을 풀어주기 위해 근접 전술에 대한 개똥철학 몇 가지를 더 주워섬기면서 굴곡이 많은 산길을 최대한 자연스럽게 달렸다. 7시 43분, 시간은 아직 이르지만 워낙 외진 이면도로여서 차량은 거의 없었다. 작은 고개를 하나 넘자 멀리서 흐릿한 자동차 리플랙터가 빛을 반사했다. 그는 즉시 도로변에 차를 멈추고 등을 모두 끈 다음, 야시경을 꺼냈다. 최소한 두 대, 움직임은 없고 차 옆에 선 자들의 머리는 철모였다.

'제법 빠르군.'

손에 쥔 총기의 윤곽으로 보면 K—2였다. 느낌상 육군첩보대 요원 하나에 첩보대가 동원한 인근 군부대일 가능성이 높았다. 다른 방법을 찾아야 할 상황, 우선 주변의 상황부터 다시 확인했다. 도로가 차단된 지점을 조금 지난 강변에 4륜 바이크 대여점이 보였다. 그렇다면 강변 낮은 곳으로 바이크용 도로가 있을 것 같았다. 야시경 배율을 높이자 승용차 한 대가 겨우 지나갈 만한 비포장도로가 보였다. 나무와 잡초에 가려 잘 보이지 않았지만 강을 따라 제법 길게 이어져 있었다. 그러나 진입 방법이 마땅치 않았다. 진입이 가능한 콘크리트 도로는 군인들의 차단 지점을 100미터쯤 지나서였다. 이러면 경사가 가장 낮은 곳을 그냥 밀고 내려가는 수밖에 도리가 없을 것 같았다.

'젠장!'

순간, 백미러에 빛 무리 4개가 떠올랐다. 지면에서부터의 높이가 높은 SUV, 거리도 생각보다 가까웠다. 무조건 차를 출발시킨 그는 전조등을 끈 채 미등만을 의지해 고갯길을 달렸다. 저쪽에서 차량의 움직임을 감지할 것이라는 우려가 없지는 않았지만 가로등도 없는 캄캄한 산길에서 미등까지 끌 수는 없었다. 다행히 도로에 굴곡이 많고 아직 거리가 있어서 바로 인지하기는 어려울 것 같았다.

엔진브레이크만으로 나지막한 고개 몇 개를 넘자 강의 수면이 어깨 높이로 느껴졌다. 더 가봐야 강변으로 내려가는 경사가 더 약해지기는 어려울 것 같았다. 순간, 도로 가드레일이 사라지면서 강변으로 내려가는 오솔길이 나타났다. 다행히 군인들이 차단한 곳에서 보이지 않는 지점, 그는 지체없이 전조등을 켜면서 핸들을 틀었다.

"꽉 잡아. 간다."

와지직, 소리를 내며 말라죽은 키 큰 잡초들을 한꺼번에 헤친 렌터카는 지독하게 덜컹거리면서 한참을 내려갔다. 브레이크를 잇달아 밟았지만 효과가 있는 것 같지는 않았다. 천장에 머리를 세 번째 부딪히자 허연 노면이 눈에 들어왔다. 이대로 내려가다가는 강으로 뛰어들 기세, 필사적으로 핸들을 고정시켜 최대한 비스듬히 비포장도로로 접근했다. 그나마 마지막 순간, 도로가 강 쪽으로 휘어 있어서 차가 도로와 만날 때는 45도 정도를 겨우 유지할 수 있었다.

"악!"

한선아의 비명과 함께 강력한 충격이 핸들을 때렸다. 에어백이 터지지 않은 것이 천만다행일 정도로 심한 충격, 다시 한 번 천장에 머리를 박으면서 아슬아슬하게 한쪽 바퀴를 도로에 올렸다.

쾅!

잡초 속에 숨은 돌덩이와 부딪친 타이어가 차를 뒤집을 것처럼 심하게 차체를 두들겼다. 이빨 전체가 얼얼했다. 그래도 차는 앞바퀴 두 개를 모두 도로에 올리고 있었다. 일단 가속, 차는 빠르게 전진했다. 도로 상태가 조금 나아지면서 가속이 가능했다. 그러나 얼마 지나지 않아 다시 핸들을 잡기가 어려워지기 시작했다. 노면 상태는 금방 최악으로 변해 버렸다. 이래서는 들키지 않고 차단 지점을 통과하긴 틀린 것 같았다. 몇 분 지나기도 전에 백미러에 다시 전조등 불빛이 떠올랐다.

"제기랄! 숙여!"

콰창!

한선아가 반사적으로 시트 아래로 몸을 낮추는 순간, 뒷유리창이 폭발하듯 터져 나갔다. 그는 가속페달을 끝까지 밟아버렸다. 엔진이 죽어라 으르렁거렸다. 그러나 속도는 엔진의 비명이 무색할 정도로 오르지 않았다. 그나마 다행인 건 워낙 노면 상태가 좋지 않아서 저쪽도 쉽게 따라붙지 못했고 제대로 조준해서 총을 쏘지도 못한다는 점이었다. 이만한 총격을 받으면 꽤나 신경을 거슬리게 했을 다닥거리는 총격의 진동이 전혀 느껴지지 않고 있었다.

백미러에 다시 총구화염이 보이고 나무로 된 낮은 담장들이 빠르게 차창을 스쳐 지나갔다. 담장에 가려 잠시나마 추격자들의 모습이 백미러에서 사라지자 그는 차를 버려야 하나를 심각하게 고민하기 시작했다. 이런 도로에서 추격자들을 따돌리는 건 쉽지 않다는 판단, 그러나 생각은 더 이상 할 수 없었다. 느닷없이 전조등 하나가 터져 나가더니 엔진후드에 잇달아 구멍이 뚫리기 시작했다.

"숙여!"

인근에 배치된 저격수일 가능성이 높았다. 이를 악물면서 가속페달을 밟았다. 뒷자리 유리창이 터져 나갔다. 속도 변화를 맞추지 못했을 터, 순간적으로 브레이크를 밟았다가 다시 가속페달을 밟았다. 이대로 조금만 더 가면 숲이 시야를 가려줄 것 같았다. 그런데 갑자기 운전석 쪽에서 날카로운 빛줄기가 느껴졌다.

'이런 씨팔!'

시선을 돌리기도 전에 괴물의 눈 같은 두 개의 샛노란 광원이 시야를 꽉 채웠다. 너무 가까웠다.

쾅!

귀청을 찢을 것처럼 지독한 굉음, 그리고 비산하는 유리 조각과 무시무시한 충격이 온몸을 강타했다.

한선아가 정신을 차린 건 몸을 휘감는 엄청난 한기 때문이었다. 마치 수백 마리 개미가 온몸을 물어뜯는 것 같은 느낌, 사방은 캄캄했고 숨이 막혔다. 더구나 무언가 몸을 누르고 있었다. 퍼뜩 기억의 마지막 순간이 떠올랐다. 다른 차에 횡으로 부딪혀 통째로 강물 속으로 던져진 상황, 가슴을 누르고 있는 건 터진 에어백일 것이었다. 우선 손발이 움직이는지 확인했다. 통증은 좀 있지만 움직이는 건 가능했다. 어렵게 팔을 들어 올려 줄기차게 가슴을 압박하는 에어백을 누르고 고개를 들었다. 폐 안으로 공기가 들어왔지만 물은 이미 가슴까지 차오르고 있었다. 그나마 조수석 쪽 유리창과 앞 유리가 멀쩡해서 실내에 공기가 남은 것 같았다.

"오빠!"

되는대로 악을 썼지만 대답은 없었다. 팔을 뻗어 운전석을 확인했다. 김태훈은 축 늘어져 있었다. 운전석을 정통으로 들이받혔으니 크게 다쳤을 것 같았다. 그녀는 필사적으로 몸을 움직여 자신의 안전벨트를 풀고 김태훈의 안전벨트로 손을 가져갔다. 더듬더듬 릴리즈버튼 누르자 벨트가 풀렸다. 그러나 무언가에 걸려서인지 벨트가 올라가지 않았다. 일단 김태훈의 상체를 뒤로 젖혀 코가 물 밖으로 나오게 하고 에어백을 누르면서 코밑에 손을 가져다 댔다. 다행히 숨은 쉬는 것 같았다.

"정신 차려요!"

뺨을 때려봤지만 반응은 없었다. 순간, 차가 어딘가에 닿는 충격이 느껴졌다. 차가 강바닥에 닿은 것 같은 느낌이었다. 그러나 뭘 어떻게 해야 하는지는 막막하기만 했다. 물이 목까지 차오르자 차 밖으로 나가야 한다는 생각이 들기 시작했다. 우선 얼마 남지 않은 공기를 한껏 들이마신 뒤 물속으로 들어가 이너핸들을 당기면서 힘껏 문을 밀어보았다. 그러나 조수석이 위를 향하고 있어서인지 아무리 밀어도 문은 꿈쩍도 하지 않았다.

'생각하자. 생각!'

도어포켓에 권총을 넣어두었다는 생각에 손을 뻗었다. 제자리는 아니지만 시트 사이에서 권총이 잡혔다. 고개를 빼고 한 번 더 숨을 들이마신 다음, 잡히는 대로 아무렇게나 유리창을 올려쳤다. '퍽' 하는 파열음과 함께 마지막 공기가 울컥 차 밖으로 빠져나갔다. 재빨리 시트를 뒤로 젖히고 물러나면서 김태훈의 상체를 끌어당겨 어찌어찌 창밖으로 밀어냈다. 폐에 온통 물이 들어차는 기분, 숨이 너무 막혔다. 마치 송곳 수백 개로 가슴을 마구 찔러대는 것 같았다.

'제발! 오빠! 나가! 제발!'

필사적으로 손발을 움직여 김태훈의 발까지 마저 밀어냈지만 점퍼가 문제였다. 창문 쪽 안전벨트 뭉치에 걸려 빠지지를 않았다. 점퍼를 떼어내는 데 걸린 몇 초가 영원처럼 길게 느껴졌다. 억지로 점퍼를 벗겨내고 자신은 깨진 뒷유리를 통해 차를 빠져나왔다. 늘어진 김태훈의 그림자가 수면의 어스름한 빛을 가리고 있었다. 급히 다가가 한 손으로 그의 목을 잡고 죽을힘을 다해 발차기를 시작했다.

그러나 가까운 것처럼 보이던 빛까지 올라가는 건 쉽지 않았다. 시간은 한없이 오래 걸렸고 발의 움직임은 자꾸만 느려지고 있었다. 폐를 찌르는 송곳이 턱없이 굵어지고 이렇게 끝나는구나 하는 생각이 머릿속을 괴롭히기 시작했다. 순간, 갑자기 귀청이 뻥 뚫렸다. 마침내 수면, 거칠게 숨을 들이마시면서 김태훈의 머리를 끌어안았다. 뺨을 스치는 바람이 매서웠지만 춥다는 생각은 전혀 없었다. 두세 번 숨을 돌리고 강변까지의 거리를 확인했다. 대략 30미터, 혼자라면 아무것도 아닌 거리였지만 김태훈을 끌고는 버거웠다. 무리하지 않는 것이 최선, 물의 흐름을 따라가면서 강변을 향해 꾸준히 발차기를 계속했다.

길고 지루한 시간은 물이끼로 미끄러운 강변의 바위에 손을 대면서 끝이 났다. 폭주하던 아드레날린이 멈췄는지 이가 서로 맞부딪히기 시작했다. 목은 간신히 물 밖으로 내놓았지만 숨도 제대로 쉴 수 없었고 어딘가에 부딪쳤는지 뺨도 지독하게 따가웠다. 침을 뱉자 피와 알 수 없는 풀이 섞여 나왔다.

"오빠."

김태훈의 귓전에다 쉰 목소리를 냈으나 반응은 여전히 없었다. 급히 코에 손을 다져다 댔다. 숨을 쉬는 것 같지 않았다. 다급하게 바위를 끌어당겼다. 그러나 손아귀에 힘이 없어서 자꾸만 미끄러졌다. 필사적으로 돌에 매달리면서 발을 디딜 만한 곳을 찾았다. 대여섯 번 시도 끝에 발이 진흙 같은 것에 닿는 느낌이 들었다. 그러나 엄청나게 미끄러워서 힘을 주기가 쉽지 않았다. 수도 없이 미끄러지면서 상체를 억지로 바위 위로 올려놓았다.

일단 물 밖으로 나오는 데는 성공, 귀가 먹먹했다. 바람이 매서운데도 바람 소리가 전혀 들리지 않을 정도였다. 이제 아직 물속에 있는 김태훈의 차례, 죽을힘을 다해 팔을 잡아당겼지만 물먹은 솜처럼 가라앉은 그의 몸은 요지부동이었다. 다시 물속으로 들어가 발부터 한쪽씩 물 밖으로 밀어냈다.

'제발!'

물 밖으로 나오자마자 기도부터 확보하고 기도하는 심정으로 입에다 바람을 불어넣었다. 그러나 호흡은 돌아오지 않았다. 속으로 숫자를 세면서 쉴 새 없이 가슴과 입을 오가며 인공호흡을 했다. 그래도 움직일 기미는 보이지 않았다. 시간이 흘러 속으로 센 숫자가 50을 넘어가자 이젠 숨을 쉬는 것도 힘에 부쳤다. 차츰 숨소리에 울음이 섞여 나오기 시작했다.

"일어나! 나쁜 놈아! 이렇게 그냥 죽어버릴 거야!"

끓는 소리를 내면서 발악하듯 뺨을 내리쳤다.

"콜록!"

꿈쩍도 하지 않던 김태훈의 입에서 갑자기 기침 소리가 나왔다. 숨이 가쁜데도 웃음이 터졌다. 헐떡거리면서 한참을 웃자 김태훈이 입안의 물을 토해내며 중얼거렸다.

"뭐가 그렇게 웃겨?"

"치… 죽게 놔둘 걸 그랬나 봐. 괜찮아요?"

"이게 괜찮은 거 같으냐? 쿨럭! 크흐… 더럽게 아프네. 나 겉옷 좀 벗겨주고 너도 벗어라. 이대로 움직이면 저체온증으로 죽을 거다."

김태훈은 왼쪽 손을 움직이지 못하고 있었다. 얼른 그의 상체를 일으켜 주고 자신도 웃옷을 벗었다. 일순 더 추워지는 느낌이 들었지만 별 차이는 없었다. 김태훈이 밭은 기침을 토해내며 물었다.

"여기 어디냐?"

"몰라요. 나도 충돌할 때 정신 잃었던 것 같아."

"네가 혼자 날 꺼낸 거니?"

"나… 오빠 죽은 줄 알았어! 으앙!"

멀쩡히 대답하던 한선아가 갑자기 펑펑 울기 시작했다. 긴장이 풀렸다는 뜻일 터, 김태훈은 고통을 억지로 참으면서 미소를 보였다.

"이거 제대로 빚겼네. 후후."

사실 물에 빠진 차 안에서 정신을 잃은 그를 빼낸 것만으로도 대단한 일을 한 셈, 상황 파악까지 바라는 건 욕심이었다. 그는 힘겹게 몸을 일으켜 주변을 둘러보았다. 두 사람이 올라온 자리는 강변의 바위들이 불쑥 튀어나온 곳이었다. 기억을 더듬어서 차가 물에 빠진 곳으로부터의 거리를 추측했다. 대략 500미터 안쪽, 극단적인 위험은 벗어났지만 여전히 위험지역 안이었다. 움직여야 했다.

우선 팔다리를 움직여 보았다. 오른쪽은 비교적 멀쩡했다. 그런데 직접적인 충격을 받은 왼쪽은 확실히 좋지 않았다. 팔은 어깨부터 탈골이 됐는지 움직이기 어려웠고 갈비뼈도 두 개쯤은 나간 것 같았다. 그래서인지 숨을 쉴 때마다 지독한 통증이 가슴을 타고 정수리까지 치솟아 올랐다. 그래도 왼쪽 다리는 움직일 수 있을 것 같았다. 심각한 타박상인 건 분명했지만 무릎의 통증만 견딘다면 뛰는 것도 가능해 보였다. 몸 상태가 확인되자 벗어놓은 점퍼 주머니를 뒤져 지갑과 쓸 수 있는 장비들을 챙겼다.

"총 가지고 나왔니?"

"그럴 여유가 없었어요."

그는 당연하다는 투로 고개만 끄덕이면서 전화기를 열어 보았다. 전화는 물론 무전기까지 모두 물에 젖었으니 사용불가, 야시경과 군용 단거리 무전기 하나만 챙겨 주머니에 넣었다. 야전에서 사용하는 물건들이니 무전기도 물만 털어내면 사용할 수 있을 것 같았다. 한선아가 뒤따라 자신의 물건들을 점퍼에서 꺼내자 그는 자신의 점퍼를 바닥에 깔고 한선아의 점퍼도 빼앗아 두껍게 깔았다.

"왜요?"

"나 좀 엎드리게 해줘."

한선아의 부축을 받아 점퍼 위로 엎드린 다음 부러진 나무토막을 하나 집어 입에 물었다. 움직이려면 당장 어깨부터 해결해야 했다. 그는 크게 심호흡을 하고는 어깨를 있는 힘껏 바닥에 내리쳤다.

"크흐……."

비명이 저절로 나왔지만 이를 악물고 참아냈다. 다행히 단 한 번의 시도로 어깨뼈는 맞춰진 것 같았다. 이제는 팔을 고정해야 했다. 한선아의 도움을 받아 입고 있던 남방의 단추를 풀고 한쪽 팔을 빼낸 다음, 소매와 반대쪽 옷깃을 최대한 단단하게 묶어버렸다. 일단 응급조치는 끝난 셈, 그는 점퍼와 전화를 모두 강물에 던져 버렸다.

"이제 가자."

한선아의 부축을 받으면서 어렵게 일어나 방향을 가늠했다. 수면을 비추는 조명은 처음 렌터카가 물에 빠진 지역을 중심으로 집중되어 있었다. 강을 되짚어 올라가는 것은 불가, 하지만 숨어서 밤을 새우는 것도 불가능했다. 흠뻑 젖은데다 여기저기 출혈까지 있어서 한겨울을 방불케 하는 추운 날씨를 밤새 견딜 수 없을 터였다. 한선아는 벌써부터 엄청나게 떨고 있었다. 이러면 강의 흐름을 따라 내려가는 것이 최선의 선택이었다. 수색이 강의 흐름을 따라 내려가면서 집중될 것이 뻔하지만 선택의 여지는 없었다.

우선 옷과 머리의 물을 최대한 짜낸 다음, 말라죽은 잡초들을 헤치면서 어렵게 북쪽으로 이동을 시작했다. 걸음을 옮기는 것 자체가 고통스러웠으나 끈질기게 움직였다. 최대한 빠른 걸음으로 20분 가까이 이동하자 낡은 가건물 하나가 보였다. 거리는 대략 100미터, 좁은 비포장도로가 가건물 입구까지 이어진 것으로 보아 십중팔구 대여하는 4륜 바이크들을 모아둔 창고였다. 그는 얼른 주머니를 뒤졌다. 다행히도 만능열쇠는 바지 주머니에 그대로 남아 있었다.

"갈아입을 만한 게 있는지 찾아보자. 이대로 움직이는 건 무리다."

한선아는 덜덜 떨면서 고개만 끄덕였다. 자신도 걷기 힘들 정도이니 한선아는 말할 것도 없었다. 얼음장처럼 차가운 한선아의 손을 잡아끌고 서둘러 걸음을 옮겼다. 일단 가건물까지 직선거리로 가장 가까운 곳까지 신속하게 이동한 다음 비포장도로 바로 밑에 배를 깔고 좌우를 살폈다. 어느 쪽에도 초병은 보이지 않았다. 그러나 진짜 위험은 초병이 아니었다. 차에 총질을 했던 저격수가 관건, 총탄이 날아온 각도를 고려하면 놈의 위치는 차가 물에 빠진 곳보다 한참 상류 쪽이었다. 어림잡아 1킬로미터 가까이 떨어졌다는 뜻, 웬만한 총기로는 저격이 어려운 거리였다. 최대한 빨리 움직이면 저격수의 조준경에 잡히지는 않을 것 같았다. 그는 마음을 정하자마자 움직이기 시작했다.

"뛰자. 셋에 간다."

몇 초 호흡을 가다듬은 다음, 단숨에 도로로 뛰어올랐다. 전력을 다해 뛰었지만 마음같이 움직이지는 못했다. 실제 거리는 겨우 100미터가 채 안 되는데도 불구하고 느낌은 1,000미터나 마찬가지였다. 애당초 뛰는 것 자체가 고역이어서 비포장도로 너머의 풀밭과 낮은 담장 아래에서 두 번이나 쉬어야 했다. 평소의 서너 배 이상 시간을 허비하고 나서야 겨우 창고의 그늘로 들어갈 수 있었다.

창고 벽에 기대 가쁜 숨을 몰아쉬면서 창고의 상태를 확인했다. 일단 안은 캄캄했다. 크지 않은 창문들은 전부 튼튼한 방범창으로 가로막혔고 문에는 방범 회사 로고가 큼지막하게 붙어 있었다. 방범 회사의 경보기가 문제될 수 있다는 판단으로 문 주변의 전선을 살폈다. 그런데 전선이 보이지 않았다. 그냥 도둑들에게 겁을 주기 위해 로고만 달아놓은 모양이었다.

그는 간단하게 문을 따고 들어가 안에서 잠그고 손잡이에다 의자를 받쳐 놓았다. 일단 한숨을 돌린 두 사람은 문 바로 옆에 주저앉아 젖은 옷을 벗어 던지고 정신없이 서로를 마사지했다. 제법 시간이 흐르고 나서야 창고 내부에 눈이 갔다. 창고는 별로 넓지 않았다. 중고 바이크 10여 대와 낡은 캐비닛 몇 개, 작은 철책상 하나, 정비용 공구 카트가 비교적 깔끔하게 정돈되어 있었다. 그는 서둘러 캐비닛부터 살폈다. 당장 옷을 갈아입지 않으면 밤을 넘기기도 어려울 터였다.

다행히 캐비닛 안에서 기름때 묻은 작업복 몇 벌과 구급상자를 찾아낼 수 있었다. 속옷까지 모두 벗어버리고 작업복으로 갈아입었다. 평소 같으면 가릴 데 가리면서 서로 눈치를 봤겠지만 어두운데다 워낙 다급하다 보니 신경조차 쓰이지 않았다. 대충 옷을 갈아입은 다음 구급상자에서 진통제 몇 알을 꺼내 물 없이 삼켜버리고 책상 아래에 나란히 걸터앉았다. 차츰 몸에 온기가 돌아오면서 제대로 된 생각이란 걸 하기 시작했다. 그런데 가장 먼저 튀어나온 건 허탈한 웃음이었다. 한선아가 고개를 갸웃하며 그에게 눈길을 주었다.

"왜 웃어요?"

"그냥 웃겨서. 하하. 윽. 아프네."

사실 그가 웃은 이유는 대한민국 최고의 연예인과 최고의 저격수가 물에 빠진 생쥐 꼴로 나란히 주저앉아 벌벌 떨고 있다는 생각이 들어서였다. 시쳇말로 간지 안 나는 형상, 작업복에서 풍기는 요상한 악취는 둘째 치고 온통 떡 진 머리에 얼굴도 흙투성이여서 꼴이 말이 아니었다. 한선아가 마주 웃으며 그의 손을 잡았다.

"참 내. 오빠 정말 천하태평이야. 지금 밖에 있는 사람들 피해서 달아날 궁리해야 되는 거 아니에요? 이 마당에 웃음이 나와요?"

"후후. 남자 체면에 울 수는 없잖냐. 도망가는 건 지금부터 방법을 생각해야지."

"오빠 당장 병원 가야 돼요. 치료받지 않으면 불구가 될지도 모른다고요."

"이리 와."

그는 한선아의 어깨를 툭툭 치면서 끌어안았다. 서로의 온기가 전해지면서 조금이나마 추위가 가시는 느낌이었다.

"사실 더 심한 부상을 당한 적도 많아. 너무 걱정하지 마라. 조금 쉬었다가 움직이자."

그는 앉은 자세 그대로 창문으로 시선을 돌렸다. 그런데 빛이 느껴졌다. 대테러부대가 총기 앞에 부착하는 소형 랜턴 같아 보였다. 그는 재빨리 젖은 옷가지들을 모아 책상 밑에다 쓸어넣고 책상과 캐비닛 사이로 몸을 숨겼다. 초조한 시간이 한참 흐른 뒤, 랜턴의 빛줄기가 창문을 통해 창고 안으로 뻗어왔다. 최소한 2명, 최대한 흔적을 없애면서 이동했지만 흔적을 남기지 않았다고 자신할 수는 없었다. 몇 바퀴 내부를 휘저은 빛줄기는 곧 사라졌고 발자국 소리는 북쪽으로 멀어져 갔다.

그는 조심스럽게 캐비닛 사이에서 나와 창을 통해 멀어지는 빛을 눈으로 확인하면서 잠시 갈등했다. 수색병력이 앞서 이동하는 판이니 강을 따라 이동하는 건 현실적으로 어려웠다. 강을 건너가는 것도 기각, 몸이 멀쩡하다면 시도해 볼만하겠지만 현재로서는 무리, 남은 옵션은 동쪽 산지로 들어가서 활로를 찾는 것뿐이었다. 그러나 그것도 위험부담이 크기는 마찬가지였다. 도로는 차단됐고 곳곳에 저격수가 자리를 잡은 상태, 어쩌면 더 위험할 수도 있었다. 그렇다고 여기서 밤을 보낼 수는 더더욱 없었다. 차라리 이동하는 병력을 따라가면서 기회를 보는 편이 나을 것 같았다.

일단 나가기로 마음을 결정한 김태훈은 젖은 옷가지들을 한꺼번에 묶어 들고 조심스럽게 창고를 나섰다. 멀리 보이는 랜턴과의 거리를 유지하면서 숲 가장자리를 통해 이동을 시작했다. 처음 한동안은 이동이 비교적 순조로웠다. 그러나 시간이 흐르면서 어깨와 무릎의 통증이 신경을 건드리기 시작했다. 돌부리에 부딪히는 횟수가 차츰 늘어나더니 종국에는 걸음을 떼어놓을 때마다 한선아의 부축을 받아야 하는 형편으로 치달았다. 이대로는 무리라는 생각을 떠올릴 즈음, 랜턴의 빛이 제자리를 맴돌기 시작했다.

뭔가 있다는 뜻, 조금 더 접근하자 강변에 후줄근한 천막이 보였다. 천막 너머는 작은 선착장이었다. 아마도 여름 한철 배를 빌려주던 곳일 터였다. 잘하면 강을 건널 수 있을 거라는 생각으로 최대한 가까이 접근했다. 그런데 한동안 선착장 안에서 춤을 추던 랜턴 불빛이 이번엔 움직일 생각을 하지 않았다. 그는 쉬기도 할 겸 선착장이 보이는 잡초 속에서 잠시 대기하면서 호흡을 가다듬었다. 어쩌면 놈들이 선착장에 남아 감시할 수도 있다 싶어 제압할 방법을 떠올렸지만 곧 생각을 접었다. 맨손으로 자동소총을 든 특수부대 대원 둘을 제압하는 건 어림없는 소리였다.

다행히도 랜턴은 다시 움직이기 시작했다. 랜턴의 불빛이 북쪽으로 멀어지자 두 사람은 서둘러 천막 안으로 들어갔다. 그러나 기대와는 달리 천막 안에는 아무것도 없었다. 배는커녕 선착장이라면 으레 비치되어 있어야 할 구조 튜브조차 보이지 않았다. 천막 안을 대충 둘러본 그는 천막의 나일론 줄을 풀어내 한쪽 귀퉁이에 널려 있는 나무 팔레트 몇 개를 튼튼하게 묶었다. 남은 방법은 이것뿐이라는 판단, 선착장 안쪽에서 팔레트를 물에 떨어트리고 한선아를 팔레트 위에 엎드리게 했다. 이어 작업복을 벗어 한선아에게 넘겨주고 아예 물속으로 들어갔다. 강 건너까지의 거리는 대략 150미터, 한선아는 물속에서 버티지 못하겠지만 그는 가능했다.

✝

"시체를 확인했나?"

차갑게 묻는 차성묵의 시선은 검게 반짝이는 수면에 흔들림없이 고정되어 있었다. 양철민이 재빨리 말을 받았다.

"빠진 자리가 좋지 않습니다. 유속은 크게 빠르지 않지만 수심이 상당히 깊습니다."

"빠져나갔을 수도 있겠군."

"차가 물에 처박힐 때 놈은 분명히 차 안에 있었습니다. 조수석에 여자도 하나 있었다는데 한선아인가 하는 그 여자일 것으로 판단됩니다."

"그렇겠지. 일단 수색을 강변 전체로 확대한다. 도로는 전면 차단하고 강 건너에도 수색부대를 보내라. 인근 헌병대를 전부 동원해. 별장 주변에 배치된 저격수들도 최소 인원만 남기고 강변을 직접 감시할 수 있는 지역으로 이동시켜라."

"하지만… 아닙니다."

양철민은 무어라 토를 달려다가 말고 가까이 있는 상사계급장을 단 사내에게 손짓을 했다. 상사가 부동자세를 취한 뒤 사라지자 차성묵은 한동안 강 건너편을 달리는 자동차들의 전조등을 노려보다가 등을 돌렸다.

"무슨 짓을 해서든 놈의 흔적을 찾아내라. 놈은 유령이다. 시체를 두 눈으로 확인하지 못하면 죽은 게 아니다."

양철민 대위도 말없이 부동자세를 취했다. 그는 느릿하게 차로 돌아가 시동을 걸었다. 분명 운이 좋았다. 사실 횡재를 한 것이나 마찬가지였다. 중국인들의 통화를 감청하고 대원들을 재배치하는 데까지 걸린 시간이 무려 15분 남짓, 당연히 빠져나갔으리라고 생각했던 놈이 허실수로 깔아놓은 최외곽 초소에 걸린 것이었다.

순식간에 막다른 골목에 몰아넣었고 상황은 철저히 통제되고 있었다. 어쩌면 생포도 가능할지 모른다는 생각을 떠올렸는데 마지막 순간, 문단속에 실패하고 말았다. 물론 저격수의 집중적인 총격을 받으면서 아군 SUV에 정통으로 운전석을 들이받혔고 대응을 생각하기도 전에 초겨울 강물 속으로 처박혔으니 놈의 생존 가능성은 당연히 높지 않았다. 그러나 놈의 이름은 유령이었다. 시체를 보기 전에는 절대 안심할 수 없었다.

'젠장!'

별장으로 돌아오는 20분 남짓한 시간 내내 기분 나쁜 기시감에 시달렸다. 소매에서 물을 뚝뚝 떨어트리는 놈의 시커먼 그림자가 멀쩡하게 서 있는, 그의 등에다 칼을 꽂는 섬뜩한 장면이 계속 눈앞에서 아른거렸다. 무전기에서 그를 호출하는 이민석의 목소리가 들려왔다.

─올빼미 하나. 올빼미 하나. 올빼미 둘이 위치 확인합니다. 응답하십시오.

보나마나 박재영이라는 작자가 이민석을 닦달하고 있을 터였다. 쓸데없는 응답에 신경을 낭비하고 싶지는 않았다. 무시해 버리고 곧장 별장 내부로 진입했다. 어수선한 진입로를 빠른 속도로 통과해 별관 입구에 대충 차를 대고 계단을 뛰어서 올라갔다. 예상대로 열린 별관 문을 통해 박재영의 짜증스런 목소리가 흘러나왔다.

"차성묵이는 어디 있는 게야?"

"현장에 계십니다. 곧 연결될 겁니다."

박재영의 채근에 이민석이 미간을 찌푸리며 말을 받았다. 노골적인 거부감을 내보인 것이지만 박재영은 신경도 쓰지 않았다.

"잡았다는 거야, 뭐야?"

"아직 수색 중입니다. 아군의 총격을 받은 상태에서 우리 차량과 충돌하고 강으로 떨어졌습니다. 사망했을 가능성이 높습니다."

"놀고들 있네. 그 귀신같은 놈이 쉽게 뒈질 것 같아? 다 뒤져! 찾아내란 말이야!"

이민석이 입을 다물고 박재영이 다시 목소리를 높이자 줄곧 박재영의 뒤통수를 노려보던 차성묵이 노크하듯 문을 두드렸다. 몇 개의 시선이 한꺼번에 돌아왔다. 박재영이 고개를 홱 돌리며 말했다.

"어, 왔구만. 어떻게 됐어? 그 새끼 확실히 뒈진 건가?"

"아직 시체는 확인되지 않았습니다."

"염병할. 너희들 도대체 뭐야? 육군첩보대? 하! 제대로 하는 게 하나도 없는데 무슨 놈의 대한민국 최강이야! 뭐? 자주국방? 놀고들 자빠졌네. 이런 허접한 군대를 데리고 무슨 놈의 자주국방이야! 미군 없이는 제 밑도 못 닦는 멍청한 것들 같으니. 네미럴!"

박재영은 되는대로 험한 말을 토해내며 별관을 나섰다. 차성묵은 박재영이 나가도록 슬쩍 문에서 비켜서서 계단을 내려가는 박재영과 비서의 등을 물끄러미 쳐다본 다음 이민석에게 시선을 돌렸다.

"다른 놈들은 없었나? 느낌상 놈 혼자가 아니야."

"인근 도로를 모두 차단하고 철저히 검문하고 있습니다. 현재까지는 오입질하러 나온 남녀 여섯 쌍이 전부였습니다. 다만 폭발 사고가 난 지역은 경찰과 소방차가 투입된 상황이라 통제가 어렵습니다."

"젠장. 그쪽을 통해서 빠져나갔을 수도 있겠군. 일단 내일 아침까지는 동원한 헌병들 귀대시키지 않도록 조치해 둬. 난 강 건너에 좀 다녀와야겠다. 잘 알겠지만 놈의 시체를 찾을 때까지는 긴장들 풀지 않도록 아이들 단속에 신경을 써라."

"알겠습니다."

차성묵은 자신의 방에 들러 야시경을 챙겨 들고 별관을 나섰다. 마음을 놓을 상황은 절대 아니었다.

김태훈이 강변에 발을 올렸을 때는 팔다리가 거의 움직이지 않는 상태였다. 물 밖으로 나오자 살을 에는 듯한 매서운 바람이 흠뻑 젖은 살갗 여기저기를 무섭게 후벼 파며 지나갔다. 어렵게 마른 작업복을 걸치고 팔과 허벅지를 비볐으나 감각은 돌아올 기미조차 보이지 않았다. 이빨이 걷잡을 수 없이 부딪히기 시작하자 한선아가 가슴에 품다시피 하면서 가져온 운동화를 그에게 신겼다. 한기가 조금 가시는 기분이 들었다. 그러나 기분뿐이었다. 이대로는 30분도 버티기 어려울 터, 일단 움직여야 했다.

"우… 움지… 여야… 이자."

턱이 멋대로 움직이는 통에 발음이 제대로 되지 않았다. 그래도 한선아는 무슨 뜻인지 알아들었는지 필사적으로 달라붙어 그를 부축했다.

"가요."

도로를 만나려면 두 사람이 있는 자리에서 30미터 이상 가파른 경사를 올라가야 했다. 그냥은 도저히 올라갈 수 없는 경사, 일단 북쪽으로 방향을 잡았다. 그런데 느닷없이 로프 하나가 발밑에 떨어졌다. 그는 반사적으로 자세를 낮추면서 도로를 올려다보았다.

"꼴이 말이 아니네! 유령!"

분명 여자의 목소리, 그리고 영어였다.

'로이스? 미치겠군.'

김태훈은 내심 욕설을 퍼부으며 몸을 일으켰다. 그가 로프를 발로 툭 차자 로이스가 깔깔거리며 말을 덧붙였다.

"호호. 자존심 버려! 그 꼴로는 10분도 못 버틸걸? 조금 있으면 강 건너에 있는 무서운 아저씨들도 이쪽으로 건너올 텐데 어떻게 빠져나가려고 그러시나? 옛정을 생각해서 던져 주는 선물이니까 그냥 받아! 조건은 나중에 달게! 호호호."

그는 이런저런 생각을 접어버리고 한선아와 나란히 허리를 묶었다. 10분도 버티지 못한다는 로이스의 말은 사실이었다. 당장 걷는 것도 불가능할 지경, 지옥으로 끌려간다고 해도 일단은 올라가야 했다.

로이스는 관광객 차림의 건장한 사내 둘과 함께 로프를 당기고 있었다. 김태훈이 가드레일 위로 발을 올리자 사내 하나가 재빨리 짙은색 밴을 끌어다 가까이 댔다. 두 사람은 앞뒤 재지 않고 곧장 차에 올라타 눈에 보이는 담요를 뒤집어썼다. 차가 출발하자 로이스가 한선아를 아래위로 훑어보더니 한선아의 작업복 옷깃을 슬쩍 들췄다. 한선아가 매섭게 손을 뿌리치자 로이스가 비릿하게 웃었다.

"잘나가는 연예인이라더니 제법 인형 같네. 이만하면 윤곽도 뚜렷하고… 가슴이 좀 빈약하지만 한국 여자치고는 괜찮은 편이네. 씻겨놓으면 확실히 모양이 나겠어. 호호."

한선아는 그를 보호라도 하겠다는 듯 그를 뒤로 밀어내면서 로이스를 노려보기 시작했다. 그가 미간을 좁히며 끼어들었다.

"말… 조심해."

로이스가 선뜻 그의 코앞으로 얼굴을 들이대며 말을 받았다.

"아! 미안. 미안. 그런데 이 여자 어디가 나보다 나은 거야? 안기는 맛이 다른가?"

"쓸데없는 소리 치워라."

그는 계속 농담을 지껄이는 로이스를 외면하고 한선아를 끌어당겨 이마에 입술을 가볍게 대면서 창밖으로 시선을 가져갔다. 차는 신속하게 강변도로를 빠져나가 98번 국도로 방향을 잡고 있었다. 중부고속도로를 타겠다는 의도인 것 같았다. 건너편에 특별한 위험은 없어 보였다. 국도에 올라온 밴이 속도를 높이자 그가 로이스의 말을 잘랐다.

"그보다 넌 어떻게 날 찾았지? 중국인들도 그렇고 너도 그렇고 내 행적이 이런 식으로 노출되는 건 있을 수 없는 일이야. 뭔가 잘못됐어."

"호호. 공짜로 답을 줄 수는 없지 않겠어? 나중에 이야기하자고. 지금은 좀 쉬어."

"와중에 여기까지 왔다는 것만으로도 네가 원하는 게 있다는 뜻이다. 빚을 하나쯤 더 만들어놓는 것도 나쁘지 않을 거야."

"호호. 역시 당신과 대화하는 건 아주 즐거워. 간단해. 답은 국정원이야."

"국정원?"

"국정원이 1급 경계에 들어가면 NSA는 국정원에 걸려오는 전화를 모조리 감청해. 물론 국정원도 자체적으로 감청에 들어가지. 그런데 이 NSA 감청 시스템이라는 게 무차별 단어 검색이잖아. 보안회선을 쓴다고 해도 상대 전화기가 필터링되지 않으면 말짱 도루묵이야. 그리고 공중전화라고 위치를 못 찾는 게 아니거든."

장석호와의 통화는 물론 중국인들의 통화도 당연히 감청 대상이 되었을 터, 어느 정도는 설명이 된 셈이었다. 그러나 앞뒤가 맞지 않았다. 이런 신속한 대응은 느려터진 미국 정보기관의 생리와도 상당한 거리가 있었다. 그의 눈빛이 계속 대답을 요구하자 로이스가 고가로 보이는 신형 야시망원경과 지향성 도청장치를 양손으로 들어 보이며 말을 더했다.

"성깔하고는. 그래, 맞아. 근처에서 불구경을 좀 했어. 강을 건너가지도 않았는데 구경은 신나더군. 무방비 상태로 강을 건너오는 당신을 찾는 것도 별로 어렵지 않았고 말이야. 그런데 자세히 보니까 우리 독불장군께서 좀 힘들어 보이더라고. 그래서 관대하신 이 몸이 도움의 손길을 내밀었지. 호호.”

“아직도 궁금증이 해결되지 않았나 보군.”

“그런 셈이야. 자… 보자. 당장 입을 열 것 같지는 않고… 좀 쉬라고. 이야기할 시간은 앞으로 많을 거니까. 호호.”

사실 한기가 가시면서 온몸이 늘어지고 있었다. 손발 끝이 따끔거리지만 않았다면 진즉에 곯아떨어졌을 정도로 엄청나게 피곤했다. 그래도 할 일은 남아 있었다. 그가 불쑥 손을 내밀었다.

“전화기 좀 빌려줘.”

“전화기?”

로이스는 두말없이 핸드백을 뒤져 전화기를 그에게 건넸다. 그는 즉시 오정식에게 전화를 걸었다. 벨이 두 번 울린 다음 끊고 다시 두 번을 반복했다. 오정식은 마지막 벨이 울리자마자 전화를 받았다. 목소리는 긴장으로 무겁게 가라앉아 있었다.

[접니다.]

“집에 왔니?”

[예, 형님은요?]

“아직이야. 이사해라. 집도 옮기고.”

약속 장소를 즉시 떠나라는 뜻, 하남의 숙소도 버리라는 의미였다.

[괜찮으십니까?]

“이사하고 나서 통화하자. 그리고 전화도 바꿔라. 알지?”

[예.]

그는 전화를 끊고 로이스에게 던졌다.

"어디로 가는 거지?"

"한국 정부의 손이 닿지 않는 곳, 그리고 일본인의 손도 닿지 않는 곳. 서울은 아냐. 대답이 됐나? 헤이! 매튜! 음악 좀 틀지!"

로이스의 말에 조수석에 앉은 사내가 CD를 오디오에 밀어 넣었다. 경쾌한 리듬이 귓전을 때리리 시작했다. 목소리만 들어도 쉽게 알 수 있는 가수 톰존스, 몇 년 전에 미국의 인기 드라마 타이틀곡으로 삽입되었던 제법 경쾌한 곡이었다. 하지만 기억나는 가사는 오로지 제목 'Sexbomb' 뿐이었다. 걸죽한 사내의 목소리가 연신 섹스밤을 외쳐 댔다. 로이스가 몇 소절을 따라 부르며 요염하게 어깨를 들썩였다.

"어때, 허니. 멋지지 않아? 호호호."

그는 말없이 고개만 가로저어 보이고는 등받이에 기대 눈을 감았다. 이 여우를 상대하려면 확실히 맑은 정신이 필요했다. 그리고 휴식은 이동하는 시간 몇십 분이면 충분했다.

CHAPTER 2
잿빛 진실

박재영은 차성묵의 자동차가 별장을 빠져나가는 것을 내려다보면서 술잔에 얼음을 떨어트렸다. 놈이 죽었다면 그걸로 만족이었다. 랩탑은 못 찾겠지만 이제 심기일전, 마음 놓고 다음 수순을 생각할 수 있다는 것만으로도 기분이 좋아지고 있었다. 유리창에 비치는 그의 입가에서 웃음이 떠나지 않았다.

크게 기지개를 켠 다음, 술을 따르려는데 휴대전화가 반짝였다. 본사 회장실의 번호, 귀찮지만 이건 받아야 했다.

"여보시오."

[박형문입니다.]

30년 넘게 근무한 아버지 박일선의 비서실장, 나이 든 여우로 가장 신경 써야 할 경계대상 중 하나였다.

"무슨 일이요?"

[회장님께서 찾으십니다. 동작동으로 건너가십시오.]

"지금?"

[예. 아까 전화를 한 통 받으셨는데 이후에 정말 대노하셨습니다. 서두르시는 것이 좋을 것 같습니다.]

"알았소. 당장 출발한다고 전해 드리시오. 다시 연락하지."

그는 곧장 차를 준비시켜 별장을 떠났다. 박일선이 대노한 채 그를 찾는다면 무조건, 그것도 빨리 얼굴을 들이밀어야 했다.

그러나 박재영이 동작동에 도착한 건 그로부터 무려 2시간 40분이 지난 밤 11시가 가까워서였다. 줄기차게 운전기사를 닦달했지만 시도 때도 없이 막히는 시내의 교통 여건이 전혀 도와주지를 않았다.

정문에서 보고를 했는지 그가 응접실에 들어서자마자 박일선이 계단을 내려왔다.

"늦었구나."

"차가 좀 막혔습니다."

"앉거라. 술 한 잔 하겠느냐?"

"아닙니다."

그가 소파에 자리를 잡자 위스키를 한 잔 따른 박일선이 TV를 켜고는 소파로 건너와 기대앉으며 '끙' 하는 소리를 냈다.

"무슨 일이십니까?"

"저것부터 한 번 봐."

TV에서는 신임국방부 장관 내정자 최명철의 약력이 간단하게 소개되고 있었다.

"이야기는 들었습니다."

"그래. 예정된 수순이나 마찬가지지. 그런데… 저 양반 갑자기 네 이름을 거론하더구나."

"저를요?"

"그래서 말인데… 네가 잠시 해외에 나갔다 오는 것이 좋겠다."

"해외라니… 무슨 말씀이십니까?"

"전화는 내가 먼저 했다. 인사차 말이야. 그런데 대뜸 네가 아주 좋지 않은 사건에 연루된 것 같다면서 내사를 시작하겠다고 하더구나. 그래서 네가 잠시 한국을 뜨는 게 좋겠다고 결정한 게야."

"그 사람 뭘 알고 떠드는 건가요? 예편한 지도 오래됐고 지금도 겨우 장관 내정자 신분 아닙니까."

"만만한 사람이 아니야. 아직도 군을 마음대로 쥐락펴락하는 사람이다. 그 사람이 내사를 거론한 건 진짜 내사를 하겠다는 뜻이 아니야. 경고를 한 거다. 자중하라는 거지."

"자중이라니요. 우리가 얼마나 현 정권을 밀어주고 있는데 그런 헛소리를 합니까? 그리고 이 중차대한 시기에 외유라니요! 말이 됩니까?"

"네가 없어도 일은 지장없이 진행된다. 중요한 시기이니만큼 괜한 구설수는 피하는 게 좋아. 어차피 장관은 파리 목숨이다. 몇 달만 버티면 그만이야."

"지금 장기간 외유를 하면 더 좋지 않게 보일 겁니다. 그럴수록 버텨야죠."

박일선은 술잔을 입에 대면서 고개를 가로저었다.

"답답한 녀석. 정치판에서는 어떻게 보이느냐가 중요한 게 아니다. 어떻게 보고 싶으냐가 더 중요한 게야. 넌 누구라도 마음만 먹으면 언제든 손을 쓸 수 있을 만큼 이런저런 좋지 않은 일에 너무 많이 연루됐어. 지금은 피하는 게 상책이다. 그렇게 해."

"당장 방대섭 회장 쪽도 문제가 생겼지 않습니까. 수습을 해야죠."

"그건 최병만 이사에게 일임하면 된다. 얼마든지 가능해."

"최병만이요? 그자는 주먹질 잘하는 똘마니에 불과합니다. 큰일을 믿고 맡기기는 어렵습니다. 아시지 않습니까?"

"자리가 인물을 만드는 거다. 그 친구 벌써 방대섭 회장의 조직을 장악하는 작업에 들어가 있더구나. 제법 쓸 만한 친구야.

"젠장!"

박재영은 오만상을 찌푸렸다. 천신만고 끝에 목숨을 위협하는 놈을 잡았다 싶었더니 더 큰 위협이 시퍼런 칼날을 목젖에 들이댄 꼴, 더구나 기획실 박일웅과 최병만이 만난 시기가 미묘했다. 두 사람은 분명히 방대섭이 죽기 전에 얼굴을 맞댔다. 그렇다면 이 모든 것이 처남 김길수의 음모일 가능성이 높았다. 머릿속에서 시뻘건 경고등이 번쩍이기 시작했다. 그러나 당장 박일선에게 저항하는 건 무모한 짓이었다. 일단 지시에 따르면서 다음 수순을 생각해야 했다. 그가 침묵을 지키자 박일선이 다시 말했다.

"네가 수배해 둔 전세기 편에 같이 나가서 잠시 일본인들과 시간을 보내도록 해라. 자리 몇 개 더 만드는 건 어렵지 않을 게야."

"그것도 알고 계셨습니까?"

"내가 모르는 일은 없어. 당장 준비해서 떠나라. 지금은 그게 최선이다."

박일선은 무심한 표정으로 손짓을 했다. 지금 토를 다는 건 무의미한 짓, 박재영은 입술을 잘근잘근 씹으며 자리에서 일어났다. 어차피 한국을 떠야 한다면 필리핀도 나쁘지 않았다. 필리핀에도 그룹이 관리하는 최고급 리조트가 있었다.

✝

김태훈은 귀청을 때리는 묵직한 굉음에 눈을 떴다. 전투기가 통과하는 폭음일 터였다. 누운 자리가 미 제7공군 51전투비행단 구내의 야전병원이니 도리가 없었다. 어렵게 몸을 일으키려는데 손끝에 머리카락이 잡혔다. 한선아였다. 침대 옆에 엎드려 잠이 든 모양이었다. 해가 떴는지 햇빛이 창가에 길게 그림자를 드리우고 있었다. 상체만 일으켜 잠시 한선아의 머리를 쓰다듬은 다음, 몸 상태를 하나하나 점검했다.

진통제를 제법 맞아서인지 통증은 별로 느껴지지 않았다. 가장 심각해 보이는 건 시뻘겋게 부어오른 어깨였다. 탈골이 확실해서 아무래도 행동이 부자연스러울 것 같았다. 시커멓게 멍이 든 갈비뼈 부위는 두 개가 금이 갔다는 판정, 양쪽 다 지금은 통증을 크게 느끼지 못하지만 진통제 약효가 떨어질 즈음이면 움직일 때마다 머리에 쥐가 날 것이었다. 그나마 다행인 건 붕대가 칭칭 감긴 무릎의 상처였다. 시커멓게 살이 죽었고 출혈도 제법 있었지만 의사의 소견은 타박상과 열상이 전부였다. 나머지 자잘한 상처들은 어깨와 갈비뼈의 통증에 묻혀 아예 신경조차 쓰이지 않았다.

다시 전투기 한 대가 폭음을 토해내면서 지나가자 한선아가 움찔하면서 머리를 들었다.

"어… 오빠. 일어났어요?"

"그래. 좀 어떠니?"

"오빠보다야 당근 양반이지. 나도 몇 군데 치료받았어. 오빠는? 괜찮아?"

"몸의 상처는 아무것도 아니야. 왜 이런 개망신을 당했는지 모르는 게 진짜 문제지."

"무슨 문제 있어요?"

"생각해 봐. 중국인들은 '우연히' 널 봤다고 했어. 우연히 말이야. 그런데 '우연히'라는 단어는 이 바닥에 없는 말이야. 그렇다면 안전할 것으로 보았던 내 친구와의 통화가 감청돼서 전화를 건 내 위치가 노출됐다는 이야기인데 그것도 말이 잘 안 돼. 저쪽은 안전한 회선을 이용했고 이쪽은 공중전화, 물론 이야기를 좀 길게 했지만 그렇다고 어제 내 행적이 고스란히 노출된 이유로는 충분치 않아. 너도 기억하겠지만 식당은 전화를 끊고 한참 시외로 빠져나온 다음이야. 그것도 무작위로 아무 식당이나 들어갔어. 그럼 전화가 원인이 아니라는 이야기야. 결국 뭔가 놓친 게 있다는 뜻이지."

교과서적인 이야기지만 작전을 앞둔 필드요원들이 가장 민감하게 반응하는 단어는 '준비'였다. 굳이 부연설명이 필요없는 격언 수준의 말, 실제로 모든 작전의 성패는 준비가 충분하냐 아니냐에 달렸다고 해도 과언이 아니다. 물론 완벽하게 준비가 되었다고 해서 현장에서 무조건적인 성공이 담보되는 건 아니지만 승률은 분명히 올라간다. 적의 상황과 나의 자원이 충분히 검토되고 적절한 시기와 장소가 전제되어야만 비로소 아무도 죽지 않는 작전이 가능했다.

그런데 완벽한 준비는 충분한 시간과 같은 의미였다. 따지고 보면 방대섭을 처리한 뒤, 곧장 별장을 칠 준비에 들어가다 보니 시간적으로 턱없이 부족했던 것이 사실이었다. 결국 서두르다가 뭔가를 놓쳤다는 이야기였다.

한선아의 눈빛이 불안하게 흔들리자 그가 미소를 보였다.

"나중에 다시 생각해 보자. 여기 벌레 몇 마리는 날아다닐 거야."

"벌레?"

"도청기 말이야. CIA 아이들은 '버그'라고 하거든."

"아. 들어본 거 같다."

"지금 몇 시니?"

"오후 2시 40분이야."

"오후?"

"응. 오빠 오래 잤어."

"내가 깼으니 나타날 때가 됐네."

"뭐가?"

한선아의 질문에 그는 턱으로 병실 문을 가리켰다. 문 앞에는 하늘하늘한 파란색 블라우스 차림의 로이스가 손을 흔들고 있었다.

"굿애프터눈, 허니?"

"헤이."

그의 심드렁한 대답에도 로이스는 빙글빙글 웃으면서 침대 발치에 와서 기대섰다.

"퇴물인데도 당신 정말 튼튼하더군. 의사 말이 회복력 끝내준다던데? 퇴원을 권하지는 않지만 굳이 원하면 통원치료도 가능하다더라. 물론 무리하지 않는다는 조건이야. 그리고 이쪽 여자분은 이마의 혹만 빼면 기적적으로 멀쩡하대."

"그래서?"

"한 열흘치 약을 처방해 달라고 했지. 당신 성질머리에 절대 침대에 붙어 있을 거 같지 않아서 말이야."

보나마나 뻔한 이야기, 그가 피식 웃으며 고개를 끄덕였다.

"이번에 신세 한번 졌다."

"아! 그 신세 지금 갚아. 지부장이 갑자기 날아왔거든. 당신 면담 좀 하자는데?"

"콘래드가?"

직접 얼굴을 맞대지는 않았지만 무척이나 익숙한 이름, 콘래드 는 CIA 동아시아 지부장이었다. 섬세하고 꼼꼼한 일 처리로 유 명한 일본통으로 웬만해서는 동아시아지부 헤드쿼터가 있는 도 쿄를 떠나지 않는 자였다. 평소 여행을 달가워하지 않는 그가 직 접 한국까지 날아왔다는 건 그만큼 이번 일에 신경을 쓰고 있다 는 뜻이었다. 그가 미간을 좁히자 로이스가 침대 난간을 툭툭 치 며 손짓을 했다.

"일단 나가자. 내가 점심식사 대접할게. 식사부터 한 다음에 무시무시한 오산 에어베이스 51항공대 지하벙커로 들어가 보자 고. 호호호."

"이 꼴로?"

김태훈은 양손을 들어 보였다. 두 사람 다 속옷도 없는 허술한 환자복뿐이었다. 로이스가 들고 있던 손가방 두 개를 침대에 올 려놓았다.

"아! 이거 입어봐. 입고 있던 옷이랑 젖은 옷들은 다 소각했거 든. 두 사람 소지품은 침대 옆 옷장에 넣어뒀어."

손가방 속에 들은 건 두툼한 군용 남녀 트레이닝복과 속옷, 그 리고 운동화였다. 로이스가 씩 웃으며 다시 말했다.

"구할 수 있는 게 그것뿐이었어. 기지 밖에서 쓸 만한 옷으로 사오라고 지시해 뒀으니까 면담 끝나면 갈아입으라고. 호호."

"그러지. 잠시 나가주겠어?"

"어머? 볼 거 다 본 처지에 새삼스럽게 뭘 가리시나. 그냥 갈아 입어."

김태훈이 어이없다는 표정으로 노려보자 로이스가 양손을 내저으며 등을 돌렸다.

"알았어, 알았어. 애인 앞이다 이거지? 밖에서 기다릴게. 호호."

로이스가 방을 나서자마자 한선아의 매서운 눈길이 돌아왔다.

"저 여자 뭐예요? 왜 오빠한테 자꾸 추근대죠?"

"해외작전을 몇 번 같이 한 적이 있어. 괜한 오해하지 마라."

그는 심드렁하게 말하고 한선아가 보는 데서 그냥 환자복을 벗어버렸다. 깜짝 놀란 한선아가 황급히 고개를 돌리자 그는 등 뒤에서 소리없이 웃으면서 옷을 걸쳤다. 사실 뜨끔한 상황이었다. 작전 중에 벌어진 일을 구구절절이 설명하려면 꼴이 구차해질 것 같아서 그냥 입을 막아버린 것이었다. 그러나 옷을 갈아입고 방을 나서 식당에 도착할 때까지 한선아는 그의 팔에 달라붙어 떨어질 생각을 하지 않았다. 간간이 로이스에게 견제의 눈빛을 쏘아보내는 것도 잊지 않았다.

장교 식당에서 로이스가 산 맛없는 샌드위치와 커피로 간단하게 점심을 때우고 정복 하사관의 안내에 따라 사령부 건물 지하로 들어갔다. 엘리베이터로 한참을 내려간 다음, 구불구불한 복도를 몇 번 돌자 우중충한 시멘트 건물이 나타났다.

"여깁니다. 들어가시죠."

하사관은 문에다 노크를 하고 열어놓은 다음, 문 바로 옆에 열중쉬어 자세로 자리를 잡았다. 안으로 들어서자 날카로운 인상의 키 큰 사내가 회의 탁자에서 일어나 다가왔다. 갈색 수염을 길러서 기억 속의 사진보다 다소 부드러워졌지만 눈매가 워낙 사나워서 날카로운 인상은 여전히 지워지지 않았다. 사내가 손을 내밀며 인사를 건넸다.

"반갑군. 미스터 김, 아니, 유령이라고 불러야 되나? 이쪽이 한선아 씨겠군. 영광입니다."

김태훈과 악수를 한 콘래드는 아주 자연스럽게 한선아의 손을 잡아 입가에 가져갔다. 한선아는 얼결에 손을 맞잡았다가 흠칫 놀라면서 손을 빼냈다. 콘래드가 능글능글하게 웃으며 말했다.

"자. 앉읍시다. 내가 지부장을 맡고 있는 콘래드올시다. 반갑군요. 한 분은 지부하고 악연이 좀 있지만 전설급 전직 스파이시고 다른 한 분은 일본에도 잘 알려진 톱스타라… 이거 정말 대단한 조합이군요. 하하하."

콘래드는 껄껄 웃으며 자신을 소개한 다음, 현재 두 사람이 처한 상황을 간단명료하게 강조했다.

"두 분은 미국 정부기관에 잡혀온 거라고 생각하면 이야기가 쉬울 것 같군요. 주한 미국대사관 건물도 마찬가지지만 미군 주둔지도 국제법상 미국의 영토니까요."

"겁을 주시는 겁니까?"

"솔직해지자는 겁니다. 나도 우방국의 우수한 인재 두 사람을 그냥 땅속에 묻어버리고 싶지는 않으니까요."

"그쪽이 먼저 솔직해지는 건 어떻습니까? 아는 건 그쪽이 더 많을 텐데요?"

"하하. 직업상 모든 것에 솔직해질 수는 없지요. 다만 두 분의 신상에 관련된 것들은 가능하면 진실을 이야기하도록 하겠습니다. 어때요? 이야기가 되겠지요?"

"좋습니다."

그가 고개를 끄덕이자 콘래드는 로이스에게 손짓을 했다. 로이스가 재빨리 자리에서 일어나 한선아의 어깨를 두드렸다.

"한선아 씨는 나하고 잠시 쇼핑이나 하러 가죠. 여긴 이야기가 길어질 겁니다."

그와 눈을 마주친 한선아는 그의 동의가 떨어진 다음에야 어쩔 수 없이 그의 팔에서 손을 뗐다. 싫다는 표정이 역력했지만 낄 자리가 아니라는 건 그녀도 알고 있었다. 두 사람이 방을 나서자 콘래드의 어조가 순간적으로 바뀌었다.

"우선 내가 묻고 싶은 이야기부터 하지. 로이스의 보고대로라면 당신이 일본 정보국과의 거래 대상의 일부를 가지고 있으며 한국 내에서 진행되는 모종의 작업에 관련된 폭력조직의 수장을 암살했을 거라더군. 사실인가?"

"글쎄요. 먼저 확인부터 하고 갑시다. 방금 모종의 작업이라고 하셨는데… 거기에 미국 정부나 기관이 관련되어 있습니까? 관련되어 있어도 당연히 관련됐다고 대답하지 않겠지만 대답은 듣고 싶군요."

"하하. 역시 재미있는 친구로군. 맞아. 우린 아니야. 만일 당신이 그 모종의 작업을 방해하는 입장이라면 우린 당신 편이 아닐까 싶어. 대답은?"

"사연이 길지만 비슷합니다."

"시원시원해서 좋군. 그럼 서론은 치웁시다. 본론으로 가지."

"말씀하시죠."

"우린 당신이 하던 일을 마저 해줬으면 해. 물건을 되찾아오라는 이야기야."

"물건이 뭔지는 알고 계십니까?"

"확신은 할 수 없지만 한국 정부가 추진하는 대형 국책 프로젝트의 일부일 거야. CIA는 메가톤급 핵에 준하는 대량살상무기일 가능성에 무게를 두고 있어."

"대량살상무기?"

그는 고개만 갸웃해 보이고 이내 침묵을 지켰다. 박재영이 팔아먹은 물건이 KSTAR와 관련된 실험이나 설계 스펙이 아니라 핵융합을 기본으로 하는 대량살상무기 관련 기술이다?

'미치겠군.'

안 그래도 황당한 판인데 일이 더 복잡해진 셈이었다. 그가 계속 침묵을 지키자 콘래드가 다시 말했다.

"알다시피 한국은 대규모 원자로를 운용하는 나라야. 자체로 원자로를 개발, 제작하는 몇 안 되는 나라 중 하나지. 핵융합에 필요한 헬륨—3를 만들어내는 데 최적의 조건을 가지고 있다는 이야기야. 기존의 원자로에서 얻어지는 삼중수소가 붕괴되면서 자연스럽게 헬륨—3를 만들어내니까. 그리고 우리 연구진은 KSTAR가 헬륨—3와 중수소를 고온에서 융합시켜 만들어내는 '2세대 핵융합'에서 한발 더 나갔다고 판단하고 있어. 쉽게 이야기해서 아주 조금만 덩치를 키우면 '메가톤급 수소폭탄'도 간단하게 만들 수 있다는 뜻이야. 알아듣겠나?”

김태훈은 터지는 비명을 억지로 찍어눌렀다.

‘수소폭탄? 무슨 귀신 씨나락 까먹는 소리야?’

만일 콘래드의 말이 사실이라면 몇 백 명의 목숨 정도는 아무렇지도 않게 파묻어 버릴 수 있는 엄청난 사건이었다.

“얼마 전 북한 정부가 핵융합 수소폭탄을 개발했다고 발표하는 통에 배꼽 잡고 웃은 적이 있었는데 말이야. 그런데 그 주체가 한국이라면 이야기가 완전히 달라지지 않겠어? KSTAR의 핵융합 수준을 고려하면 방사능 유출이 없는 대량살상무기도 가능하다는 이야기가 돼. 따라서 만일의 이야기지만 그게 진짜 수소폭탄이라면 이건 심각한 국제 문제로 비화할 거야. 그래서 즉시 회수하고 실체를 확인하라는 훈령이 내려왔지. 수단과 방법을 가리지 말라는 이야기인데……. 한국, 일본 정보기관과 매일 얼굴을 마주하는 내가 대놓고 전쟁을 일으킬 수는 없는 노릇 아니겠나. 그러니 당신 손을 좀 빌리자는 이야기야.”

그는 놀란 가슴을 다스리면서 최대한 침착하게 반문했다.

“웃기는군요. 그런 큰 사건을 왜 하필 은퇴한 사람에게 맡기려는 겁니까? 그리고 그걸 왜 CIA에게 넘겨주죠? 분명히 한국 정부 소유의 물건인데?”

“후후. 우선 첫 번째 질문에 대한 대답, 이 바닥에선 당신이 최고잖아. 그리고 두 번째 질문에 대한 대답은 그건 한국 정부 소유의 물건이 이미 아니라는 거야. 한국은 물건을 팔았거든. 법적으로 따져도 당연히 소유권은 없지. 그리고 한국 정부가 실제로 그

80
두 개의 태양

거래에 개입을 했건 안 했건 그건 문제가 되지 않아. 엄청나게 위험한 물건이 정부의 통제를 벗어나 해외로 팔려 나갔다는 것 자체만으로도 한국 정부는 대량살상무기를 보유하고 관리할 능력이 없다는 뜻이 되지."

"불쾌하군요. 우리 정부가 대량살상무기를 만들어 해외에 판매했다는 식의 근거없는 모함은 그만둡시다."

"아니라는 증명을 해봐. 어차피 물건을 일본인의 손에 넘겨주지 않는 것만으로도 당신은 성공하는 거잖아?"

김태훈은 눈싸움하듯 콘래드의 회색 눈동자를 노려보았다. 기본적으로 한국 정부가 핵융합 대량살상무기를 개발해서 그 도면이나 기술을 팔아먹었다는 가정은 신빙성이 별로 없었다. 거래 당사자가 박재영이라는 피라미였기 때문에 더더욱 신빙성은 약했다. 그러나 핵융합 기술을 기본으로 한 실용화된 대량살상무기가 실제로 존재하고 누군가 그 기술을 팔아먹었다면 이건 세상을 뒤흔들 만큼 심각한 사건이었다. 콘래드의 말대로 실체를 확인하는 것이 급했다.

두 사람의 팽팽한 눈싸움은 콘래드가 커피를 가지러 가면서 끝이 났다. 콘래드가 커피를 따르며 말을 이었다.

"왜 하필 일본이냐고 묻는다면 그건 나도 대답할 수 없어. 지금으로서는 물건을 회수하는 것이 최선이라는 말이 내가 내놓을 수 있는 답변의 전부야. 일단 물건이 돌아오면 두 사람의 안전은 미국 정부가 보장해 주겠다. 필요한 여권과 장비는 로이스가 챙겨줄 거고."

"여권?"

"아! 로이스가 이야기를 아직 안 한 모양이군. 지금이 3시 45분이니까… 그 사람들 비행기에 탔어. 15분 이내에 한국 땅을 뜨겠지. 목적지가 필리핀이라는 건 알지?"

"박재영이 필리핀으로 나간다는 겁니까?"

"외교통상부가 빌린 대한항공 전세기에 일본 내각정보실 한국 지부장 카메이가 탔어. 박재영은 요양 차원이라더군. 어때? 이만하면 한국 정부를 의심해야 하지 않을까?"

"……."

그는 이를 악물고 목구멍까지 치솟는 욕설을 참아냈다. 역사적으로 CIA가 망친 사건은 한두 건이 아니었다. 특히 동양에서는 상대방 문화에 대한 몰이해로 인해 대부분의 작전을 말아먹었다. 사실 이번 건도 헛다리를 짚었을 가능성이 상당히 높지만 이 정도로 이야기가 심각해지는 건 나름대로 근거가 있다는 의미였다. 그가 침묵하자 콘래드가 다시 말했다.

"로이스하고 같이 필리핀에 다녀와. 그동안 난 한선아 씨가 안전하게 지낼 수 있도록 조치를 해두지."

김태훈은 피식 웃었다. 한선아를 담보로 잡겠다는 뜻, 앉아서 당할 수는 없었다.

"가면 선아도 같이 갑니다."

"데려간다고? 그 위험한 곳에?"

"여기가 더 안전하다고는 생각되지 않는군요."

사실 누가 봐도 혼자 가는 것이 올바른 선택이었다. 그러나 적

의 손에 한선아를 남겨두고 가는 건 자진해서 발목을 묶는 것이
나 다름없었다. 애당초 물건을 되찾아 미국인의 손에 쥐어줄 생
각이 없는데 인질을 남겨두는 건 멍청한 짓이었다. 그러나 현실
적으로 대안이 없었다. 공항으로 가는 도중에 오정식과 접선할
방법을 찾을 수도 있겠지만 어디서 어떻게 비행기를 타게 될지
모르니 방법을 구상하기도 힘들고 따라붙을 미행을 따돌리는 것
도 거의 불가능했다. 더구나 이들에게 오정식과 이현주까지 노출
시키는 악수를 두고 싶지는 않았다. 콘래드가 고개를 가로저었
다.

"우리를 아군이라고 생각하지 않는군."

"당신이 내 입장이라면 그렇게 하시겠습니까?"

"후후. 나도 대답은 어렵군. 하지만 거긴 전쟁터야."

"위험은 감수하는 수밖에 없겠죠."

"어차피 필리핀으로 건너가도 우리 감시 하에 움직일 거야. 굳
이 민간인을 데려가서 문제를 만들 필요는 없지 않겠나?"

"그럼 협상 결렬입니다."

"협상? 당신 혹시 나와 동등한 입장이라고 생각하는 건 아니겠
지?"

그는 비릿한 미소를 흘렸다. 아쉬울 건 없었다.

"아닙니까? 당신은 물건이 필요한데 당장 한일 양국의 정보기
관과 총질을 하는 건 싫습니다. 그러니 그걸 해결해 줄 사람에게
약간의 편의 정도는 봐주셔야겠지요."

"후후. 대단한 배짱이로군. 좋아. 데려가게. 대신 문제가 생기

면 두 사람 모두 죽은 목숨이야. 그건 이해하지?"

김태훈은 대답을 삼킨 채 눈을 감았다. 일이 또 커져 버렸다. 그리고 진실에 가까워지면 가까워질수록 걷잡을 수 없이 커지고 있었다.

†

박재영은 야자수 사이로 펼쳐진 검푸른 수평선을 느긋하게 건너다보았다. 리조트 수영장이 끝난 곳부터는 조갯가루의 은빛으로 물든 백사장이 깔렸고 리조트 너머의 능선은 '티파'로 지붕을 씌운 코티지 양식 필리핀 전통 양식의 콘도들이 은은한 조명과 어우러져 멋진 풍광을 자랑하고 있었다. 해변은 리조트가 관리하는 프라이빗비치여서 보이는 거라고는 무장 경호원 넷이 전부였다. 12월에 접어든 한국은 지금쯤 추위가 맹위를 떨치겠지만 막 건기에 들어간 푸에르토 아줄의 아름다운 해변은 한마디로 천국이었다.

테이블 위의 칵테일을 다 비우자 등 뒤에 서 있던 경호원이 정장 차림의 여자 종업원에게 한 잔을 더 주문했다. 멀리 본관 건물에서 수행비서가 수영장 쪽으로 다가왔다. 그가 손짓을 하자 재빨리 뛰어와 머리를 숙였다.

"소식은?"

"차는 아직 찾지 못했고 일대를 샅샅이 뒤졌지만 탈출의 흔적도 없어서 현장에서 사망한 것으로 추정한답니다. 공개적으로 강바닥 수색을 할 수 없는 입장이라 사건 자체를 그냥 묻어버릴 것 같다는 전언입니다."

"탈출의 흔적이 없다… 이러면 드디어 정리가 된 건가? 흐흐."

박재영은 말끝을 흐리면서 음습하게 웃었다. 변수가 없지 않지만 한겨울에 강물 속에 빠진 놈이 멀쩡하게 돌아다니긴 어려울 터, 이제 남은 건 깨끗한 뒤처리였다. 빈 칵테일 잔을 밀어내고 담배를 꺼내 불을 붙인 다음, 비서에게 가까이 오라고 손짓을 했다. 비서가 허리를 굽혔다.

"지금 스포츠신문 한 부장에게 전화 넣어라. 한선아 그년 미국이나 유럽에서 배낭여행하는 사진 몇 장 만들어서 인터넷에 올리라고 해. 포샵으로 얼마든지 가능할 거다. 오늘부터 사진 몇 번 올리고 나서 지저분한 추문 같은 거 찾아내서 터트리되 없으면 몇 가지 만들라고 해. 좀 잠잠해지면 연예 생활 접는다는 인터뷰 기사 올리는 걸로 방향 잡아라. 이참에 아예 매장해 버려."

"알겠습니다."

"그리고 이 실장에게 연락해서 최명철 신임장관의 주변을 좀더 세밀하게 파보라고 해라. 인사청문회 시작 이전에 뭐든 찾아내야 한다. 집에 밥숟가락 몇 개 있는 것까지 깡그리 뒤지게 만들도록. 또 비서실은 기획실 동향에 대해서 매일 보고하도록 조치하고 사회부는 최병만이라는 작자에 대해서 구체적으로 조사해서 보고하라고 지시해라. 그놈이 뭘 하고 다니는지 24시간 감시하라고 해. 알아들었지?"

"예, 사장님."

재빨리 받아쓰기를 마친 비서가 전화기를 열면서 물러서자 바로 옆 파라솔에서 백인 여자의 엉덩이를 만지작거리던 카메이가 칵테일 잔을 들어 올리며 말했다.

"정리가 된 겁니까?"

"그런 셈이오. 그쪽은 어떻소?"

"생각보다 시간이 걸릴 것 같습니다. 필리핀 지부장 다카하시가 지금 바기오에 있더군요. 건너오는 대로 내가는 방법을 상의하기로 했습니다. 늦어도 내일 아침에는 도착할 겁니다."

바기오는 마닐라에 이은 필리핀 제2의 도시로 서머캐피탈이라는 별칭으로도 불리는 제법 유명한 관광도시였다. 상당수의 관공서와 대통령 별장, 3군 사관학교가 모두 들어가 있어서 연일 테러사건이 터지는 마닐라보다는 훨씬 안전했고 보는 눈이 적다 보니 마닐라보다 상대적으로 대정부 로비를 하기도 편했다. 보나마나 로비를 하기 위해 올라갔을 것이었다. 하지만 박재영은 불쾌하다는 표정으로 코를 씰룩거렸다. 중요한 작전이 수행되는 시점에 지부장이라는 작자가 따로 놀고 있다는 생각이 든 것이었다.

"사전에 이야기가 된 것이 아닙니까?"

"극비로 이루어지던 작업입니다. 이쪽 사람들은 내용을 전혀 모르죠. 알아서도 안 되고요. 대단히 중요한 물건이라는 정도만 언질을 했습니다."

"젠장. 할 수 없지. 서두르세요. 물건이 일본으로 넘어가야 안심할 수 있습니다."

"여긴 우리 앞마당입니다. 걱정할 이유가 없어요. 후후."

카메이는 의미심장하게 웃으면서 여자의 젖가슴으로 손을 가져갔다. 정보실이 직접 관리하는 리조트에 들어온 이상 안전에 대해서는 우려할 이유가 없다는 판단이었다. 말이 리조트지 정보실 안가나 마찬가지인 곳, 마닐라 일대에서 수시로 자행되는 테러 때문에 평소에도 10여 명의 무장요원이 24시간 배치되는 회원제 리조트였다. 거기다 그가 데려온 베테랑 요원 셋에 박재영이 데려온 경호원 넷, 이번 일로 마닐라 인근의 요원들까지 집결시켜서 지금은 리조트 안에 들어온 무장요원만 20명에 가까웠다. 문제라면 조용히 필리핀을 빠져나가는 방법뿐이었다. 카메이가 다시 말했다.

"다 잊어버리시고 며칠 푹 쉬셨다가 돌아가십시오. 답답하지 않으시도록 준비는 좀 해놓았습니다만 파티나 골프가 지루하시면 가끔 카지노라도 좀 다녀오십시오. 차로 20분만 나가면 외국인만 상대하는 괜찮은 카지노가 있습니다."

"좋지요. 안 그래도 건너가 볼 생각을 하고 있었습니다. 하하."

"자. 그럼 저도 여가를 좀 즐겨야겠습니다. 아침식사 때 뵙지요."

"그럽시다. 쉬시오."

자리를 털고 일어선 카메이가 여자의 엉덩이를 더듬으며 본채 쪽으로 사라지자 박재영은 남방을 벗어 던지고 수영장 바로 옆에 있는 실외 온천탕으로 들어갔다. 파라솔 뒤쪽에서 비키니 차림의 늘씬한 미녀 둘이 재빨리 다가와 탕으로 들어왔다.

✝

87

87
재빛 진실

C—130 허큘리스는 밤 9시를 훌쩍 넘기고 나서야 수빅 만灣 활주로에 랜딩기어를 내렸다. 1991년 피나투보 화산 폭발을 기점으로 클라크 공군기지와 함께 포기했던 미군의 해군기지지만 최근에 다시 미군의 주둔이 거론되고 일부 함대가 입항하면서 인근의 올롱가포 시市도 차츰 활기를 되찾아가고 있었다. 그러나 그 활기는 어둡고 축축했다. 애당초 미군이 닦아놓은 도로여서 겉보기에는 넓고 깨끗했지만 조금만 뒷골목으로 들어가도 미군 주둔 당시의 기지촌 문화가 고스란히 살아 있었다.

김태훈은 차창을 스치는 야한 옷차림의 여자들을 애써 외면했다. 안 그래도 두 여자 틈바구니에서 바늘방석인데 괜한 짓으로 문제를 일으키기 싫었던 것이었다. 시내를 벗어나자 조금씩 풍경이 변하기 시작했다. 허술한 건물들이 사라지면서 제법 울창한 숲과 산지가 모습을 드러내고 종국에는 가끔 보이던 야광 표지판조차 사라져 버렸다. 아무것도 없는 외진 도로를 30분쯤 달리자 숲 사이로 검은 수평선이 보였다. 이어 해안도로 끝에 차를 세운 장교가 로이스를 돌아보며 사무적으로 말했다.

"요트는 4번 선착장에 있습니다."

"고마워요, 대위."

로이스는 장교에게 슬쩍 윙크를 해 보이고 먼저 차에서 내렸다. 김태훈과 한선아가 뒤따라 차에서 내리자 로이스는 앞장서서 후줄근한 선착장 사이로 걸어 들어갔다. 요트는 생각보다 쓸 만했다. 외관은 좀 낡았지만 영화에서나 보던 2층짜리 고급 모터요트였다. 선수에 아무렇게나 걸터앉아 일행을 기다리던 단단한 체구의 필리핀인 두 사람이 재빨리 자리에서 일어나 일행을 맞았다. 로이스가 그중 한 명의 손을 잡고 자연스럽게 올라타면서 두 사람을 소개했다.

"이쪽은 호출사인 이글12, 여자분은 이글13, 저기는 토니하고 라이언. 둘 다 당연히 가명이고 토니가 스키퍼^{요트선장}야. 그렇게만 기억들하고 일단 출발. 시간 없어."

"네, 이글11."

두 사람이 숙련된 움직임으로 앵커를 풀고 배를 출발시키자 로이스가 두 사람에게 손가락 하나를 까딱까딱하면서 선실로 들어갔다.

"들어가지? 시간이 좀 걸릴 거야."

선실은 제법 고급스런 재질로 꾸며진 응접실과 주방이었다. 세 사람이 대충 자리를 잡자 토니라고 소개받은 필리핀인이 지도를 가져와 중앙 탁자에 펴놓고 야광펜으로 표시해 놓은 마닐라만 남쪽 초입의 해안을 가리켰다.

"여기가 목표입니다. 쉐톤 리조트 별관으로 객실 20개를 가진 2층짜리 본채와 전통 양식 방갈로 다섯 채로 구성되어 있습니다. 근무자는 매니저까지 11명, 무장한 경호원은 26명으로 늘어났으며 말씀하신 가방은 본채 리셉션 뒤로 들어간 것까지 확인됐습니다. 그리고 일본인들과 동행한 한국인이 조금 전에 경호원 둘을 데리고 아줄호텔 카지노로 넘어갔답니다. 리조트에서 차로 20분 정도 거리입니다."

"전력이 분산되는 건 감사할 일이긴 한데 장소가 카지노라… 조짐이 별로네."

카지노는 기본적으로 수십 개의 CCTV가 시뻘겋게 눈을 부라리는 곳이었다. 가능하면 남의 눈을 피해야 하는 이런 작전에는 최악의 장소였다. 로이스의 눈길이 그에게 돌아왔다.

"어떻게 생각해? 거길 먼저 갈까?"

"나야 개인적으로 해결해야 할 빚이 있어서 언젠간 처리해야 할 놈이지만 작전을 위해서라면 기본적으로 먼저 물건이 어디 있는지 확인하는 게 순서겠지. 그런데 놈은 물건의 위치를 정확히 모르기가 쉬워. 각개격파 차원이라면 찬성이다. 잘하면 놈들의 향후 일정 확인도 가능할 테니까."

"내 생각도 비슷해. 토니, 용병들은 준비됐지?"

"관측요원 둘이 전원 현지인으로 구성된 용병팀을 데리고 현장에서 대기 중입니다. 8명, 타격용 중무장입니다."

"좋아. 잘됐군. 일단 좀 쉬면서 생각을 정리하지. 고물딱지 허큘리스에 6시간이나 엉덩이를 붙이고 있었더니 뼈마디가 전부 쑤신다. 현장에 도착하기 30분 전에 깨워줘. 참! 그 한국인들 시야에서 놓치지 않도록 신경 쓰라고 전해."

"예."

할 말을 끝낸 로이스는 대답도 듣지 않고 응접실 안쪽 계단을 내려갔다. 아래층은 제법 고급스런 내장재로 꾸며진 작은 침실 두 개가 마주 보고 있었다. 그런데 비좁은 복도에서 여자 둘이 신경전을 벌이는 우스운 꼴이 다시 연출됐다. 수송기 안에서도 간간이 벌어진 상황, 느낌상 이 불여우가 그의 반응을 보면서 한선 아가 차지하는 비중을 가늠하려는 것 같았다. 어쨌든 방은 둘, 여 자도 둘, 결론은 그가 내야 했다.

"내가 곤란해하는 거 보고 싶은 모양인데 그럴 일 없을 거야, 로이스. 이따 보자고. 후후."

김태훈은 픽 웃은 다음 로이스의 어깨를 반대편 방으로 밀어 넣고 한선아와 함께 들어가 문을 닫아버렸다. 침대에 대충 몸을 눕히자 한선아가 나란히 누우면서 말했다.

"시간이 얼마나 걸릴까요?"

"고속으로 이동하니까 두 시간 정도면 될 거야. 한 시간만이라 도 자둬."

"정말 피곤한데 잠은 안 와요. 긴장돼서 죽을 거 같아."

가만히 한선아의 머리를 끌어당기자 가슴께로 희미한 떨림이 전해져 왔다. 생전 처음 타는 군용기로 수천 킬로미터를 날아왔 고 도착하자마자 살벌한 현장요원들 틈에 끼어 있으니 당연히 불 안할 터였다. 그래도 처음 허큘리스에 올라탈 때에 비하면 많이 진정된 것 같았다. 그는 한선아의 뺨을 부드럽게 쓰다듬었다.

"혼자가 아냐. 지옥 끝까지라도 함께 갈 거다. 알지?"

"네. 알아요. 누가 뭐래도 오빠 믿어. 그런데 이렇게 짐만 되잖 아. 그게 싫어요."

"후후. 괜찮아. 어제는 네가 한 건 했으니까 이번엔 내게 맡겨. 대신 마음은 독하게 먹어라. 쏴야 할 상황이면 주저없이 당기는 거야."

"알아요."

"이제 자. 일어나면 화장부터 해라. 아무도 못 알아보게 하는 거 알지? 후후."

"네. 잘게요."

한선아는 이내 새근새근 숨소리를 냈다. 그는 눈을 감은 채 오늘 해야 할 일을 떠올리며 차근차근 정리했다. 휴식은 수송기 안에서 토막잠을 잔 것으로 충분했다.

†

"딜러는 20을 받았습니다. 셔플."

칩을 쓸어가는 여자 딜러의 목소리에 미안함이 묻어났다. 박재영은 입맛을 다시면서 100달러짜리 지폐 한 뭉치를 다시 테이블 위에 올려놓았다.

"현금 교환."

딜러는 신속한 동작으로 지폐를 10장씩 넓게 펴놓으며 숫자를 세더니 500달러 칩 20개를 꺼내 옆에다 놓고 매니저를 불렀다.

"일만 달러, 체크."

"일만 달러, 체크."

매니저가 낮게 복창하자 딜러는 지폐를 챙겨 테이블 오른쪽의 통에다 10장씩 연이어 밀어 넣고 셔플머신에서 새로 꺼낸 카드 뭉치에 플라스틱 커터를 끼워 그의 앞에다 내밀었다. 그의 테이블에 세 사람이 더 있었지만 소액배팅을 하고 있어서인지 다들 선선히 고개를 끄덕였다. 박재영은 카드 중간쯤에다 대충 커터를 끼워주고 지나가는 여급에게 음료수 한 잔을 주문했다.

한국의 카지노들과 달리 딜러가 한 장만 먼저 받아놓고 시작하는데도 성적은 영 좋지 않았다. 맨 처음 10,000달러로 바카라를 시작해서 블랙잭 테이블로 넘어올 때는 50,000달러가 넘는 칩을 든든하게 쌓아놓고 있었다. 그런데 벌써 마이너스 30,000달러였다. 분위기가 가라앉기 시작할 때 일어났어야 했는데 너무 일찍 리조트로 돌아가고 싶지가 않아서 벌어진 불상사인 셈이었다.

"재미없군."

그가 500달러 칩 2개를 배팅스팟에 올리자 다른 게이머들도 서둘러 칩을 올려놓았다. 카드가 돌기 시작했다. 페이스 카드10, J, Q, K 2장이 그의 앞에 떨어졌다. 딜러는 다이아몬드 6, 앞에서는 당연히 카드를 받지 않았고 그에게 딜러의 손이 돌아왔다.

"나누지."

그가 칩 2개를 더 올리자 딜러가 페이스 카드를 나눠놓고 다시 카드를 붙였다. 한 패는 7, 다른 하나는 에이스였다. 그럭저럭 괜찮은 카드, 운이 돌아오는 것 같았다. 아니나 다를까 딜러는 페이스 카드 두 장을 받고 버스트burst되고 말았다. 게이머들의 입에서 작으나마 탄성이 터졌다. 그는 받은 칩을 전부 배팅포트에다 올려 버렸다. 딜러가 연속 서너 번을 더 버스트하면서 순식간에 20,000달러 이상을 복구했다. 그러나 거기까지였다. 배팅 액수가 점점 커지고 잇달아 딜러가 패하자 슈Shoe가 끝나기도 전에 매니저가 딜러를 교체해 버렸다.

　그는 시간을 확인했다. 새벽 2시, 손을 터는 딜러에게 100달러 짜리 칩 하나를 던져 주고 칩을 챙겨 자리에서 일어났다. 블랙잭은 이 정도로 끝내고 바에서 공짜로 주는 국수나 한 그릇 먹은 뒤, VIP 룸 포커 테이블로 건너갈 생각이었다.

　그런데 바에 앉자마자 옆자리에 앉은 금발이 그에게 미소를 던졌다. 얼핏 보기에도 대단한 미인, 리조트에서 데리고 놀던 여자들과는 비교도 되지 않았다. 반쯤 노출된 풍만한 가슴에 저절로 눈이 갔다. 최소한 D컵, 보는 것만으로도 흥분되는 것 같았다. 그가 50달러짜리 칩 하나를 바에 올려놓으며 바텐더에게 말했다.

　"저 아가씨 앞에 있는 걸로 한 잔 더 보내줘. 난 국수나 한 그릇 주고."

　여자가 씩 웃더니 술잔을 들어 보였다. 박재영이 다시 가슴에 눈길을 주자 여자가 눈웃음을 치면서 말했다.

　"순수 자연산이에요."

　"후후. 좋군. 그런데 난 가짜도 상관없어. 산타도 가짜지만 선물 뜯을 때는 즐겁거든."

　"재미있는 분이네요. 좀 땄어요?"

　"별로. 그쪽은?"

　"술잔에 코 박은 거 보면 모르세요? 2그랜드나 잃었어요."

　"2,000달러 마이너스? 나보다는 좀 낫군. 난 8,000 정도 날렸소. 마지막으로 5카드 히든포커에서 나머지 운을 시험해 볼 생각이오."

"어머? VIP 룸에 들어갈 수 있어요? 나도 들어가 보고 싶은데."

"돈만 있으면 들어갈 수 있는 곳이오. 안 될 이유가 없지."

"전 그만한 돈이 없거든요. 그나마 가져온 현금도 다 잃었지만요. 호호."

"그럼 나랑 같이 들어갑시다. 한 시간 정도만 더 놀다가 나갈 예정이거든."

"어머! 그래도 돼요? 고맙습니다."

"아직 이름도 모르는군. 난 박이오."

"로이예요."

대충 통성명을 한 뒤에는 국수를 먹는 둥 마는 둥 몇 젓가락만 뜬 다음, 여자에게 자연스럽게 팔을 내주고 VIP 룸으로 건너갔다. 팔짱 낀 팔꿈치에 푹신한 감촉이 느껴졌다. 브라도 하지 않은 여자의 부드러운 가슴, 갑자기 아랫도리에 불끈 힘이 들어갔다. 길 가다 횡재한 기분이었다. 그리고 잘하면 필리핀에 체류하는 내내 아주 즐거운 시간을 보낼 수 있을 것 같았다. 그런데 시간이 너무 늦었는지 포커룸에는 사람이 하나도 없었다. 한도 5,000달러짜리 바카라 테이블에만 젊은 남녀 두 사람이 앉아 있었다. 박재영이 어깨를 들썩여 보였다.

"오늘 운은 다한 모양이로군. 당신, 어디 묵지?"

"7층이요. 바이어 미팅이 내일 오후로 연기되는 통에 오전까지는 자유예요. 한 잔 더 하실래요?"

"당신 방에서?"

"에이. 날 너무 쉬운 여자로 생각하지 말아요. 조금 취했지만 그 정도는 아니에요."

"그럼 바에서 한 잔 더 하고 내 리조트로 가는 건 어때?"

"바에서 한 잔 더 하는 건 오케이, 그러나 호텔을 벗어나는 건 노. 그냥 한잔하고 안전한 호텔 안쪽 산책로나 좀 걷는 거 어때요? 바닷바람을 좀 맞으면 잃은 돈 생각은 나지 않을 것 같네요. 호호."

말로는 거절했지만 여자는 은근히 기대하는 눈빛을 보내왔다. 취향이 특이한 여자라는 생각, 바다가 보이는 야외에서 벌이는 섹스도 색다른 맛이 날 것 같았다.

"나쁠 거 없지. 그러십시다."

두 사람은 이런저런 농담을 주고받으면서 독한 술 몇 잔을 더 마시고 카지노를 나섰다. 호텔 후문으로 나와 야자수들이 울타리처럼 늘어선 잔디밭을 가로질러 바다가 보이는 절벽 쪽 산책로를 걸었다. 산책로는 숲과 바다가 어우러진 호젓한 오솔길로 이어졌다. 선선한 바닷바람과 은은한 달빛이 제대로 분위기를 잡아주었고 시간이 늦은 탓인지 뒤처져서 따라오는 경호원들을 빼면 아예 인적이 없었다. 여자가 팔에 매달리기 시작하자 박재영은 여자의 손을 자신의 허리에 걸치면서 여자의 엉덩이를 강하게 끌어당겼다. 여자는 기다렸다는 듯 콧소리를 내면서 안겨왔다.

그런데 느닷없이 숨이 턱 막혀왔다. 어떻게든 소리를 내보려고 했지만 소리는 전혀 입 밖으로 나오지를 않았다. 그리고 사지가 허공으로 붕 뜨는 느낌, 갑자기 하늘이 보였다.

　김태훈은 권총에 소음기를 끼우면서 몸을 일으켰다. 박재영의 경호원은 둘, 덩치가 제법 컸다. 장비와 시간이 충분하다면 다른 방법을 찾겠지만 지금은 이것저것 가릴 수 있는 상황이 아니었다. 로이스가 너무 빨리 손을 쓰는 바람에 시간이 촉박해지고 말았다. 어차피 이 난장판에 깊숙이 개입된 놈들이니 여차하면 사살해 버릴 생각이었다. 기분은 더럽겠지만 지금으로선 어쩔 수 없다. 그가 어둠 속에서 불쑥 나타나자 경호원들은 화들짝 놀라며 어설픈 영어로 그를 제지했다.

　"누구냐? 움직이지 마!"

　불과 10미터도 안 되는 가까운 거리, 카지노에 들어갔다 나와서 차에 들를 시간이 없었으니 놈들의 무장은 기껏해야 테이저건일 터였다. 그는 권총을 왼손으로 바꿔 쥐면서 순간적으로 거리를 좁혔다. 놈들의 손이 허리춤으로 돌아갔다. 턱없이 느린 동작, 당연히 프로는 아니었다. 가볍게 도약하면서 앞에 선 놈의 턱에다 정확하게 무릎을 박아 넣었다. '쩍' 하는 파열음이 터졌다. 덜컥 목이 젖혀진 놈은 비명도 지르지 못한 채 허우적거리며 뒤로 넘어갔다. 등 뒤에 선 놈이 다급하게 물러서면서 테이저건을 꺼내려 했으나 그의 총구가 훨씬 더 빨랐다. 총구가 코앞에서 정지하자 놈은 황급히 테이저건을 떨어트리면서 양손을 들어 올렸다.

　"쏘… 쏘지 마."

명치에 가볍게 오른손 훅 한 방, 놈은 바람 빠지는 소리를 내며 허리를 푹 꺾었다. 다시 뒷목에 일격, 상황은 그대로 끝이 났다. 놈이 무너지듯 무릎을 꿇자 한선아가 재빨리 숲에서 뛰어나와 박스 테이프 하나를 그에게 던졌다. 두 사람은 신속하게 팔다리를 뒤로 묶고 입에도 테이프를 붙인 다음, 숲으로 끌어다가 나무에다 함께 묶어버렸다. 아침까지만 그대로 있으면 목숨은 건질 터였다.

두 사람이 숲 밖으로 나오자 쓰러진 박재영을 깔고 앉은 로이스가 남자처럼 양손으로 뒷머리를 긁적이며 투덜거렸다.

"젠장! 여기서 죽일 뻔했잖아. 보통 사람은 경동맥을 눌러도 대충 15초는 견디는데 이 살찐 돼지는 10초도 견디지 못했다고!"

"죽지 않았으면 됐다. 깨워."

"젠장."

로이스는 계속 중얼거리면서 박재영의 얼굴에다 생수를 부어버렸다. 박재영의 입에서 신음이 흘러나왔다.

"으… 뭐… 뭐야?"

기절하고 깨어나서인지 상황을 인지하는 데 시간이 꽤 걸렸다. 놈은 한참을 로이스와 그의 얼굴을 번갈아 보고 나서야 오만상을 찌푸렸다.

"당신들 뭐야? 원하는 게 뭐지?"

너무 어두워서 그의 얼굴을 알아보지 못한 모양이었다. 그가 픽 웃으며 놈의 턱을 움켜쥐고는 총구를 입안에다 틀어박았다.

"나야. 박재영 사장."

"누… 구냐?"

기겁을 한 놈은 컥컥대며 말을 더듬었다. 하지만 여전히 그를 알아보지는 못한 것 같았다. 그가 얼굴을 코앞에 들이대며 으르렁거렸다.

"한선아 양 운짱이라면 기억이 날까?"

박재영은 눈을 데룩데룩 굴리면서 그의 얼굴을 올려다보더니 이내 눈을 가늘게 떴다.

"퉤! 네미럴. 진짜 제대로 일하는 새끼가 하나도 없네. 씨팔! 넌 도대체 뭘 처먹고 다니는 새끼야? 어떻게 여기까지 따라왔지?"

짜증난다는 식의 반응, 겁을 먹었다는 인상은 전혀 없었다. 이빨 사이에 낀 총구 때문에 발음이 뭉개져 나오는데도 못 알아들을 정도는 아니었다. 그의 입가에 미소가 번졌다.

"후후. 징징 짜면서 살려달라고 나오면 어쩌나 고민했는데 다행이로군. 로이스, 그거 한 대 놔줘. 시간 없다."

"오케이."

로이스는 말이 떨어지기가 무섭게 주사기 하나를 놈의 목에다 푹 꽂았다.

"윽… 이… 이거 뭐야?"

"쉽게 말해 베리세타늄이야. 해리포터를 봤으면 알텐데… 못 봤으면 어쩔 수 없고. 호호호."

로이스가 깔깔대며 웃자 김태훈이 말을 덧붙였다.

"너 좋아하는 헤로인에다 미치광이풀에서 추출한 스코폴라민을 적당히 섞은 거다. CIA가 즐겨 쓰는 자백제지. 과용하면 미치거나 죽어버려서 요즘은 공식적으로 금지된 약이야. 물론 공식적으로만 그렇지. 1분만 기다리면 기분이 좀 나아질 거다."

"뭐야? 너 이 개새끼! 이러고도 무사할 거 같아? 넌 이제 죽은 목숨… 켁!"

놈이 도끼눈을 뜨면서 악을 바락바락 썼지만 그는 총구로 목구멍을 쿡 누르는 것으로 대답을 대신했다. 얼마 지나지 않아 놈의 눈동자가 흐릿해지기 시작했다. 그는 몇 초 더 기다린 다음, 놈의 입에서 총구를 빼내면서 한선아를 불렀다.

"선아야."

"네?"

그의 지시대로 길 아래쪽을 주시하고 있던 한선아가 재빨리 다가왔다. 그는 놈의 상체를 일으켜 한선아 앞에다 세웠다.

"몇 대 패는 정도로 만족해라."

한선아는 말없이 그와 눈을 마주치더니 만감이 교차하는 표정으로 놈의 풀려 버린 눈동자를 노려보았다. 그리고는 철썩 소리가 날 정도로 매섭게 뺨을 후려갈겼다.

"끄으으……."

놈의 입에서 끓는 소리가 났다. 한선아는 잇달아 따귀 서너 대를 더 때렸다. 순식간에 입에서 피가 튀고 때리는 대로 목이 힘없이 돌아갔다. 가녀린 몸 어디서 저런 힘이 나올까 싶을 정도로 무시무시한 괴력이었다. 놈의 목이 완전히 늘어지자 한선아는 이를 악물면서 턱에다 정통으로 주먹을 꽂아 넣고는 홱 몸을 돌려 길 아래로 걸어 내려갔다. 로이스가 한선아의 뒷모습을 보면서 킥킥 댔다.

"우와… 여자가 한을 품으면 오뉴월에도 서리가 내린다더니 이거 살벌하네. 호호."

그는 놈을 쓰러트리고 다시 턱을 틀어쥐었다.

"일본인들에게 팔아먹은 게 뭐지?"

"흐… 모… 몰라. 나… 난 시… 키는 대로 한 거야."

"누가 시켰지?"

"아… 버지가 원… 한 거… 다."

"국정원도 가담했나?"

"이… 준혁 차장하고 몇 사람 더 있는 것으로……."

놈의 혀가 더 풀려서 점점 더 알아듣기 힘들어졌지만 이준혁의 이름만은 분명히 들렸다. 다소 의외의 이름, 이준혁은 최근 승진 한 대공담당 차장으로 15년 넘게 국정원에서 잔뼈가 굵은 정보통 이었다. 그런 사람이 국가기밀을 유출하는 데 깊숙이 관여했다는 건 아무래도 믿기 어려웠다. 그의 입에서 자연스럽게 욕설이 튀 어나왔다.

"씨팔. 진짜 욕 나오는군. 행정부 관련자 이름."

"자… 잘 모… 모른다. 저… 정치권 인사들도 이… 있고 군 장 성도 많은 거… 로 알고 있다."

"누가 보스냐?"

"모… 모른다. 아… 버지와 통화하는 거 같… 았… 하… 한 번 도 만난 적이 없어서……."

말끝은 또 흐릿해졌다. 그가 놈의 뺨을 강하게 틀어쥐며 말했다.

"물건은 지금 어디 있지?"

"리조트 보… 안실 금… 고……."

"언제 일본으로 가져갈 예정이냐?

"내… 일 아침에 지부장과 상의… 하… 한선아 그 샹년만……."

놈의 혀가 갑자기 더 꼬였다. 그리고 급기야는 헛소리를 지껄이기 시작했다. 로이스가 하이힐로 놈의 옆구리를 쿡쿡 찌르면서 입맛을 다셨다.

"젠장. 너무 많이 썼나? 시간 때문에 좀 늘렸더니… 미안해."

몇 대 더 때리면서 깨워봤지만 놈은 정신을 차릴 기미가 없었다. 그래도 박일선과 이준혁의 이름은 건진 셈, 여기서 정리하는 편이 나을 것 같았다. 그가 권총 소음기를 뽑아 챙기자 로이스가 그를 내려다보며 말했다.

"끌고 갈까?"

"아니. 이 자식하고 장난칠 시간 없다. 살려둬 봐야 민폐만 끼칠 놈이야."

"그럼?"

"여기서 끝내야지."

그는 놈의 목을 들어 올리면서 한선아의 뒷모습을 건너다보았다. 한선아는 길 아래쪽에서 눈을 떼지 않고 있었다. 악연은 이걸로 끝내야 했다. 그는 놈의 턱을 강하게 비틀어 버렸다. 팔목에 우두둑하는 진동이 느껴졌다. 확실한 사망, 놈의 주머니에서 신분증과 현금을 모두 꺼내 챙긴 다음, 어깨에 둘러메고 일어섰다. 얼마 안 되는 절벽까지의 거리가 더럽게 길게 느껴질 정도로 놈은 무거웠다.

놈의 시체를 절벽 끝에다 내려놓고 절벽 너머를 확인했다. 까마득한 절벽 아래는 곧장 파도 소리였다. 높이만 대략 30미터, 아무것도 보이지 않았지만 바로 아래가 물이라는 건 확실했다.

"다음 생에는 꽁지벌레로 태어나길 빌겠다."

그는 놈의 시체를 발로 밀어버렸다. 파도 소리 사이로 철퍽 하는 이음이 나왔다. 최소한 하루 이틀 정도 실종, 잘하면 몇 달쯤 실종일 터였다. 그가 옷매무새를 정리하며 이어폰 무전기를 개방했다.

"베이스캠프로 돌아간다."

—로저. 이글12.

산책로 반대편 주차장으로 내려가자 라이언이 자연스럽게 세 사람 앞으로 차를 가져다 댔다. 그런대로 깔끔하게 전초전을 끝낸 셈, 그러나 진짜 싸움은 지금부터였다. 곧장 호텔을 빠져나와 용병들이 베이스캠프로 쓰는 창고로 직행하면서 전화로 용병들을 대기시켰다.

✝

한밤중인데도 창고는 찌는 듯이 더웠다. 더구나 후줄근한 냉장고가 윙윙거리는 통에 소리도 잘 들리지 않았다. 하지만 필리핀인 용병들은 별로 신경 쓰지 않는 것 같았다. 새벽 2시 55분, 일행이 창고에 도착하자 하나둘씩 자리에서 일어난 용병들이 리조트 지도가 펼쳐진 탁자 주위로 모여들었다. 둘러선 인원은 현지에 들어가 있는 관측요원 둘을 포함해서 모두 17명, 새벽까지 일을 끝내고 빠져나가려면 일일이 인사를 나눌 시간은 없었다. 김태훈은 곧바로 용병대 보스의 호출 사인을 호크1으로 하고 순서대로 호크11까지 용병들의 호출 사인을 정한 다음, 3개 팀으로 나눴다. 이어 작전에 관련된 기본적인 암호를 전달한 다음, 본채 건물 뒤편의 보안상황실에다 동그라미를 몇 번 그렸다.

"여기가 목표다. 보안실 금고. 경호병력은 8시간씩 3교대, 야간근무자는 전부 10명이다. 본채 상황실에 따로 2명 정도가 근무하는 것으로 확인되었다. 따라서 이들 12명을 신속하게 제압하고 경호병력 숙소를 효율적으로 견제하는 것이 관건이다. 기억해 두도록. 참, 저격소총 다루는 친구가 있다던데?"

그의 질문에 호크1이 거구를 흔들거리며 엄지손가락으로 어깨 너머를 가리켰다.

"저기 호크 2, 8이 괜찮은 저격수요. 실력은 내가 보장하지."

"좋아. 그럼 호크2, 8은 여기, 여기에 자리를 잡고 대원들의 진입, 진출을 엄호한다. 브리핑이 끝나는 대로 먼저 출발하도록."

"알겠수."

"공격신호가 떨어지면 호크1이 지휘하는 1팀 4명은 정문과 여기 경호병력 숙소를 공격해서 최대한 많은 피해를 입히고 여의치 못한 경우 지원 병력을 현장에 고착시켜라. 이글11은 토니와 2팀 2명을 데리고 배전반과 PG발전기 폭파, 보안시스템 해체를 신속하게 끝낸 뒤, 3팀의 실내 진입과 진출을 엄호한다. 3팀 4명은 나, 이글13과 함께 본채를 직접 친다. 이동은 0320부터, 공격은 0400 정각, 종료는 아무리 늦어도 0430이다. 0430이 지나면 무조건 철수를 시작한다. 시간 맞춰라. 현재 시간 0301, 6초전, 다섯, 넷, 셋, 둘, 하나."

용병들이 일제히 시계를 맞추자 그가 심호흡을 하면서 말을 이었다.

"공격신호는 배전반과 PG발전기 폭파다. 포로는 없으며 작전이 끝나면 이글팀은 토니와 함께 선착장으로 접안할 요트로 철수하고 호크팀은 1차 베이스캠프로 철수한 뒤 차량을 이용해 마닐라로 들어간다. 이상. 질문."

한선아를 데리고 본채로 들어간다는 대목에서 로이스가 그의 얼굴을 빤히 쳐다보았다. 미친 짓이라는 표정, 보나마나 힐난의 뜻일 터였다. 그러나 깨끗이 무시했다. 로이스는 당연히 믿을 수 없고 돈이라면 무슨 짓이든 서슴없이 하는 용병들은 더더욱 믿을 수 없었다. 차라리 가까이 두는 편이 속 편하다는 판단, 그럴 생각은 털끝만치도 없지만 만에 하나 죽어야 할 상황이 닥친다면 그녀와 함께 죽을 생각이었다.

한발 물러서서 설명에 귀를 기울이던 강인한 인상의 사내가 슬쩍 손을 들었다.

"말해라. 호크5."

"경호병력의 주무장은 뭡니까?"

"MP—5와 자위대 제식소총 타입—89가 목격됐고 권총은 일본 자위대 제식권총으로 보인다. 스위스제 P220이라고 보면 정확하다. 또한 놈들에게 철갑탄이 없는 것으로 판단하고 있다. 따라서 귀관들이 입은 방탄복을 뚫을 수 있는 총기는 없다."

"좋았어! 하하."

"오케이. 버르장머리없는 잽들 사그리 쓸어버리자고. 흐흐흐."

용병들은 왁자하게 떠들어대며 한바탕 신나게 웃어젖혔다. 한국에서부터 공수한 새 방탄복 덕분에 사기만 터무니없이 올라간 꼴, 구경이 반 인치만 넘어가도 뚫리는 비교적 취약한 경찰용 방탄복인데 총에 맞아도 죽지 않을 거라는 황당한 자신감을 가져버린 셈이었다.

그는 쓴웃음을 머금은 채 웃고 떠드는 용병들을 한 바퀴 돌아보았다. 사실 상대가 첩보조직의 무장요원들이니 예상외의 피해는 분명히 나올 터였다. 그래도 MP—5나 자위대 소총으로는 관통상을 입히기 어려우니 미리 기를 죽일 필요는 없다는 생각에 그냥 입을 다물어 버렸다. 다른 질문은 없었다.

"좋아. 무장 점검하고 탄약 챙기도록. 16분 남았다. 해산!"

대원들이 각자의 자리로 돌아가 자신의 무기를 챙기기 시작했다. 그런데 로이스가 툴툴거리며 다가와 그의 발밑에다 방탄복 두 벌을 툭 던졌다.

"신형이다. 입혀라. 여자친구한테 정신 팔려서 작전 개판으로 만들면 나만 입장 난처해진다. 젠장."

그는 방탄복 상표를 슬쩍 확인하고 등을 돌리는 로이스에게 인사말을 던졌다.

"신경 써줘서 고맙군."

로이스가 던져 준 방탄복은 미국의 대표적 방호복 제작업체인 세라다인이 군 특수부대에 납품하는 세라믹 재질의 신형으로 50구경의 강력한 중형 기관총탄도 막아낸다고 알려진 물건이었다. 업체의 말을 곧이곧대로 다 믿을 수는 없지만 50구경을 막는다고 광고를 해댔으니 자동소총 정도는 얼마든지 막아낼 수 있을 것 같았다. 게다가 무게가 나가야 할 방호재의 재질이 세라믹이어서 중량도 일반 방탄복의 절반밖에 나가지 않았고 착용감까지 제법 괜찮아서 마치 할리우드 영화에 나오는 강화 방호복을 입는 기분이었다.

그는 한선아가 방탄복을 입는 것을 꼼꼼하게 도와준 다음, 위장 크림으로 서로의 이마와 뺨을 시커멓게 칠했다. 칠하면서 새삼 기분이 묘해져서 마주 보며 피식 웃었다. 한선아가 입가의 웃음을 지우지 않은 채 그의 왼쪽 어깨에 가만히 손을 댔다.

"괜찮아요?"

"그래. 완전히 자유롭지는 않지만 견딜 만해."

"조심하세요. 오빠 다치면 나 정말 막막해요. 알죠?"

"너무 걱정하지 마라. 혼자서 중국군 군단 숙영지에서 빠져나온 적도 있다. 후후. 아! 그냥 군단이라고 하면 잘 모를 수도 있겠구나. 보통 중국군 1개 군단은 무려 10만 명이야. 이건 아무것도 아니다.”

긴장을 풀라는 의미로 슬슬 농담을 하면서 한선아의 어깨와 허리에 탄띠를 채운 다음, 글록 2정과 소음기, 예비 탄창 4개에다 500cc짜리 생수 1병만 고정시켰다. 무겁게 더 매달아봐야 힘만 들 터였다. 자신은 수류탄 2개와 300그램짜리 C—4 2개까지 들어간 묵직한 탄띠에 MP—5 2정을 매달았다. 이어 헬멧을 쓰면서 야시경 조작 방법을 간단하게 가르쳤다. 조작법이라고 해봐야 배율조정이나 필터조절을 하지 않는 전제라면 그리 어렵지 않았다. 간단하게 설명을 끝내고 이어셋 무전기와 복장까지 꼼꼼하게 점검해 준 다음, 가볍게 등을 두들겼다.

“너야말로 조심해라. 다시 말하지만 아무도 믿으면 안 돼. 미국인들은 물론이고 저 용병 놈들은 더한 것들이다. 항상 등 뒤를 조심해야 한다. 알지? 그리고 지금부터는 우리와 같은 복장이 아닌 사람은 무조건 쏘는 거다. 알았지?”

한선아는 상기된 표정으로 고개만 끄덕였다.

“약속해라. 무조건 쏜다고.”

“응. 쏠게요.”

“그래. 이제 가자.”

그는 한선아에게 다시 한 번 다짐을 받은 다음, 나란히 창고 밖으로 나와 차에 실린 장비를 점검했다. 리조트까지 40분 이내에 맞추려면 부지런히 움직여야 했다.

✟

김태훈은 비포장도로가 끝나는 산길 중턱에서 랜드로버를 세웠다. 포장도로에서 5㎞ 남짓 들어온 산길이었다. 고지대는 아니지만 지형이 험한데다 숲까지 길을 막아서 더는 차로 움직이기 어려웠다. 지도를 제대로 봤다면 눈앞의 능선에 올라서면 곧장 리조트가 내려다보일 터, 이 정도면 많이 들어온 셈이었다. 차에서 내리며 시간을 확인했다. 3시 38분, 예정보다 조금 늦어졌지만 시간은 아직 충분했다. 수신호만으로 명령을 전달하며 신속하게 능선에 올라섰다. 멀리 만으로 이어진 해안도로의 조명이 가장 먼저 눈에 들어왔다. 리조트는 능선으로부터 멀지 않은 곳에 있었다. 대략 800미터 안쪽, 그러나 숲이 제법 울창해서 시간은 좀 걸릴 것 같았다.

그는 지체없이 이동을 명령했다. 최소한 5분 전까지는 목표 지점에 도착해서 숨을 돌려야 정상적인 작전이 이루어질 것이었다. 웃자란 잡초들을 헤치며 어렵게 비탈길을 내려가 작은 개울 하나를 건너자 곧바로 숲이 끝나고 리조트 뒤쪽 잔디밭이 나타났다. 숲과 잔디밭 사이는 허리 높이의 나무울타리가 길게 둘러쳐져 있었다. 사람을 막는다기보다는 야생동물이 리조트 안으로 들어오는 것을 막는 용도 같았다. 감시카메라는 울타리 중간쯤에 하나뿐이었다.

그는 산기슭의 굵은 나무에 기대서서 이마에 흐르는 땀을 닦아냈다. 한밤중인데도 낮의 열기가 별로 수그러들지 않아서 축축하고, 무거운 대기가 심하게 어깨를 짓눌렀다. 방탄복 안에 입은 얇은 티셔츠는 이미 완전히 젖어버려서 마치 사우나에 들어온 기분이었다. 시간은 3시 53분, 간신히 시간에 댄 모양새였다. 한선아는 조금 뒤쪽에서 가쁜 숨을 가다듬고 있었다.

로이스가 바짝 다가와 무릎을 꿇으며 야시경을 꺼내 들었다.

"경비병은 어디 어디야?"

"여기서 보이는 건 저기하고 3층 옥상뿐이다. 나머지는 전부 진입로하고 정문 같다."

잔디밭 건너편 건물 뒤편 현관에서 담뱃불 하나가 반짝였다. 다른 하나는 현관 옆에 기대서서 자동화기를 만지작거렸고 옥상에 선 놈은 자동화기를 거꾸로 메고 있었다.

"어렵지는 않겠네. 저게 변압기인 모양이인데?"

로이스가 시선을 준 자리는 본채 건물에서 남쪽으로 100미터 이상 떨어진 철제 구조물이었다. 둘러친 철망에 고압전기 표시가 되어 있고 바로 옆에는 비상용 발전기와 중형 연료통이 보였다. 소음을 극단적으로 피하는 휴양지 리조트다운 배치지만 아무래도 보안에는 취약해 보였다. 전기만 끊어버리면 보안시스템은 물론 감시카메라도 무용지물이 되는데 보조 발전기까지 외부에 무방비 상태로 노출시킨 다소 엉성한 구조였다.

"우리야 고맙지."

그는 고개를 까딱해 보이고 무전기를 개방했다.

"호크1, 여기는 이글12. 들리나?"

―여기. 잘 들린다.

"2팀, 3팀 정위치 했다. 위치는?"

―정위치 대기. 신호를 기다린다.

"호크2."

그는 호크2를 호출하면서 로이스에게 수신호로 이동을 지시했다. 로이스는 즉시 팀원들을 데리고 발전기 쪽으로 이동하기 시작했다.

―호크2, 저격위치 대기.

"호크8."

―정위치 대기.

일단 준비는 순조롭게 마무리된 상황, 그는 아주 천천히 글록에 소음기를 끼운 다음 잠시 무전기를 죽이고 한선아에게 속삭이듯 중얼거렸다.

"항상 자세 낮추고 바짝 붙어서 따라와라. 무슨 일이 있어도 날 놓치면 안 돼. 알지?"

한선아는 바짝 긴장한 표정으로 고개만 끄덕였다. 그가 다시 무전기를 개방했다.

"시작한다. 호크2, 호크8, 후문 현관."

―호크8, 후문 현관 초병 둘.

―호크2, 2층 베란다 초병.

나직한 복창, 그가 야시경을 초병들이 있는 곳으로 돌리기가 무섭게 옥상에 서 있던 놈의 머리가 꺼지듯 야시경에서 사라졌다. 이어 담배를 빨던 초병 하나가 가슴팍을 부여잡고 모로 쓰러졌다. 다른 하나는 반사적으로 몸을 낮췄다. 잇달아 서너 발이 초병 근처의 흙을 퍼 올렸지만 제대로 맞추지는 못한 것 같았다. 다시 몇 발이 내리꽂히면서 시커먼 그림자 불쑥 올라왔다가 사라졌다.

—제거. 빌어먹을.

무전기 안에서 호크8이 욕설을 토해냈다. 단숨에 제거하지 못했다는 자책의 뜻일 터였다.

"이글11, 배전기!"

—로저.

로이스의 대답과 동시에 샛노란 섬광이 날카롭게 명멸했다. 유탄 4발에 연속으로 얻어맞은 리조트 외곽의 배전반과 PG발전기는 곧장 시커먼 연기를 뿜어내기 시작했다. 불길에 휩싸인 연료 탱크는 한 템포 늦게 대폭발을 일으켜 상상을 초월하는 화염과 폭음을 밤하늘로 뿜어냈다. 불꽃이 수십 미터나 솟구쳤고 터져나간 파편 조각들은 빗발치듯 잔디밭으로 쏟아져 내렸다. 용병다운 단순무식한 작전, 그러나 가장 확실한 방법일 터였다. 리조트를 밝히던 수백 개의 조명은 한꺼번에 꺼져 버렸다. 건물 너머에서 묵직한 중기관총의 파열음이 밤하늘을 찢어발겼다.

"진입!"

김태훈은 나직하게 소리치면서 숲을 뛰쳐나가 단숨에 울타리를 뛰어넘었다. 대원들이 줄줄이 잔디밭으로 뛰어들고 한선아까지 제법 날렵하게 따라붙었다. 일단 순조로운 출발, 잔디밭을 일직선으로 가로질러 화염의 붉은 기운이 어른거리는 건물 벽에 달라붙었다. 뒷문은 굳게 잠겨 있었다. 대원들이 모두 벽에 도착하자마자 지체없이 잠금 장치가 달린 유리창에다 총을 쏴버렸다.

퍽!

강화유리가 박살이 나면서 문 한쪽이 통째로 주저앉았다. 그는 야시경을 내리면서 곧장 깨진 유리 더미를 밟았다. 조명이 모조리 나가 버린 로비는 지독하게 어두웠다. 외부에서 흘러들어 오는 흐릿한 달빛 덕분에 실루엣만 겨우 느껴지는 정도였다. 벽을 따라 몇 발 걷는 사이, 프론트에서 누군가 랜턴을 켜면서 뛰쳐나왔다. 그는 반사적으로 방아쇠를 당겼다. 두 발, 탄착점은 정확하게 몸통 한가운데였다. 대리석에 권총이 떨어지는 카랑카랑한 쇳소리가 들렸다. 이어 날카로운 총성이 터졌다.

쾅! 콰쾅!

소음기를 사용하지 않은 권총, 당연히 아군은 아니었다. 반사적으로 자세를 낮추면서 총구화염이 보이는 자리를 찾았다. 전부 3개, 위험한 지역의 필드요원들다운 제법 신속한 반응이었다. 그러나 화력과 장비의 열세를 감당하긴 어려웠다. 뒤따라온 용병들의 자동소총이 일제히 불을 뿜자 총구화염은 금방 사라졌다.

두두두둑!

4정의 자동화기가 쏟아낸 수백 발의 탄환이 총구화염이 보였던 자리를 순식간에 초토화시켜 버렸다. 하나가 쓰러지고 프론트 근처에 있던 둘은 프론트 안쪽으로 달아나기 시작했다. 그는 달아나는 한 놈의 등을 조준해 글록 탄창을 비워 버렸다. 놈은 미처 문을 통과하지 못하고 문가에 머리를 처박았다.

"추격하지 마라! 목표는 금고다."

안쪽으로 들어간 놈은 하나, 그는 MP—5로 바꿔 잡으면서 신속하게 로비를 가로질러 프론트 옆에 놓인 대형 화분들 틈에 달라붙었다. 한발 늦게 달려온 한선아가 화분 옆으로 자세를 낮췄다. 순간, 정문 현관에서 검은 그림자 둘이 로비로 뛰어들었다.

카카캉!

총성과 함께 프론트의 대리석이 줄줄이 터져 나가 비산했다. 로비를 달리던 용병 하나가 비명을 내지르며 나뒹굴었다.

"숙여! 젠장!"

반사적으로 놈들을 향해 방아쇠를 당겼다. 현관의 대형 유리창들이 한꺼번에 주저앉으면서 한 놈이 유리 조각 속으로 처박혔다. 다른 한 놈은 그의 총탄을 피해 횡으로 달리다가 용병들의 집중 사격에 얻어맞고 핑그르 돌다가 푹 쓰러지더니 심하게 몸을 떨었다. 여전히 총을 쥐고 있었지만 쏘지는 못했다. 용병 하나가 쫓아가 확인 사살을 하는 사이에 호크1의 보고가 들어왔다.

—경비원 숙소에서 몇 놈 놓쳤다! 본채로 간다! 5명 이상! 5명 이상! 추격하겠다!

"로이스, 막아라. 조심하고."

—로저. 거기나 신경 쓰라고. 아웃.

로이스의 보고를 받은 뒤 그는 바짝 긴장한 한선아의 어깨를 툭툭 쳤다. 와중에 한선아는 열심히 방아쇠를 당기고 있었다. 당연히 맞추지는 못했겠지만 난전 중에 총을 쐈다는 사실만으로도 대단한 발전이었다. 총을 맞은 용병이 상체를 일으키며 옆구리를 쓰다듬었다.

"더럽게 아프네. 괜찮습니다!"

다행히 방탄복 위에 맞은 모양이었다. 그는 즉시 수신호로 프론트 왼쪽의 복도 진입을 명령했다. 도면상 보안 통제실까지의 거리는 불과 50미터도 채 안 됐다. 용병 둘이 앞장서 이동하고 김태훈은 5미터쯤 처져서 따라갔다. 한선아는 그의 바로 뒤였다. 긴 복도를 반쯤 통과했을 때 통제실 쪽에서 누군가 고함을 질렀다. 일본어, 통제실 근무자일 터였다. 선두가 이동을 멈추면서 무릎을 꿇었다. 검은 실루엣의 미세한 움직임이 보였다.

"처리해라."

—로저.

용병들의 뒤를 따라 전진하면서 뭔가 은폐물을 찾았다. 그런데 느닷없이 복도 중간에 있는 문이 벌컥 열렸다. 하필이면 한선아의 바로 뒤, 반사적으로 총구를 돌렸지만 늦은 것 같았다. 소음기의 탁한 파열음과 매서운 총성이 거의 동시에 터졌다.

퍼벅! 쾅!

문에서 튀어나온 놈은 휘청 뒤로 물러나면서 카펫에다 두 발을 더 쏘고 나서야 김태훈의 MP—5 연사에 무너졌다.

그는 주저앉아 얼어붙은 한선아를 내려다보았다. 한선아가 먼저 총을 쐈다. 그것도 정통으로 가슴, 총탄에 튀어오르는 핏줄기가 보일 정도로 가까운 거리에서 사람을 쐈으니 아무래도 제 정신이 아닐 것 같았다. 아나나 다를까 그가 어깨를 짚자 한선아는 퍼뜩 정신을 차리면서 권총을 떨어트렸다. 그는 말없이 권총을 집어 마구 떨리는 한선아의 손에 쥐어주고 뺨을 다독거렸다.

등 뒤에서 아군 자동화기의 폭음이 날카롭게 터졌다.

로이스는 가슴의 통증을 억누른 채 욕설을 토해냈다.
"제기랄!"

어디선가 날아온 유탄이 정통으로 가슴을 때린 것, 망치로 갈빗대를 얻어맞은 것처럼 지독하게 고통스러웠다. 달리던 탄력을 이기지 못해 앞으로 고꾸라졌는데 다행히 콘크리트 화단이 그녀의 몸을 가렸다. 그냥 드러누운 채 가쁜 호흡을 가다듬었다. 화단의 꽃과 잎들이 총탄에 쓸려 줄줄이 튀어 올랐다. 경호병력 숙소에서 놓친 몇 놈 때문에 자칫하면 작전 전체를 망칠 판이었다.

"으아아! 맞았어!"

바로 뒤에서 따라오던 거구가 들고 있던 샷건을 집어 던지면서 악을 썼다. 거구는 화단 끝에 엎어진 채 발목에서 분수처럼 피를 쏟아내고 있었다.

"제기랄! 토니! 지혈해! 호크8! 숙소동 뒤쪽 도로다! 저것들 좀 치워!"

—로저.

저격수의 총구가 돌아왔을 텐데도 적의 총탄이 만들어내는 시멘트 가루는 좀처럼 줄어들지 않았다. 화단 아래에 머리를 처박은 지 20초가 넘어가자 시야를 가리던 시멘트 가루가 조금씩 가라앉기 시작했다. 저격수가 최소한 두셋은 잡아준 것 같았다. 조심스럽게 화단 반대쪽으로 몸을 굴려 슬쩍 머리를 내밀었다. 여전히 총탄은 날아왔지만 숫자는 확실히 줄어든 상태, 이제 눈에 보이는 총구화염은 3개에 불과했다. 로이스는 심호흡을 한 뒤, 총구화염을 향해 3점사로 조준사격을 했다.

드륵!

순간적으로 총구화염 하나가 사라졌다. 남은 건 둘, 적의 화력이 잦아들자 자유로워진 아군의 총구가 일제히 불을 뿜었다. 저항은 순식간에 사라져 버렸다.

"호크4! 3시 방향으로 우회! 쓸어버려!"

—로저. 이동합니다.

용병 하나가 재빨리 몸을 빼 불타는 배전기 뒤쪽으로 달리기 시작했다.

✝

카메이는 어렵게 실내화를 찾아 신고 창밖을 확인했다. 거의 완벽한 어둠, 창밖은 해안도로 초입에서 줄기줄기 날아드는 오렌지색 예광탄 줄기가 꽉 채우고 있었다.

'제기랄!'

황급히 권총을 챙겨 들고 문에 기대섰다. 뒤늦게 침대에서 나온 여자가 그의 이름을 불렀지만 상대할 여유는 없었다. 가장 먼저 떠오른 생각은 경비원 숙소 뒤쪽에 있는 헬리콥터였다. 지금이라도 헬기만 타면 몸 하나 빼는 건 가능할 것 같았다. 그러나 그냥 달아나는 건 명청한 짓이었다. 금고에 들어간 물건을 가져가지 못하면 수십 명의 희생이 헛수고가 되는 것은 물론이고 지부장을 암살하면서까지 움켜쥔 천재일우의 기회도 고스란히 날아갈 터였다. 어차피 살아도 산목숨이 아니라는 판단, 이판사판이었다. 공격해 온 놈들이 누군지는 모르지만 분명히 물건을 노리고 있을 터, 무슨 일이 있어도 가지고 나가야 했다.

그가 문을 박차고 복도로 튀어나가자 어두운 복도에서 누군가 랜턴을 든 채 그를 불렀다.

"카메이 상! 테러입니다! 피하십시오!"

"알아! 멍청아! 뒈지고 싶지 않으면 당장 랜턴 꺼!"

사내가 급히 랜턴을 껐다. 복도는 다시 어둠 속으로 사라졌다.

"너 이름 뭐야? 여기 근무자인가?"

"나카요키입니다. 근무자는 아니라도 많이 와봤습니다."

"무장했나?"

"예."

"좋아. 금고실로 내려가려면 어디로 가야지? 중앙 현관 빼고. 거긴 위험하다."

"저기… 저쪽 비상구로 내려가면 실내수영장입니다. 수영장 카운터에서 안쪽으로 통로가 연결되어 있습니다."

"안내해라."

그는 앞장서 달리는 나카요키를 따라 허겁지겁 비상구로 뛰었다. 워낙 어두워서 몇 번 넘어지긴 했지만 무사히 계단을 내려왔다. 잠긴 수영장 자물쇠를 권총으로 쏴버리고 안으로 들어왔다.

수영장에는 아무도 없었다. 풀사이드에 무릎을 꿇은 채 잠시 안전을 확인한 뒤, 수영장 뒷문을 통해 보안통제실로 이어지는 비좁은 통로로 달렸다. 그러나 통로가 끝나는 코너에서부터는 어쩔 수 없이 바닥을 기어야 했다. 보안실 출입구가 있는 복도 반대쪽에서 날카로운 총성이 줄기차게 터지고 있었다. 복도 쪽으로 슬쩍 고개를 내밀자 자동화기를 난사하는 근무자들의 실루엣이 보였다.

복도 끝에서 터지는 침입자들의 총구화염은 최소한 5개가 넘는 것 같았다. 삽시간에 10여 장의 유리창이 줄줄이 터져 나가면서 비산한 유리 조각이 우박처럼 머리 위로 쏟아져 내렸다. 그는 머리를 감싸며 몸을 웅크렸다. 귀가 멍해지면서 정신도 함께 날아가 버린 느낌, 다시 총성이 터졌다. 일단 보안관리실 안으로 들어가야 한다는 생각에 필사적으로 유리 조각이 깔린 복도를 기었다.

팔꿈치를 피범벅으로 만들면서 어렵게 보안관리실로 들어갔다. 그런데 바로 그 순간, 복도에서 귀청을 찢을 듯한 무시무시한 굉음이 터졌다. 몇 장 남지 않은 유리창이 통째로 날아가고 시커먼 연기가 순식간에 시야를 가렸다. 아군의 총성은 더 들리지 않았다. 가까운 곳에서 수류탄이 터진 것 같았다.

'제기랄! 군대라도 쳐들어온 거냐?'

그는 다시 바닥을 기어 귀중품 보관실 철문 안으로 들어갔다. 팔꿈치와 손바닥에 숱하게 유리 조각이 박혔지만 신경조차 쓰이지 않았다. 나카요키도 뒤따라 철문 안으로 들어왔다.

"잠가 버려! 잠가!"

벽에 기대 악을 바락바락 썼지만 나카요키는 멍하니 앉아 있었다. 귀에 충격을 받았는지 들리지 않는 것 같았다. 나카요키의 어깨를 두드리며 다시 악을 쓰자 어렵게 알아들은 그가 힘겹게 일어나 철문을 걸어 잠갔다. 일단 안심, 완전하지는 않겠지만 최소한 시간은 번 셈이었다. 그는 재빨리 금고로 다가가 비밀번호를 누르면서 갈등했다. '다른 곳에 숨길 것이냐, 아니면 금고 안에 둔 채 그냥 파기할 것이냐.' 결론을 내리는 건 어렵지 않았다. 거액을 주고 빼낸 물건을 그냥 파기하는 건 있을 수 없는 일, 여기까지 왔으니 죽이 되던 밥이 되던 시도는 해봐야 했다.

—왼손을 인식판에 올려주십시오.

지문인식 프로그램의 느릿한 기계음, 평소엔 자랑스럽던 철저한 보안체계가 갑자기 짜증스러워졌다. 그가 손을 올리자 다시 기계음이 흘러나오고 금고 문이 열렸다.

—어서 오십시오, 카메이 상.

그는 문을 열자마자 가방을 빼내 열쇠가 꽂혀 있는 리조트 고객용 귀중품 로커 하나를 열고 가방을 집어넣은 다음, 열쇠를 금고 밑에다 던져 버렸다. 순간, 다시 엄청난 폭음이 터졌다.

쩡!

날카로운 쇳소리와 함께 철문이 밖으로 스르르 넘어가기 시작했다. 힌지 부분과 자물쇠 부분이 한꺼번에 날아간 모양이었다. 철문이 바닥에 닿기가 무섭게 무언가 안으로 날아 들어와 금고에 부딪히면서 반대쪽으로 굴러갔다.

"수류탄! 엎드려!"

악을 쓰면서 금고 옆에서 몸을 웅크렸다. 다시 무시무시한 꽝음, 순간적으로 머릿속이 멍해지면서 몸이 비스듬히 넘어갔다. 아무것도 들리지 않았다. 필사적으로 몸을 일으켜 벽에 기대앉으며 떨어트린 권총을 더듬어 찾았다. 그러나 손에 잡히는 건 없었다.

'빌어먹을!'

입에서 탁한 쇳가루 맛이 났다. 필사적으로 다리를 끌어당겼지만 힘이 들어가지를 않았다. 이를 악물고 미끄러운 벽에 손을 짚었다. 모든 것이 슬로우 비디오처럼 느릿느릿 움직였다. 초점도 잡히지 않은 눈앞으로 지옥의 악마 같은 시커먼 그림자가 불쑥 다가왔다.

늘어진 카메이의 멱살을 우악스럽게 틀어잡은 김태훈은 묵직하게 가라앉은 쇳소리를 토했다.

"금고 비밀번호."

"흐흐. 몰라. 너 같으면 떠벌리겠나? 살려주지도 않을 거잖아?"

예상했던 대답, 그는 놈의 이마에 총구를 들이대며 다시 말했다.

"입을 열면 편하게 죽여주지. 마지막으로 다시 묻겠다. 비밀번호."

"죽여라."

카메이는 체념한 듯 아예 눈을 감아버렸다.

"재미없군. 일단 끌고 나가라."

죽을 각오를 한 놈에게 괜한 시간을 허비할 필요는 없다는 판단, 용병들이 달려들어 카메이를 끌고 나가자 그는 지체없이 플라스틱 튜브폭약을 짜서 금고의 힌지와 자물쇠에 밀어 넣었다. 이어 금고실 밖으로 나와 벽에 기대앉아 귀를 막았다.

"폭파한다! 셋! 둘! 하나!"

쾅! 파창!

폭음과 금속성 파열음이 잇달아 터졌다. 폭약이 좀 과했는지 금고문이 반대편 손님용 보관함에 틀어박혀 있었다. 여기저기 날아다니는 불붙은 지폐가 조금 가라앉은 다음, 안으로 들어가 금고 안을 확인했다. 그러나 금고 안에는 서류봉투와 달러화 뭉치 몇 개뿐이었다. 나머지는 폭발의 여파로 온통 날아가 버려서 멀쩡한 것이 별로 없었다.

"제기랄. 그새 어디다 치웠다는 이야기냐?"

그는 미간을 좁힌 채 금고실 안을 둘러보았다. 카메이가 미처 빠져나가지 못했으니 물건은 분명히 안에 있었다. 손님용 귀중품 보관함이 대충 40개, 그중 열쇠가 없는 것이 10개 정도였다. 30개는 비어 있다는 뜻이었다. 10개라면 전부 열어보는 것도 충분히 가능했다. 그는 마음을 결정하자마자 밖으로 나와 널브러진 카메이 앞에 한쪽 무릎을 꿇으며 용병들에게 말했다.

"전부 열어라. 잠긴 것만 열면 될 거다. 현찰이나 보석은 챙겨도 좋다. 3분 주겠다."

"오케이! 듣던 중 반가운 소리네."

용병들이 쾌재를 부르며 금고실 안으로 뛰어들자 한선아에게 시선을 던졌다.

"봐서 좋을 거 없다. 들어가서 물건 있는지 확인해 줘."

한선아는 고개만 까딱하고 안으로 들어갔다. 그는 천천히 권총을 뽑아 카메이의 코앞에다 대고 슬라이드를 당겼다 놓았다.

"누구와 거래를 한 거지? 이름만 실토하면 살려주겠다."

카메이는 입술을 기묘하게 비틀었다. 대답은 없었다. 그가 총구를 이마에 대자 놈이 갑자기 킬킬대더니 나직하게 입을 열었다.

"목소리가 유령이란 작자로군. 제기랄."

방탄헬멧에 고글, 위장 크림까지 발랐고 일본어와 영어만 썼는데도 카메이는 그의 목소리를 구분해 냈다. 전화 목소리를 기억하는 모양이었다. 놈이 다시 중얼거렸다.

"이름은 중요한 게 아니야. 세상이란 거 자체가 회색이거든. 네놈 생각처럼 깔끔한 흑백이 아니란 말이다. 흐흐."

"이름."

"이름을 원하나? 그럼 말해주지. 네놈이 생각할 수 있는 최고 위직이야. 어쩌면 네놈 보스일 수도 있지. 흐흐. 어때? 이 대답 쓸 만하지 않은가? 네놈이 생각할 수 있는 최고위직. 크흐흐흐."

"기대에 미치지 못하는 대답이로군. 물건 내용물은 뭐지?"

"젠장. 별명이 거창해서 대단한 놈인 줄 알았더니 그것도 아닌 모양이네. 프로답지 않게 이러지 말자고. 대답은 지옥에 가서 들어. 퉤!"

카메이는 핏물 섞인 침을 앞섶에 토해내면서 음침하게 웃었다.

그만 끝내자는 뜻일 터였다. 그는 고개를 가로저으며 한발 물러섰다. 어차피 데려가는 건 불가, 데려갈 방법도 마땅치 않지만 굳이 데려가서 로이스에게 새로운 정보를 넘겨줄 생각도 없었다. 놈의 이마 한가운데를 조준해서 미련없이 방아쇠를 당겼다.

퍽! 팅!

소음기의 음침한 파열음과 탄피가 바닥에 팅기는 금속성 소음이 기묘하게 복도를 흔들었다. 놈은 뒤통수로 벽에 피칠갑을 하면서 스르르 횡으로 넘어갔다.

─찾았습니다. 이글12.

용병의 보고, 금고실로 들어가자 한선아가 은색 가방 앞에 앉아 있었다. 용병들은 나머지 보관함과 금고에서 현금을 챙기는 데 여념이 없었다. 한선아가 가방을 열어 보이며 말했다.

"이거 맞는 거 같아. 커넥터 포트 형태나 핀 숫자가 노트북하고 비슷해. 테라바이트급 초대형 하드드라이브 두 개야."

"수고했다. 수천 억짜리 물건 같지는 않지만 말이야."

그는 용병들을 슬쩍 돌아본 다음 용병들이 보지 못하게 가방을 돌려놓고 재빨리 하드드라이브 아래 깔린 스펀지 밑에다 남은 플라스틱 폭약 전부를 짜 넣고 원격트리거를 연결해 덮어버렸다. 만일의 사태에 대비한 보험, 여차하면 깨끗하게 날려 버릴 생각이었다. 그가 무전기를 개방하면서 짧게 말했다.

"목표확보. 철수한다. 정문 퇴로확보."

─젠장! 여기 이글11! 로비 상황 좋지 않아! 서둘러!

─여기 호크1! 적의 화력이 예상보다 강력하다! 2명 중상! 적

의 숫자가 너무 많다!

"로저. 철수한다! 그만!"

고함을 질렀지만 용병들은 들은 척도 하지 않고 지폐를 챙기는 데 몰두했다. 일일이 목덜미를 잡아끌고 나서야 용병들은 마지못해 몸을 돌렸다. 그리고도 금고실을 나서는 순간까지 바닥에 깔린 멀쩡한 지폐를 챙겨 주머니에 쑤셔 넣었다. 그는 마지막으로 금고실을 벗어나는 용병의 허리에서 화염탄 하나를 떼어내 금고실 안에 던지고 통로를 따라 뛰기 시작했다. 등 뒤로 폭음과 함께 불길이 치솟았다.

로이스의 말대로 로비의 상황은 심각했다. 로이스 일행 3명은 프론트 주변에 고립되어 경비병들의 교차사격에 위험하게 노출되어 있었다. 한 명은 이미 낙오했거나 전사했다는 뜻, 그런데 적은 현관 밖에서 자동화기를 휘두르는 놈들만 셋이었고 계단을 통해 내려온 서넛이 줄기차게 총탄을 쏟아내고 있었다. 그나마 적의 주력이 상대적으로 밝은 외부에 있고 아군의 위치가 칠흑같이 어두운 실내여서 마구잡이 난입 시도는 못하는 것 같았다. 아군의 총구화염에 의지해 총을 쏘는 형국, 이쪽도 나갈 생각이 없으니 그저 소모전이었다.

앞선 용병들이 프론트 앞으로 나서며 무차별로 자동소총을 난사하자 상황은 잠시나마 개선되는 것 같았다. 그러나 그것도 잠시뿐, 총탄은 다시 난무하기 시작했다. 안전하게 **빠져나가려면** 우선 한쪽이라도 정리해야 했다.

김태훈은 잠시 갈등하다가 통로 출구 옆에 기대서서 프론트 뒤에 주저앉은 로이스에게 가방을 던져 버렸다.

"받아! 로이스!"

어깨도 좋지 않은데 한쪽 손을 묶어놓고 전투에 들어갈 수는 없는 노릇이었다. 한숨을 돌린 로이스가 가방을 챙기자 그는 번개같이 계단 쪽으로 달리면서 근처에서 권총을 쏴대는 놈들에게 사정없이 MP—5를 난사했다. 한 놈이 쓰러지고 한 놈은 넘어트린 대리석 소파테이블 뒤로 머리를 박았다. 은폐물에다 탄창에 남은 실탄을 모조리 비워 버리고 날렵한 동작으로 탄창 두 개를 모두 갈았다. 놈은 아예 머리를 들지 못했고 둘은 계단 위로 달아나기 시작했다. 기본적으로 넓은 로비를 사이에 두고 벌어진 총격전에서 머릿수가 비슷해졌으니 권총으로 자동화기에 대항하기엔 무리일 터였다.

그는 신속하게 횡으로 움직이면서 소파테이블 뒤가 사각에 들어오는 위치를 찾았다. 놈이 황급히 테이블을 돌렸지만 그가 방아쇠를 당긴 뒤였다. 눈 깜짝할 사이에 놈의 어깨와 옆구리에 대여섯 발의 총탄을 틀어박고 생존자들이 달아난 계단실 중간에다 수류탄 하나를 던져 버렸다. 곧장 야시경을 벗고 벽에 기대 주저앉아 귀를 막았다.

"수류탄!"

쾅!

섬뜩한 폭음과 섬광이 얼마 남지 않은 유리들을 모조리 날려 버렸다. 계단실에는 연기만 자욱했다. 그는 슬쩍 계단실 위를 일별하고 곧장 돌아섰다. 폭발에 휘말리지 않았다고 해도 당장 계단으로 내려올 배짱은 없을 터였다.

"계단 클리어!"

계단이 정리되고 나머지 총구가 모두 현관으로 향하자 상황은 순식간에 역전되어 버렸다. 은폐물 너머에서 간간이 총구화염이 보였으나 기본적으로 머리도 내밀지 못하고 쏘는 상황이었다. 실질적인 위협은 아니었다. 그가 깨진 유리창 너머로 어렵게 머리를 내미는 놈에게 몇 발 쏴붙이며 소리쳤다.

"이동한다! 엄호!"

—로저!

가방을 움켜쥔 로이스가 먼저 내달리자 그는 한선아의 손을 잡고 뒤도 돌아보지 않고 후문 복도로 달렸다. 그런데 복도 끝에 도착한 로이스가 선뜻 밖으로 나가지 못하고 있었다. 연료탱크가 내뿜는 불길 때문에 나가기 부담스런 상태, 기본적으로 너무 환했다. 그는 로이스를 그대로 추월해서 깨진 현관을 통해 몸을 날렸다. 착지와 동시에 좌우 확인, 총격은 없었다.

"고! 고! 고!"

토니가 가장 먼저 밖으로 나가 해안으로 방향을 잡았다. 로이스가 토니를 따라 달리고 용병 둘이 부상자를 부축한 채 잔디밭을 가로질러 숲을 향해 뛰기 시작했다. 그는 후방을 견제하면서 한선아를 앞세운 채 담을 따라 달렸다. 총성은 눈에 띄게 수그러들고 있었다. 마지막까지 남은 용병 둘이 실내에다 화염탄을 던지고 벽에 기대섰다가 폭발이 일어난 직후에 잔디밭을 가로질렀다. 이대로 산개해서 철수하는 모양새, 본채에서 솟구치는 불길은 삽시간에 커지고 있었다.

"호크1! 어디냐!"

—정문 남쪽! 퇴각한다!

"로저! 행운을 빈다! 아웃!"

그는 깔끔하게 가꿔진 일본식 정원을 통과해 백사장 경계의 포장도로를 달렸다. 로이스와 토니는 100미터쯤 앞섰고 백사장 끝 절벽 아래에 있는 선착장까지의 거리는 400미터가 조금 넘을 것 같았다.

백사장 중간쯤에서 등나무와 야자수로 아기자기하게 꾸민 산책로로 올라섰다. 산책로는 곧장 요트 선착장까지 이어져 있었다. 그런데 몇 발짝 뛰기도 전에 등 뒤에서 총성이 따라왔다. 소닉붐이 핑 머리를 스치고 산책로 난간 한군데가 툭 터져 나갔다. 반사적으로 상체를 낮추면서 총성이 들려온 방향을 확인했다. 멀리 옥외수영장 경계에 랜턴과 총구화염이 보였다.

그는 응사를 할까 하다가 생각을 접었다. 근접전 전용 소총인 MP—5로는 어림없는 거리였다. 사실 저쪽이 날린 총탄도 위협적인 것은 아니었다. 총성은 수십 발이었는데 실제 가까이 날아온 건 한 발뿐이었다. 몇 놈이 백사장으로 뛰어내리는 것이 보였다. 그냥은 맞추기 어렵다고 판단했을 터, 이젠 달리기 싸움이었다.

큼직한 야자수 몇 그루를 통과하자 멀리 선착장에 접안하는 요트가 보였다. 거리는 300미터 안쪽, 추격자들이 백사장을 달려야 한다는 점을 고려하면 놈들을 떼어내고 충분히 배에 탈 수 있을 것 같았다. 그런데 느닷없이 발밑의 산책로가 줄줄이 터져 나갔다.

'젠장! 뭐야!'

몸을 날려 한선아를 넘어트리면서 총탄이 날아온 곳을 가늠했다. 그러나 총탄은 다시 날아오지 않았다. 상체만 일으켜 추격자들의 위치를 확인하려는데 무전기에서 로이스의 목소리가 흘러나왔다.

―어이, 유령. 며칠 여기서 고생 좀 해줘야겠어.

"뭐?"

―뒤처리가 깨끗이 안 됐잖아. 그러니 누군가 여기서 죽던지 아니면 하루 이틀 총질을 해주면 좋을 것 같아서 말이야. 사실 이 대목에서 미국이 개입되면 곤란하거든. 알다시피 조만간 우리 해군이 다시 주둔하기로 되어 있는데 이번 사건에 CIA가 개입된 것이 알려지면 우리 정부가 정치적으로 곤란하지 않겠어? 높은 양반들 정책이나 생각에 대해서는 묻지 마셔. 그걸 알면 수정구슬이나 타로카드 들고 길바닥으로 나서야 돼.

"무슨 헛소리야!"

버럭 고함을 내지른 그는 한선아를 난간 중간으로 밀어내면서 백사장을 뛰는 놈들을 조준해서 탄창에 남은 실탄을 모두 긁어버렸다. 놈들은 허겁지겁 백사장에 엎드렸다. 로이스가 낄낄대며 말을 이었다.

―참! 너무 손해라고 생각하지는 않았으면 좋겠어. 어차피 당

신도 이거 그냥 넘겨줄 생각은 아니었잖아? 이 몸도 용병들에게 당신하고 여친 죽이라고 명령하지는 않았으니 비겼어. 그냥 신경전 하기 싫어서 이렇게 헤어지는 거라고 생각하자고. 호호호. 대신 한 가지 알려줄게. 겉으로 드러난 주범들은 다 죽은 셈이지만 이번 사건의 진짜 주범들은 아직 멀쩡해. 우리 정부는 그냥 모른 척하기로 한 것 같다더군. 그러니 이제부터는 알아서 하라고. 그래도 지금부터는 당신이 확실히 죽은 사람이니까 해볼 만하지 않겠어? 진짜 유령이 됐으니 제대로 한번 해보라고. 호호. 몸조심해. 옛정을 생각해서 이 정도만 하는 거야. 호호호.

로이스는 계속 키득대면서 이것저것 쓸데없는 농담을 지껄이고 있었다. 그는 추격자들을 향해 대충 방아쇠를 당기면서 상체만 일으켜 선착장을 노려보았다. 막 로이스를 태운 요트가 빠르게 선착장을 벗어났고 로이스는 선미에 서서 이쪽을 향해 손을 흔들고 있었다. 그는 쓴웃음을 머금은 채 폭파 트리거를 꺼내 안전장치를 열고 머리 위에서 흔들어 보였다.

"그래? 그럼 나도 하나 알려주지. 가방 손에 들고 있나?"

—뭐?

"그거 가까이 있으면 미련 갖지 말고 얼른 물속에 던지라고. 후후후. 셋… 서두르는 게 좋을 거야. 둘… 지금이야. 하나."

그는 하나를 세는 것과 동시에 폭파 트리거를 눌러 버렸다.

쿵!

제법 큼직한 물기둥이 폭음과 함께 솟구치면서 선착장 일부를 들어 올렸다. 폭발의 여파로 잠시 휘청한 요트는 곧장 자세를 바

130
두 개의 태양

로잡고 칠흑 같은 수평선을 향해 달리기 시작했다.

"역시 불여우야. 후후."

그는 쓰게 웃으면서 한선아를 일으켜 세웠다.

"가자. 아무래도 오늘 고생 좀 해야겠다."

그가 움직이기 시작하자 로이스가 앓는 소리를 냈다.

—지독한 자식. 너 언젠가 나한테 크게 한번 당할 거야. 알아?

"기억해 두지."

그는 로이스의 악담을 깨끗이 무시하고 추격해 오는 놈들에게 다시 몇 발을 쏴버렸다. 이번엔 즉시 응사가 날아왔다. 하지만 방향은 엉뚱했다. 그런데 진입로 쪽에서 경광등 몇 개가 보였다. 부패하기로 따지면 세계에서 1, 2위를 다투는 필리핀 경찰이 웬일로 일찌감치 현장에 나타난 셈, 일본인들의 돈이 힘을 발휘한 것일 터였다. 일단 여기서 벗어나야 했다. 그가 가늠쇠에 눈을 붙이며 말했다.

"선아야, 뛰랄 때 뛰어. 선착장까지 뒤도 돌아보지 말고 뛰는 거다."

"네."

"지금!"

한선아가 뛰기 시작하자 그는 막 일어서려는 놈들을 조준해 다시 몇 발을 쏘았다. 놈들은 잠깐 멈칫했다. 그러나 곧 지그재그로 뛰기 시작했다. 견제를 위한 사격이라는 걸 눈치 챈 모양이었다. 그는 탄창이 빌 때까지 마구잡이로 난사를 해버리고 탄창을 바꾸면서 몸을 일으켰다. 거리는 제법 줄어든 상태지만 놈들은 아직 멀리 있었다. 더구나 놈들은 백사장 위를 뛰는 입장이어서 따라잡힐 걱정은 없었다. 전력을 다해 뛰기 시작하자 거리가 쭉쭉 벌어졌다. 곧장 조금씩 속도가 처지는 한선아를 추월했다. 조금 불안했지만 선착장의 상황을 파악할 여유 시간이 필요했다.

가슴이 뻐근해질 때까지 속도를 올리자 선착장 근처에 떠다니는 제트스키가 보였다. 한선아를 데리고 현장을 이탈한다는 전제가 붙은 상황에서 생각할 수 있는 최선의 옵션이었다. 그러나 이그니션 키를 모두 빼놨는지 형광색으로 보여야 할 키 케이블이 보이지 않았다. 속도를 줄이면서 추격자들에게 다시 몇 방 쏴준 다음, 선착장 옆에 붙어 있는 창고건물을 박차고 들어갔다. 제트스키 키 케이블들은 나무로 만든 박스에 잔뜩 쌓여 있었다. 되는대로 하나를 집고 구명조끼까지 챙겨 밖으로 나왔다. 한발 늦게 도착한 한선아가 숨을 헐떡이면서 문가에 무릎을 꿇었다.

"헉헉. 정말 더 못 뛰겠어요."

"알아. 그만 뛸 거다. 이거 덧입어."

그는 한선아에게 구명조끼를 던져 주고 창고에 기대서 호흡을 가다듬었다. 추격자들과의 거리는 이제 100미터 남짓, 여기서도 맞추기는 어려울 것이었다. 자동으로 놓고 탄창 하나를 모조리 비워 버렸다. 모래가 줄줄이 튀어 오르고 놀란 놈들이 다시 허겁지겁 몸을 날렸다.

"가자."

그는 공탄창을 버리고 그대로 물에 뛰어들어 가까이 있는 2인승 제트스키에 시동을 걸었다. 조금은 거친 진동이 발밑을 두들

겼다. 머리를 돌려 선착장에 가져다 대자 한선아가 제법 날렵하
게 올라탔다.

"꽉 잡아!"

우르릉!

스로틀 레버를 움켜쥐자마자 강렬한 속도감과 함께 하얀 포말
이 눈앞으로 솟구쳤다.

CHAPTER 3
악마의 귀환

THE
TWINSUNs

　박일선은 전화기를 내려놓으면서 아랫입술을 지그시 깨물었
다. 불안한 눈빛으로 책상 앞에 서 있던 박형문이 조심스럽게 입
을 열었다.

　"다행히 습격이 있던 시각에 사장님은 외부에 있었답니다. 경
호원을 둘만 데리고 나갔는데 호텔에서 누군가에게 납치당한 것
같습니다."

　"멍청한 녀석. 그렇게 몸을 사리라고 신신당부를 했건만…
휴…….

　"경호원들은 호텔 정원에 기절한 채 묶여 있었습니다. 일단 몸
값을 노린 납치라는 판단으로 현지 특파원들에게 즉시 현황 파악
을 지시했습니다. 가능한 모든 정보망을 동원하고 있습니다."

"현지 언론이나 우리 대사관에 알려졌나?"

"아닙니다. 현지 경찰은 일본인들의 리조트에서 벌어진 총격전과 화재에 신경을 쓰느라 여력이 없는 것 같습니다. 다만 리조트 총격전이 아부샤야프라는 자가 이끄는 모슬렘 무장단체의 테러일 가능성에 무게를 두는 것으로 보인답니다. 리조트 총격전과 사장님 납치를 관련지어 생각하는 사람은 아직 없습니다."

"모슬렘 반군? 멍청한 것들. 되는 소리를 해야지. 반군이 미쳤다고 외국 정보기관 안가를 공격하나? 그건 아니야. 그들도 바보는 아니거든."

"그러면……."

"어디가 됐든 정보기관이야. 당연히 재영이 사건도 관련이 있겠지. 그나마 희망적인 건 우리 경호원들을 죽이지 않았다는 건데… 경호원들은 뭐라고 하던가?"

"어두운데다 워낙 창졸간에 벌어진 일이어서 범인의 얼굴을 자세히 보지 못했답니다. 말은 한마디도 안 했고 소음기를 끼운 권총을 사용했으며 양키즈 야구모자를 깊이 눌러쓴 신장이 큰 동양인이었답니다. 신장이 큰 것으로 봐서는 필리핀 반군은 아닐 가능성이 높습니다."

"소음기라… 최악이로군. 제기랄. 그래도 재영이가 납치됐을 가능성을 무시할 수는 없다. 일단 재영이의 흔적을 찾으면서 몸값 연락을 기다려 보자. 입단속을 철저히 하고 가능한 모든 방법을 동원해서 재영이를 찾아라. 돈은 얼마든지 들어도 좋다. 사람을 더 보내도 좋고. 어서 나가봐."

"알겠습니다."

허리를 꺾은 박형문이 회장실을 나서자 박일선은 벽장 속 금고를 열어 전화기 하나를 꺼내 자리로 돌아왔다. 곧장 통화 버튼, 어차피 기억되어 있는 번호는 하나였다. 신호가 7번 가까이 울리고 나서야 굵직한 목소리가 흘러나왔다.

[나요.]

"이거 너무한 거 아니십니까?"

박일선은 대뜸 볼멘소리를 냈다.

[무슨 뜻이오?]

"모른다고 하시지는 않겠지요? 제 아들 녀석 이야기입니다."

전화의 목소리는 잠시 끊어졌다가 이어졌다.

[나도 조금 전에 보고를 받았소. 내 분명히 이야기해 두지만 내 사람들이 처리한 것은 아니오. 수차례 거론했듯이 그 아이는 많은 문제를 가지고 있었소. 박 회장이 해외로 내보내지 않았다면 국내에서 처리되었겠지요. 안 됐지만 이렇게 꼬리를 잘랐다고 생각하십시다. 그리 생각하세요.]

"그 아이가 죽었다고 생각하시는 겁니까?"

[단언하기는 어렵겠지요. 그러나 정황상 리조트를 습격한 자들의 소행이 확실하다는 보고가 올라왔어요. 설사 납치가 됐다고 해도 실제로 연락해 올 가능성은 없어 보인다는 평가더군.]

"어떤 자들의 짓이라고 생각하십니까?"

[MSS, CIA, 국정원, 다 가능성이 있소. 그 친구가 처리했을 가능성도 있고.]

"그 친구라면… 전직 특수부대 요원이라는 자 말입니까? 죽었다고 들었는데요?"

[가능성이 있다는 겁니다.]

"놈이 살아 있다고 해도 사고로 물에 빠진 놈이 무슨 재주로 하루 만에 그 먼 필리핀까지 따라가서 일본인들 수십 명을 다 죽이고 그 아이를 납치했겠습니까. 말이 안 됩니다. 분명히 강력한 조직이 배후에 있습니다."

[글쎄요. 어디든 개별 공작부서는 모두 각자 독립적인 필드 구성원과 장비팀을 보유하니까 가능성은 얼마든지 있겠지요. 어쩌면 국정원의 필드 조직이 개입됐을 수도 있을 겁니다.]

"위원장의 손 밖에서 일어난 일이라는 말씀이십니까?"

[물론이오.]

"재영이가 필리핀으로 출국했다는 사실을 몇 시간도 안 돼서 눈치 챌 정도의 막강한 정보력과 해외에서 수십 명의 정예요원을 동원할 수 있는 방대한 조직을 가진 사람은 극히 드뭅니다."

[그래서요?]

"위원장께서 내게 이러실 수는 없습니다. 이러면 나도 가만히 있지 않겠습니다."

박일선의 언성이 높아지기 시작하자 전화기의 목소리가 갑자기 가라앉았다.

[말을 함부로 하는군. 그래서 어쩌겠다는 거요. 박 회장이 내게 그런 말을 할 자격이 있다고 생각하시오? 당신은 그 아이 단속을 잘못했어. 큰일을 도모하는 사람으로서의 자질이 턱없이 부족했

지. 당신이 아들놈 단속을 잘못하는 바람에 이미 손에 피를 묻혔고 아직도 더 묻혀야 할 판이란 말이오. 계집아이 하나도 처리하지 못해서 만일에 대비해 챙겨두어야 할 중요한 보험증권을 그냥 날려 버렸소. 그 아이가 왜 필요했는지는 잊어버렸소?]

"수습은 될 겁니다."

[되겠지. 그러나 이젠 당신 사람이 하는 게 아니오. 그리고 위원회로써는 방 뭐라는 깡패 두목이나 그 아이나 종국에는 잘라내야 할 치부였소. 한 배를 탔다고 해서 무조건 끝까지 끌고 가면 우리도 역사 속 실패한 지도자들의 전철을 밟게 될 거요. 배가 가라앉을 상황이면 자식이라도 물에 던지는 것이 올바른 선택이라는 사실을 명심하시오.]

박일선은 주먹을 움켜쥐면서 목구멍까지 치솟는 욕설을 필사적으로 참아냈다. 상대의 심중은 안중에도 두지 않는 험악한 단어들이 가차없이 튀어나왔으나 맞대응은 역부족이었다. 상대는 언제든 간단하게 그의 목줄을 따낼 수 있을 만큼 강력한 힘을 가지고 있었다.

[쉽게 이야기합시다, 박 회장. 위원회는 당신 말고도 활용할 수 있는 카드를 상당수 가지고 있소. 은인자중하시오. 회사나 다른 아이들의 미래도 생각하도록 하고 말이오.]

"끄응……."

박일선의 입에서 새된 신음이 새어 나오자 전화기의 목소리가 다소나마 누그러졌다.

[이미 지나간 일이오, 박 회장. 심기일전하고 다음 수순이나 챙

기십시다. 또 문제가 생겼지만 이번엔 다행히 일본 정보기관의 영역 안에서 일어난 일이오. 허니 차후에 생색을 내면서 일을 수습할 수 있을게요. 박 회장은 일정에 차질 없도록 분위기나 만드세요. 이만 끊겠소.]

상대는 그의 반응을 기다리지 않고 그냥 전화를 끊어버렸다.

'빌어먹을!'

박일선은 떨리는 손으로 전화를 내려놓고 자리에서 일어났다. 전혀 예상치 못한 사고가 터졌다. 다행히 그의 손을 떠난 해외에서 벌어졌고 내부 단속에 미리 손을 써두어서 일에는 차질이 없었다. 그러나 박재영의 실종은 심리적인 타격이 컸다. 어떻게든 대책을 세워야 했다.

†

해 뜨기 직전에 육지로 올라온 김태훈과 한선아는 마닐라 인근의 빈민촌 톤도에서 아침 시간을 보냈다. 잠시나마 휴식도 취하고 길거리 샤워기에서 대충 손발을 씻은 다음, 돌벽에 농구공을 튕기는 아이들에게 몇 달러를 주고 후줄근한 배낭도 하나 샀다. 총기를 숨기기 위한 임시방편, 옷가지라도 좀 사려면 번화가인 마카티로 넘어가야 하는데 하루가 멀다 하고 벌어지는 테러 때문에 마카티 일대에서는 수시로 가방 검색을 하고 있었다. 따라서 덩치 큰 MP—5는 필히 따로 숨겨야 했다.

마카티와의 경계 근처에 있는 작은 모텔을 빌려 제대로 된 샤워를 하고 권총 두 자루만 챙겨서 트라이시크 오토바이를 개조한 운송 수단를 잡아탔다. 마카티로 직행, 스모키마운틴 쓰레기 매립장에서 흘러내린 오수 때문에 바닷물마저 흑갈색으로 변해 버린 톤도와는 달리, 인접한 도시 마카티는 해외여행이 잦았던 김태훈조차 넋을 놓을 만큼 화려한 부촌이었다.

수십 층짜리 고층 빌딩들이 하늘을 아예 가렸고 미국식 패스트 푸드 점포와 최고급 음식점, 명품브랜드 옷가게까지 즐비하게 늘어서서 오가는 사람들의 시선을 쉴 새 없이 유혹했다. 특히 포브스 공원 일대를 중심으로 들어선 수백만 달러짜리 저택들은 필리핀이 가지고 있는 극단적인 빈부 격차의 단면을 고스란히 내보이고 있었다.

"오빠, 돈 얼마나 있어?"

마카티 최대의 쇼핑몰 그린벨트 앞 차도를 건너면서 한선아가 꺼낸 말이었다. 한선아는 엷은 미소를 머금고 있었다. 바짝 얼어붙어 있던 지난 몇 시간 전과 비교하면 천지 차이, 군중들 틈에 섞이고 나서부터 조금이나마 여유가 생긴 것 같았다. 그는 마주 웃어준 다음, 주머니를 뒤적여 박재영에게서 빼앗은 현금과 지갑을 꺼내 보였다.

"US로 대략 1만 5천 정도일 거야. 이걸로 어떻게 해봐야지. 빡빡하지만 가능할 것 같다."

"내가 좀 도와줄까?"

"응?"

그가 의아한 표정을 짓자 배시시 웃은 한선아가 티셔츠를 슬쩍 들어 뒷주머니를 보여주었다.

"아까 금고에서 챙겼거든."

한선아의 뒷주머니에서 100달러짜리 돈뭉치 두 개가 삐죽 머리를 내밀고 있었다. 그가 하나를 꺼내며 피식 웃었다.

"반가운 이야기네. 이러면 합쳐서 3만 5천 달러, 충분할 거야."

"다행이네. 호호."

"그래. 선아 너 이번에도 한 건 했다. 너나 나나 행색이 너무 튀어서 쇼핑을 했으면 했는데 내가 가지고 있던 지폐는 다 젖어서 목하 고민 중이었거든. 그럼 쇼핑부터 할까?"

"빙고! 내 이야기가 그거야, 오빠. 나 찝찝해 죽겠어."

"그래. 가자."

두 사람은 곧장 그린벨트 밖의 상점을 돌면서 비교적 저렴해 보이는 바지와 티셔츠, 속옷 등 당장 필요한 옷가지를 사서 화장실에서 전부 갈아입고 운동화와 배낭, 선글라스까지 한꺼번에 구입했다. 지니고 있던 건 모두 화장실 쓰레기통에 던져 버렸다. 어느 정도 옷차림을 바꾼 뒤, 가까운 햄버거 가게에서 늦은 점심을 때웠다.

한선아는 세트 메뉴를 받아와 식탁에 올려놓기가 무섭게 허겁지겁 음료수부터 마시기 시작했다. 그도 햄버거를 크게 한입 베어 물었다. 지난밤부터 먹은 거라곤 물 몇 모금뿐이어서 가죽이라도 씹을 지경이었다. 햄버거가 반쯤 없어지자 한선아가 한결 밝아진 표정으로 입을 열었다.

"그런데 우리 여권도 없는데 어떻게 집에 가죠?"

"없으면 만들어야지."

"어떻게요?"

"여긴 필리핀이야. 로이스 그 불여우가 마음 놓고 날 떼어버린 건 여기가 필리핀이기 때문이야."

"네?"

"로이스도 내가 필리핀 경찰에게 잡히기를 바라지는 않았을 거야. 괜한 골칫거리를 만들 필요 없거든. 그런데도 날 떼어놓은 건 여기가 돈만 있으면 미국 대통령 여권도 간단하게 만들 수 있는 마닐라이기 때문이야."

"정말요?"

"그래. 일단 먹자고. 배 정말 고프다. 자세한 건 나가서 생각하자. 후후."

두 사람은 허겁지겁 햄버거와 음료수를 해치운 다음, 한국 대사관이 있는 퍼시픽 빌딩을 찾았다. 도착하자마자 건물 뒷골목으로 돌아 들어가 후줄근한 가방을 들고 서성거리는 젊은 삐끼들 중에서 가장 나이가 어려 보이는 녀석에게 손을 까딱해 보였다. 18살이 채 안 돼 보이는 꼬맹이였다. 녀석이 재빨리 다가왔다.

"비자 필요하슈?"

조금은 건들거리는 목소리, 그래도 영어 발음은 괜찮았다. 스페인 억양이 심한데도 불구하고 그런대로 알아들을 수 있는 수준이었다. 그가 햄버거 가게에서 거스름돈으로 받은 1,000페소짜리 지폐 두 장을 꺼내 녀석의 눈앞에다 흔들었다.

"실력있는 여권 브로커 하나 소개해 줬으면 좋겠는데? 마음에 들면 이거 네 거다."

녀석은 눈을 게슴츠레 뜨며 말을 받았다.

"어느 나라 걸 원하슈?"

"일본."

녀석은 대답을 듣자마자 얼른 그의 손에 들린 돈을 잡아챘다.

"따라오슈."

녀석이 안내한 곳은 대사관 건물에서 서너 블록 떨어진 후미진 뒷골목이었다. 두 사람이 따라 들어가자 누군가 등 뒤로 골목 입구를 막아섰다. 정면도 마찬가지였다. 꼬마를 포함해서 전부 5명, 말로만 듣던 떼강도를 만난 셈이었다. 그는 피식 웃으면서 한선아와 눈을 마주쳤다. 한선아도 별로 긴장한 표정이 아니었다. 아마도 이력이 났을 터, 이런 조무래기들에 긴장하기엔 겪어온 일들의 덩치가 너무 컸다. 그런데 꼬마는 뒷주머니에서 손바닥만한 칼을 꺼내며 한껏 거드름을 피우고 있었다.

"어이, 가진 거 다 꺼내. 피 보는 건 나도 싫으니까 말이야."

"우리 돈 없는데?"

그는 미소를 머금은 채 손을 탁탁 털면서 앞으로 나섰다. 한선아는 손을 등 뒤로 하며 가만히 한쪽 벽으로 기대섰다. 손의 움직임으로 보아 뒤춤에 끼워놓은 권총을 안 보이게 빼 든 것 같았다. 등 뒤에 있던 녀석들이 몽둥이를 손바닥에 툭툭 치며 다가섰고, 꼬마가 칼을 화려하게 돌려 보였다.

"계집년 다시 보고 싶으면 있는 거 전부 꺼내놔. 귀찮게 하지 말고. 흐흐."

"그럼 와서 가져가던지."

그는 어깨를 으쓱해 보이고는 다시 한 발짝 앞으로 나섰다. 꼬마는 당황한 표정이었다. 그러나 위협적으로 칼을 내미는 건 잊지 않았다. 그는 꼬마의 칼이 눈앞으로 다가오자 순간적으로 팔을 잡아채 어깨 너머로 꺾어버리고 놈의 손에 들린 칼을 그대로 목에다 들이댔다.

"니들도 손에 든 거 버려라."

얼음장처럼 차가운 목소리, 뒤에 서 있던 덩치들이 기겁을 하면서 주춤주춤 물러서기 시작했다. 골목 입구를 막은 놈들은 움찔 달려들려다가 한선아가 권총을 꺼내 보이자 황급히 쇠파이프를 떨어트리고 양손을 들어 올렸다. 한선아가 슬라이드를 당겼다 놓으며 매섭게 말했다.

"움직이지 마. 이마에 구멍이 날 수도 있어."

김태훈은 놈들을 힐끗 돌아본 다음, 꼬마의 손에서 칼을 빼앗아 10미터쯤 떨어진 입간판에다 던져 버렸다. 칼은 1㎝쯤 되는 두툼한 나무로 만든 간판에 손잡이까지 푹 박혔다. 꼬마의 눈동자가 당장 튀어나올 것처럼 휘둥그레지자 그가 이빨을 모두 드러내며 웃었다.

"긴 이야기하지 말자, 꼬마. 너 사무실 어디야?"

급기야 꼬마의 눈매가 공포로 떨리기 시작했다.

"자… 잘못했습니다, 선생님."

"사무실."

"가… 가깝습니다. 한 블록도 안 됩니다."

"이번엔 제대로 안내해. 아니면 이마에 진짜 총알구멍 난다. 알아들었어?"

꼬마는 다급하게 고개를 끄덕거렸다.

"네? 네!"

"이제 저 덩치들 가보라고 해. 무기는 버려두고."

다 죽어가는 표정이 되어버린 꼬마가 다급한 손짓으로 덩치들을 돌려보냈다. 그는 놈을 벽에다 밀어붙이고 야구방망이와 쇠파이프를 쓸어다 길가 개천에 던져 버렸다.

"이제 가볼까?"

"네! 선생님!"

화들짝 놀란 놈은 불편한 팔을 움켜쥔 채 급히 움직이기 시작했다. 앞장서서 골목 몇 개를 지나치더니 비교적 깔끔해 보이는 창고 건물로 들어갔다.

"아버지! 저예요!"

꼬마가 소리를 지르자 50대 중반쯤으로 보이는 구부정한 사내가 창고 한 귀퉁이에서 걸어나오면서 두 사람을 위아래로 훑어보았다. 왜소한 체구에 돋보기안경까지 썼지만 확실히 만만해 보이는 인상은 아니었다. 김태훈은 사내의 얼굴을 보자마자 꼬마의 뒤통수를 한 대 쥐어박으면서 사내에게 말을 건넸다.

"여권이 필요해서 쓸 만한 브로커 하나 소개받으려고 했더니 이 녀석이 내 뒤통수를 치려고 하더군. 장사를 이따위로 하면 뒤끝이 좋지 않을 텐데?"

사내는 매섭게 꼬마를 노려본 다음, 혀를 끌끌 차면서 입을 떼었다.

"쯧쯧. 넌 저녁때 이야기하자. 나가봐."

울상을 한 꼬마가 창고를 나서자 사내는 자연스럽게 창고 안쪽 사무실을 가리켰다.

"죄송합니다. 저 녀석 사람 보는 눈이 워낙 형편이 없습니다. 일단 들어가시지요."

그는 말없이 사내를 따라 사무실로 들어가 회의 탁자 앞에 자리를 잡았다. 사내는 종이컵에 커피를 따라 건네면서 천연덕스럽게 건너편에 걸터앉았다. 신중한 행동거지나 차분한 언행으로 보아 확실히 닳고 닳은 전문 브로커였다. 사내가 말했다.

"얼핏 보기에도 NBI^{필리핀 경찰}는 아닌 것 같으니 쉽게 가십시다. 필요한 게 뭡니까?"

"깨끗한 일본 여권 두 개."

사내는 그럴 줄 알았다는 듯 고개를 끄덕였다.

"필리핀에 들어온 지 2년 된 일본인 유학생 남녀의 여권이 있습니다. 전자여권도 아니고 앞으로 2개월 동안 분실신고를 하지 않기로 하고 매입했으니 입출국 문제는 없을 겁니다. 가격이 좀 비싼 물건인데 사과하는 의미로 두 분의 사진 처리 비용까지 미국 돈 2만 달러만 받겠습니다."

기대했던 대답이 나왔다. 시작부터 기분 나쁜 일을 겪은 대신 업자는 제대로 고른 셈, 해외에서 한국인의 여권을 구입하는 비용이 보통 5,000달러 수준이고 일본 여권이 6,000달러 수준이니 일만 달러는 조금 비싼 가격이었다. 그러나 여권 주인과 합의 하에 구입한 여권이라면 돈값은 충분할 터였다.

"시간은?"

"36시간은 주셔야 사진 교체가 깔끔합니다."

"지금 5천, 여권 받을 때 1만 5천, 이름과 여권번호는 지금 받 겠소."

"신원조회를 해보시겠다… 뭐 좋습니다. 물건은 깨끗하니까 요. 지금 사진을 찍으시겠습니까? 웬만한 옷가지는 빌려 드릴 겁 니다."

"그럽시다."

"저쪽으로 가시죠."

사내는 전문 브로커답게 사무실에다 이미지를 바꿀 양복과 넥 타이, 가발에 안경까지 완벽하게 비치해 놓고 있었다. 후줄근한 물건들이지만 여권 사진을 찍는 용도라면 제법 쓸 만한 것들이었 다. 가발에 안경까지 쓰고 사진을 찍은 두 사람은 인화된 사진을 확인하고 카메라에 남은 데이터를 지우는 것까지 지켜본 뒤, 마 지막으로 돈을 넘겨주고 여권번호와 이름을 챙겨 창고를 나왔다.

그런대로 마음에 드는 결과, 빠른 걸음으로 외진 골목을 빠져 나와 어둑해지는 대로로 나서자 한선아가 홀가분해진 표정으로 그의 팔짱을 꼈다.

"이제 이틀 동안은 휴가야?"

"그래. 머릿속이 복잡하긴 하지만 급한 일이 없으니 휴식은 맞 지. 국제전화부터 몇 통 하고 병원에 들렀다가 숙소를 한가한 리조트로 옮기자. 총기도 버려야 하고 이래저래 할 일이 좀 있다."

그간 심하게 몸을 혹사한데다 사고 후에도 제대로 몸을 추스르지 못해 휴식은 필수였다. 어깨와 무릎의 통증도 차츰 심해지고 있었다.

먼저 시내 편의점 두 곳을 들러 따로 각각 다른 회사의 전화카드두 개씩을 산 다음, 길가 공중전화 하나를 골라 장석호의 휴대전화에 전화를 걸었다. 그러나 장석호는 전화를 받지 않았다. 10분 간격으로 잇달아 3번이나 시도하고 병원에 들러 간단한 치료를 받은뒤에 다시 전화를 했는데도 전화기가 꺼져 있다는 기계음만 돌아올 뿐이었다. 갑자기 불안해졌다. 그간 장석호가 전화기를 꺼놓은적은 없었다. 더구나 그가 언제 전화를 할지 모르는 급박한 상황인데 전화기를 꺼놓을 리가 없었다. 이러면 뭔가 문제가 생겼다는 뜻이었다.

그는 걸어서 한 블록을 이동해 다른 공중전화와 전화카드로 오정식에게 전화를 걸었다. 2번 전화를 끊고 3번째 다시 전화를 걸자 곧장 오정식의 목소리가 흘러나왔다.

[어디십니까?]

"외국이야. 돌아가려면 며칠 더 걸릴 것 같다. 자세한 이야기는 돌아가서 하마. 일 이야기부터 하자. 움직일 여력 되냐?"

[당연합니다. 24시간 넘게 죽치고 있으려니 근질거려 죽겠습니다.]

"그럼 석호네 집에 좀 다녀와라. 장안동이야. 받아 적어."

그는 최대한 자세하게 장석호의 집을 찾아가는 방법을 설명하고 주의할 점도 덧붙였다.

"몇 번 전화를 했는데 휴대전화가 꺼져 있었다. 뭔가 심각한 문제가 있다는 거야. 극도로 조심해야 한다. 거리를 두고 확인만 해. 내일 다시 통화하자."

[알겠습니다. 조심하십쇼.]

전화를 끊은 그는 일단 시내의 사이버카페를 찾아 장석호와 연락하는데 쓰던 메일 계정에 보관된 파일들을 통째로 다운받아 프린트했다. 제법 분량이 많아 시간이 걸렸지만 꼭 필요한 일이었다. 이어 모텔로 돌아가 물건을 챙긴 다음, 권총 세 자루와 탄창을 제외한 나머지는 가방째로 바다에 던져 버리고 가장 가까운 관광지인 히든밸리로 이동했다. 마닐라 시내에서 불과 1시간 거리밖에 되지 않는 히든밸리는 관광지치고는 조용한 편이어서 하루 이틀 몸을 숨기는 데는 나름 괜찮은 장소였다. 물론 히든밸리 폭포나 옥외 온천수 풀 일대에는 관광객이 끊이지 않지만 조금만 산 안쪽으로 들어가면 인적이 거의 없는 오붓한 숙박시설을 쉽게 찾을 수 있었다.

그는 숲 안쪽에 있는 전통 양식으로 지어진 깨끗한 방갈로를 하나 빌렸다. 신혼부부들이 가장 좋아하는 리조트라는 매니저의 자랑처럼 객실 간의 거리도 멀고 객실마다 별도로 옥외 온천탕이 꾸며져 있어서 외부의 눈에 신경을 곤두세우지 않고 편하게 시간을 보낼 수 있을 것 같았다.

한선아는 객실로 들어오자마자 곧장 온천탕으로 직행했다. 지독하게 피곤할 텐데도 한선아는 욕실이 먼저였다. 온천탕으로 나간 한선아가 돌아오지 않자 그는 유리컵 하나를 잘게 깨트려 출입문과 창문 등 침입이 가능한 통로에다 골고루 뿌리고 출입문 손잡이에다 유리병 하나를 매달았다. 최소한의 대비는 한 셈, 대충 옷을 갈아입은 다음 권총을 꺼내 티 테이블에 올려놓고 가운 차림으로 TV를 켰다. 무엇보다 서울의 상황이 궁금했다.

볼 수 있는 한국 방송은 YTN과 KSBN 두 가지 채널이 전부였다. YTN에 채널을 맞춰놓고 냉장고에서 캔커피를 꺼내 한 모금을 마시고 담배를 빼물었다. 화면에서는 묘령의 여성 앵커가 1년이 채 남지 않은 대통령 선거에 출마할 여야의 대권주자의 이름을 차례차례 거론하고 있었다. 여당의 강력한 후보는 현직 국무총리와 전직 당대표, 야당은 지방선거에서 약진한 수도권의 광역단체장과 현직 당대표였다. 대권주자들의 최근 행보에 대한 간략한 보도가 끝나자 당일 국회에서 진행된 신임 국방부총리 내정자 최명철에 대한 인사청문회 결과가 이어졌다.

『정부와 청와대는 이번 임명동의안을 이례적으로 신속하게 처리해준 국회에 감사한다는 짤막한 논평을 내놓았습니다. 신임 최명철 국방부총리는 육사를 졸업하고…….』

보도는 최명철의 경력을 간략하게 소개하는 것으로 끝을 맺었다.
'벌써 청문회가 끝났다?'
예상보다 몇 배는 빠른 진행이었다. 더구나 부총리라는 직함까지 더해져 있었다. 정부조직법까지 일부 손을 댔다는 뜻, 대통령과 최명철 사이에 그간 벌어진 심상치 않은 일련의 사건들에 대한 공감대가 형성되었을 가능성이 컸다. 그만큼 상황이 급박하다는 뜻이지만 그래도 오랜만에 듣는 긍정적인 소식이었다. 한 치 앞도 안 보이는 지독한 안개 속에서 한줄기 빛을 본 기분이었다.

뉴스는 곧장 위안화 환율을 둘러싼 미국과 중국의 신경전과 오키나와 기지 이전 문제로 벌어진 미국과 일본의 줄다리기에 대해 분석하는 지루한 시간으로 이어졌다. 최명철의 인사청문회가 끝났다는 보도를 빼면 당장 참고가 될 만한 사건사고는 없는 셈이었다.

다시 커피 한 모금을 마신 그가 라이터를 켜자 한선아가 테라스에서 낮게 소리쳤다.

"오빠! 담배 피울 거면 나와서 피워요! 방에서 피우면 잘 때 힘들어."

그는 피식 웃으면서 테라스로 나왔다. 불을 붙이면서 탕 옆에 있는 벤치에 걸터앉자 한선아가 다시 말했다.

"음흉한 눈으로 내 몸매 감상하지 말고 오빠도 그거 입고 들어와요."

벤치에는 리조트 로고가 새겨진 검은색 수영복이 깔끔하게 접혀 있었다. 한선아도 수영복을 입고 있었다. 그가 미소를 머금으면서 무릎을 가리켰다.

"안 돼, 인마. 항생제 주사 맞았다고 방심하면 덧난다. 참아줘."

"치. 부은 곳에는 여기 온천수가 좋다던데? 진짜 아픈 자리는 어깨 아니에요?"

말은 잘 안 되지만 어깨를 뜨거운 물에 담그면 기분은 한결 나아질 것 같았다. 그는 에라 모르겠다 싶어져 수영복으로 갈아입고 탕으로 들어갔다. 권총은 곧바로 집을 수 있는 위치에다 수건을 덮어 올려놓았다. 그가 탕 한 켠에 등을 기대자 한선아가 건너와 나란히 붙어 앉았다.

"좋죠?"

뜨거운 온기가 어깨와 옆구리를 아득하게 자극하면서 쌓였던 피로가 한꺼번에 몰려오는 것 같았다.

"그래. 생각보다 좋다."

그가 희미하게 웃으며 눈을 감자 한선아가 그의 어깨에 가만히 머리를 기대며 가슴에 손을 올렸다. 정말 기분 좋은 스킨십, 당겨진 고무줄처럼 팽팽하게 유지되던 신경세포가 토막토막 끊어져 나가는 것 같았다. 그가 어깨를 감싸 안으며 토닥거렸다.

'덕분에 견디는 것 같다.'

입 밖으로 꺼내지는 않았지만 그는 새삼 한선아의 존재에 감사하고 있었다.

사실 장시간 극도의 긴장감을 유지해야 하는 필드요원들은 언제 폭발할지 모르는 시한폭탄을 운명처럼 끌어안고 살아야 했다. 그래서 작전에 들어가면 의도적으로 술도 마시고 사창가를 어슬렁거리면서 긴장을 풀지만 그건 어디까지나 임시방편에 불과했다. 결국 언젠가는 폭발해서 작전은 물론이고 자신까지 사지에 몰아넣는 경우를 흔히 볼 수 있었다. 그리고 그가 최근 며칠 동안 경험한 지독한 압박감은 거의 한계치에 가까웠다. 그런데도 생각보다는 잘 견뎌낸 셈. 어쩌면 한선아의 존재가 그를 지탱하는 힘이 되고 있는지도 몰랐다. 입가에 저절로 미소가 번졌다.

"무섭지 않았니?"

"오빠랑 같이 있잖아요. 전쟁터라도 상관없어요. 호호."

한선아는 그를 올려다보며 마주 웃었다. 별것 아닌 동네 깡패의 출현만으로도 새파랗게 질렸던 얼마 전의 그 한선아가 맞나 싶어질 정도의 대단한 변신이었다. 무서운 게 없어졌다는 표현 이외에는 다른 적절한 단어를 찾아내기가 어려웠다. 장기간 강도 높은 훈련을 소화한 자신조차 맨 처음 사람을 죽였던 날은 지독한 악몽에 시달렸는데 지금의 한선아는 누군가에게 총을 쏘았다는 사실조차 기억에 없는 것 같았다.

"이대로 시간이 멈췄으면 좋겠어요."

너무나 진부한 단어들의 조합, 그러나 분위기 때문인지 와 닿는 느낌은 정말 강렬했다. 아마도 수많은 의미가 담겨 있을 터였다. '살아남을 수 있을까'에서부터 '모든 일이 정리된 뒤 함께 홀가분한 여행을 떠날 수 있을까'까지…….

솔직히 모든 것이 꿈만 같았다. 언제나 그렇듯 인간을 사냥하는 자들은 그 자신도 함께 파괴했다. 상대가 악당이든 아니든 결과는 같았다. 누군가의 생명을 끊을 때마다 극도로 황폐해져 버린 심신은 시간이 흘러도 회복이 불가능했다. 그리고 종국에는 스스로 죽을 자리를 찾아 뛰어다니는 불안정한 상태로 치달았다.

전역을 전후해서 그가 직면했던 문제점도 크게 다르지 않아서 정상적인 사회와의 단절은 물론이고 어느 순간부터는 아예 사람을 믿지 못하는 형편까지 망가져 있었다. 대학 시절 친구들 대부분이 가정을 꾸리고 아이도 가졌지만 그에게는 완전히 다른 세상의 이야기였다. 그런데 어느 날 갑자기 사랑이라는 익숙치 않은 단어가 거짓말처럼 다가왔다. 그것도 목숨을 걸어도 좋을 만큼 지독했다. 덕분에 과거의 악몽까지 따라왔지만 함께라면 극복할 수 있을 것 같았다.

이런저런 생각에 잠시 입을 다물자 슬쩍 그를 올려다 본 한선아가 갑자기 그의 무릎 위로 올라와 눈싸움하듯 마주 보고 앉았다.

"여자랑 같이 있으면 집중하는 게 예의 아니에요? 나 상처받았어요."

제법 과감한 도발, 그러나 그 후에는 양손을 그의 어깨에 올린 채 눈을 깔고 손가락 하나도 움직이지 못했다. 오랜 시간을 같이 보냈고 서로의 몸을 확인하기도 했지만 아직은 많이 부끄러운 모양이었다. 그가 한 손으로 한선아의 탄력있는 엉덩이를 살짝 끌어당겨 안으면서 짓궂게 농담을 던졌다.

"섹시하긴 한데… 이게 끝이야? 어깨 끈도 좀 내리고 그래야 되는 거 아니니?"

"칫. 응큼해."

가뜩이나 상기된 한선아의 뺨이 더 붉어졌다. 그는 씩 웃으면서 뺨으로 흘러내린 그녀의 머리카락을 머리 위로 쓸어 넘겼다. 말 그대로 막 뭍에 올라온 인어처럼 신비로운 모습, 말끔하게 뻗어 내린 허리와 둔부의 날렵한 실루엣이 어깨 너머로 쏟아져 내리는 수백만 개의 별들을 배경으로 마치 한 장의 그림엽서 같은 매혹적인 영상을 만들어내고 있었다.

그의 시선이 움직이지 않자 한선아가 겸연쩍은 표정으로 그의 눈을 가렸다.

"그렇게 보지 마요. 며칠 동안 화장도 못해서 엉망이에요."

그는 씩 웃으면서 손을 치우고 붉게 상기된 그녀의 뺨에 가볍게 입을 맞췄다.

"누가 뭐래도 넌 내게 너무 과분한 여자야. 늘 고맙게 생각하고 있어."

"치… 거짓말. 나 사랑해요?"

애당초 말이 짧은 그에게는 엄청나게 난감한 질문, 대답을 피할 방법은 하나였다. 그는 대답 대신 한선아의 아랫입술을 살짝 빨아들이면서 목 뒤로 묶인 수영복 매듭을 풀었다. 한선아가 얼른 양손으로 가슴을 가렸다.

"어머? 이게 대답이야?"

곱게 눈을 흘기면서도 한선아는 살짝 엉덩이를 들어 수영복을 벗겨내게 도왔다. 수영복이 물 위에 떠오르고 눈부신 나신이 찰랑거리는 수면 위에서 반짝였다. 언젠가 영화 속에서 본 것 같은 장면, 눈부신 가슴과 살짝 패인 쇄골의 윤곽이 주체할 수 없이 시선을 끌어당겼다. 그는 조심스럽게 목과 어깨에 입맞춤을 하면서 가슴을 가린 손을 밀어냈다. 갈 곳을 잃은 그녀의 손이 그의 목으로 자리를 옮기자 풍만한 가슴의 곡선이 별빛 아래 고스란히 모습을 드러냈다.

그는 오래된 도자기를 만지듯 아주 조심스럽게 가슴을 감싸쥐면서 핑크빛 유두를 살짝 입에 물었다. 가쁜 호흡이 느껴졌다. 매끄러운 둔부를 들어 올려 조심스럽게 그녀의 몸 안으로 진입을 시도했다. 첫날 겪은 파과破瓜의 고통 때문인지 일순 긴장하는 게 느껴졌다. 그러나 이미 달아오른 한선아의 몸은 거침없이 그를 받아들였다. 그리고 몇 번의 진퇴, 그의 목을 끌어안은 채 달뜬 신음을 토해낸 그녀는 그가 공격 속도를 올리기도 전에 허리를 격렬하게 꺾으며 절정으로 올라갔다.

†

김태훈이 잠에서 깬 건 새벽 5시가 훨씬 넘어서였다. 격렬한 섹스를 치르고 온천에서 제법 긴 시간을 보내서인지 간만에 숙면을 취한 것 같았다. 한선아는 아직도 정신없이 깊은 잠에 빠져 있었다. 이마에 가볍게 키스를 하고 조심스럽게 침대를 빠져나와 방갈로 주변의 숲을 세심하게 둘러보았다. 특별히 신경을 건드리는 일은 없었다. 방으로 돌아와 간단하게 샤워를 한 다음, 어제 사이버카페에서 프린트한 자료와 담배를 챙겨 들고 테라스로 나와 벤치에 걸터앉았다.

담배에 불을 붙이면서 몇 장 자료를 넘겼다. 대부분 박재영과 방대섭에 관련된 신상자료, 물론 일부는 박일선과 최병만 등 주변인물에 관련된 자료였다. 그런데 마지막 페이지를 넘기면서 그의 눈에서 불똥이 튀었다.

'씨팔!'

얼핏 보기에는 그저 평범한 주가변동 그래프였다. 최근 하락 일로를 걷고 있는 상장기업의 주가변동을 기록한 그래프, 그런데 그림 파일 하단 오른쪽에 작은 글씨로 '손절매 시점'이라는 단어가 명기되어 있었다. 일반적으로 손절매는 하락장에서 더 큰 손해를 피하기 위해 손해를 본 상태에서 급히 주식을 파는 행위를 지칭하지만 장석호의 손절매는 '가장 높은 단계의 위험'을 뜻했다. 더구나 자료를 올려놓은 시점이 그가 전화를 걸기 불과 2시간 전이었다.

그 아래로는 총리의 행사 일정을 확인하라는 의미의 음어들이 기본적인 룰에 맞추지도 않은 채 이어졌다. 아주 급하게 작성했다는 뜻, 장석호가 전화를 받지 못했다는 사실까지 고려하면 이건 심각한 문제였다.

'총리의 행사 일정?'

현직 국무총리 김세명은 비교적 온건파로 알려진 행정관료 출신으로 차기 대통령 선거에 나설 여당의 유력한 후보였다.

'총리까지 관련됐다는 뜻일까?'

설마하는 생각에 저절로 고개가 가로저어졌다. 상식선에서 생각해도 가능성은 '제로'에 가까웠다. 그러나 위험에 처한 장석호가 마지막 순간까지 단어 몇 개를 전달하려 했다는 건 어떤 식으로든 관련이 있다는 뜻이었다. 현실이 소설보다 더 소설 같을 때도 적지 않다는 격언이 새삼스러웠다. 일단 상황 파악이 급했다.

그는 한선아의 머리맡에다 1시간 이내에 돌아오겠다는 메모와

장전된 권총 한 자루를 남겨놓고 급히 방을 나섰다. 조깅하는 것처럼 천천히 방갈로 주변을 뛰면서 어제와 달라진 점을 일일이 확인한 다음, 리조트를 완전히 벗어나 히든밸리 초입의 공중전화에서 오정식에게 전화를 걸었다. 이른 시간인데도 오정식은 정확하게 전화를 받았다. 그리고 반응은 최악이었다.

[청평으로 출장 갔다가 현지에서 자동차 추락사고로 사망했답니다. 발인은 내일이고요. 감시가 심해서 자세하게는 알아보지 못했습니다.]

"제기랄!"

김태훈은 일순 말을 잇지 못했다. 아무리 생각해도 이건 도대체 말이 되질 않았다. 총탄이 빗발치는 사선을 수없이 넘나든 정예요원이 국내에서 교통사고로 죽었다? 어이없다 못해 황당한 일이었다.

기본적으로 필드에서 뛰는 요원은 소설이나 영화에서처럼 아무나 상대할 수 있는 사람이 아니었다. 전투스킬이나 격투능력은 기본이고 작전 중 시계 안에서 벌어지는 일은 모두 기억하도록 훈련받는다. 접선 장소에 들어서면 드나드는 사람 전원의 인상착의를 기억했고 미세한 움직임까지도 모두 시야에 두어야 하며 위험을 감지한 상황이라면 언제든 30분 이내에 모든 것을 정리하고 해당 지역을 뜰 수 있도록 준비되어 있어야 했다.

부상 때문에 일선에서는 물러났지만 그가 기억하는 장석호는 최고였다. 그리고 이미 위험을 감지하고 있었다. 그런데 청평으로 출장을 갔고 거기서 추락사고를 당했다? 말이 안 되는 소리,

잠적을 위해 움직이다가 누군가에게 당했다는 의미였다. 그가 끓는 신음을 토해내자 오정식이 걱정스런 목소리로 물었다.

[괜찮으십니까?]

"휴… 난 괜찮아. 느낌상 뒷문 단속에 들어간 것 같다. 일단 깊이 잠수해라. 들어가서 연락하마."

[알겠습니다. 조심하십쇼.]

최대한 담담한 목소리를 내면서 전화를 끊었지만 그는 한동안 전화박스 앞에서 움직이지 못했다. 또 아군 하나가 죽었다. 이번에는 3년 넘게 등을 맞대고 현장을 뛰던 피붙이 같은 전우였다. 안필성이나 남도철의 경우에는 개인적인 친분이 별로 없는 사람들이어서 어느 정도 객관적인 시각에서 바라볼 수 있었지만 장석호의 죽음은 달랐다. 무엇보다 심리적인 타격이 컸다. 장석호를 이 위험한 난장판에 끌어들인 것이 그 자신이었다.

'빌어먹을……'

때늦은 자책감에 손끝이 부들부들 떨려왔다. 미리 손을 떼게 했어야 한다는 생각, 그러나 배는 이미 떠나고 없었다. 당장 장석호를 위해 그가 해줄 수 있는 건 책임자를 찾아내 그 대가를 치르게 하는 것뿐이었다. 필사적으로 호흡을 가다듬으며 타이르듯 자신에게 말했다.

'침착해라, 김태훈. 감정에 휩쓸리면 안 된다. 말해봐. 뭐가 먼저지?'

가장 먼저 결론을 내려야 할 사안은 '누가 범인이냐'에 대한 해답, 그러나 답을 내놓는 건 쉽지 않았다. 기본적으로 용의자가 너무 많았다. 가장 먼저 떠오르는 이름은 차성묵, 두 번째는 국정원 이준혁 차장이었다. 물론 신용학 차장과 배덕성의 개입 가능성도 무시할 수 없었다. 배후에는 박일선과 이성우 중장, 나인혁 수석을 고리로 한 높은 양반들이 도사리고 있을 터였다. 거기에 장석호가 마지막 순간까지 전달하려 했던 국무총리의 행사 일정도 신경을 건드렸다. 어쩌면 국무총리의 행사 일정에 대한 조사가 암살의 직접적인 원인이 되었을 수도 있었다.

너무 복잡해서 우선순위조차 결정하기 어려운 상태, 이러면 방법은 하나였다. 경험상 일이 복잡하면 복잡할수록 간단명료한 대응이 최선이었다.

'기다려라. 이번엔 유령이 아니라 순수한 악마를 보게 될 거다. 빌어먹을!'

이를 악물었는데도 욕설은 쉴 새 없이 이빨 사이를 헤집고 튀어나왔다.

CHAPTER 4
두 개의 태양

THE
TWINSUNs

계열사 사장단이 모두 모인 중장기 전략회의인데도 박일선의 시선은 연단에 선 기획실장 박일웅의 얼굴에 고정되지 않았다. 박재영이 피습당한 지 벌써 만 6일이 지났건만 단서라고 할 만한 건 전혀 없는 막막한 상황, 하루하루 속이 시커멓게 타 들어가는 것 같았다. 들고 있던 찻잔을 던지듯 내려놓고 자리에서 일어섰다. 모두의 시선이 돌아왔다.

"계속하게. 좀 피곤하구먼."

사장단의 인사를 뒤로하고 느릿느릿 회장실로 돌아온 박일선은 응접실 소파에 걸터앉아 혹시나 하는 심정으로 다시 TV를 켰다. 뉴스는 여전히 악화 일로를 걷고 있는 외교가의 대북 이슈 몇 가지를 거론한 뒤, 이어 며칠 사이에 눈에 띄게 폭등한 금값과 유로화 폭락에 대한 정부의 전략 부재를 성토하기 시작했다.

『특히 최근의 심각한 매수편중으로 인해 국내 금값의 인상폭이 국제 금 시세 인상폭의 2배가 넘어가는 기현상을 보이고 있습니다. 정부 당국은 여전히 문제가 없다며 관망하는 입장을 취하고 있으나 돈 당 가격이 27만 원을 넘어가는 형편이다 보니 현물시장에서는 연일 비명이 나오고 있습니다. 이에 따라 정부 일각에서 거론되었던 외환 보유고의 일부를 금으로 전환해서 보유해야 한다는 목소리가 힘을 얻고 있습니다. 우리 정부가 보유한 금 보유량이 너무 적다는 사실은 재정부와 한국은행의 의견이 일치하는 부분으로 환금성 위험부담에 대한 논란은 있지만 재정부 고위층에서도 필요성을 인정하고 자금 확보와 시기를 가늠하기로 하는 등 향후 일정을……』

"그나마 이거 하나는 제대로 가는구먼. 역시 돈이 엮여야 일하는 놈들이 나오는 게야. 쯧쯧."

박일선은 혀를 끌끌 차면서 채널을 돌렸다. 마찬가지 비슷비슷한 뉴스들, 해외에서 납치된 한국인에 대한 보도는 끝까지 보이지 않았다. 실망스런 표정으로 TV를 꺼버리고 일어서려는데 휴대전화기에서 음악이 흘러나왔다.

모르는 번호, 피싱 전화다 싶어 무시하고 집무실로 들어와 앉았다. 그런데 같은 번호로 다시 전화가 왔다. 귀찮다는 생각에 무심코 전화기를 들었다.

[아드님에 대한 이야기를 하고 싶어서 전화를 드렸습니다.]

느닷없는 섬뜩한 기계음, 내용도 심상치 않았다.

"뭐라고?"

[아드님의 거취에 대한 정보를 드릴 수 있습니다. 물론 약간의 대가가 필요합니다.]

거짓말이 아닌가 싶어 일순 거부반응이 나왔으나 억지로 참아냈다. 박재영이 납치되었다는 사실을 아는 사람은 함께 있던 경호원을 포함해서 최측근 몇몇이 전부였다. 대놓고 대가를 요구한다면 정말 아는 게 있다는 뜻, 어쩌면 납치범일 가능성도 있었다. 주먹을 몇 번 쥐었다 펴면서 최대한 심기를 다스렸다.

"당신을 어떻게 믿지?"

[필리핀 카지노에서 바카라하고 블랙잭을 하더군요. 멍청한 경호원들은 일이 터지고 난 뒤에 카지노 정원에 묶여있었고요. 어떻습니까?]

당시 상황을 정확하게 알고 있다는 뜻, 이 정도면 확실했다. 목소리가 경직되기 시작했다.

"원하는 게 뭐지?"

[내일 오후 2시, 기 유통되었던 일련번호가 순서대로가 아니고 페인트 추적 표시가 없는 5만 원 권으로 현금 3억 원을 가지고 명동성당 앞에서 기다리시오. 전화기는 가져오되 당신하고 운전기사 단둘이 오는 것이 좋을 겁니다. 차와 운전기사는 성당 주차장에서 대기하도록 하시오. 만일 경호원이나 경찰관, 정보기관 요원이 하나라도 눈에 띄면 정보는 영원히 사라집니다.]

"잠깐. 유통되었던 5만 원 권으로 3억을 만들려면 시간이 더 필요하다.”

[쓸데없는 말장난은 그만둡시다. 내일 오후 2시, 명동성당. 아니면 손자들에게 당신이 정보를 거절해서 아버지가 죽었다는 문자가 날아갈 겁니다.]

[이… 이봐!]

다급하게 말을 더 하려 했으나 전화는 그냥 끊어져 버렸다. 박재영의 생사에 관한 구체적인 정보를 얻지 못해 아쉽기는 했지만 그는 전화기를 내려놓으며 안도의 한숨을 길게 내쉬었다. 완전히 맨손에서 그나마 생존 가능성이라도 찾아낸 셈이었다. 재빨리 인터폰을 켰다.

“양 비서, 경호팀 전부 소집하고 자금부 이사 당장 들어오라고 해라. 급하다.”

—네. 회장님.

✝

전화기를 내려놓은 김태훈은 전화박스 옆에 세워놓은 차에 기대서면서 시간을 확인했다. 저녁 9시 15분, 강남 먹자골목은 여전히 발 디딜 틈 없이 북적이고 있었다. 가볍게 어깨를 푼 다음, 차에 올라타 시동을 걸었다. 이 시간에 양주까지 가려면 시간이 좀 걸리겠지만 어쩔 수 없었다. 휴대전화를 쓰는 건 불가, 양주에서 전화를 걸었다는 흔적을 남기는 건 더더욱 불가였다. 어렵게 시내를 빠져나와 곧장 자동차전용로에 차를 올렸다. 오정식과 한선아는 미리 양주8지구 철거지역에 내려가 목표가 될 철거 사무실의 상황을 점검하고 있었다. 양주8지구는 방대섭이 직접 부지를 매수하고 개발을 추진한 골프리조트로 철거민과의 분쟁이 예상보다 심각해서 곧 대대적인 철거원 투입이 예정된 지역이었다.

화도휴게소에서 대기하던 오정식과 합류, 리조트 부지에서 차로 20분 거리에 있는 식당에서 저녁을 해결하기로 했다. 차량 한 대는 식당에 남겨두고 움직일 생각이었다. 대충 주문을 끝내자 오정식이 목소리를 낮추며 말했다.

"그 늙은 여우가 나올까요?"

"그래도 명색이 애비다. 나오겠지. 뭐 안 나와도 그만이지만 말이야. 현주는?"

"강남 철거공사연합회 건물에 있습니다. 그런데… 조금 전에 그 형사가 연합회 사무실에 찾아왔답니다."

"형사?"

"그 남도철 형사하고 같이 다니던 젊은 경찰관 있잖습니까. 강 뭐라고 했던 거 같은데."

"강병서 순경 말이냐?"

"예. 그 사람이 조금 전에 막무가내로 사무실로 쳐들어갔답니다."

"후후. 재미있어지는군. 우린 일단 먹고 자리 옮겨서 상황을 좀 지켜보자. 최루탄 챙겼니?"

"예. 사과탄으로 4발 가져왔습니다."

"그거면 됐다. 이것들 머릿수는?"

"대략 20명쯤 되더군요."

"좀 심하게 처리하자. 그 친구 자존심을 건드려야 돼. 후후. 전자봉은?"

"충전 충분합니다."

당장 필요한 장비들을 어느 정도 챙긴 뒤, 몇 숟가락 뜨자 조용히 앉아 있던 한선아가 미간을 좁히며 끼어들었다.

"그런데, 오빠. 몇 시간 전에 내가 유럽 여행 중에 찍은 '직찍'이라고 사진이 10장 넘게 인터넷에 올라왔어요. 참 나, 전부 처음 보는 이상한 사진인데 우리 회사에서도 가타부타 입장 표명을 하지 않았대요. 너무해."

평상복 차림의 사진을 유럽 각지의 풍경들과 교묘하게 합성해서 '무책임한 한선아, 방송 펑크 내고 유럽 여행 중'이라는 악의적인 제목을 매달아 몇몇 사이트에 올렸고 네티즌들에 의해 빠르게 전파되면서 단숨에 연예계 뉴스 순위권에 올라가 있었다. 그런데 댓글들이 좀 이상했다. 한선아를 조금이라도 옹호하는 댓글은 몇 개 되지 않고 처음부터 끝까지 낯 뜨거운 욕설들로 도배가 되어 있었다. 보나마나 누군가 작정을 하고 의도적으로 손을 댔다는 뜻, 뒷문 단속이 진행되고 있다는 생각은 했지만 이런 식의 불필요한 매도는 다소 의외였다. 한선아가 다시 투덜거렸다.

"죽은 사람한테 너무하는 거 아니야? 나쁜 놈들."

"죽은 사람?"

김태훈이 피식 웃으며 대꾸하자 한선아도 따라 웃었다.

"저 사람들한테는 우리 전부 죽은 사람이잖아요. 죽은 사람 신용 없는 여자 만들어서 어쩌겠다는 거야. 치."

출국한 지 나흘 만에 귀국했고 거기서 다시 이틀이 지난 상태, 하루가 멀다 하고 태클을 걸다가 사고 이후 꼬박 1주일을 조용히 잠수했으니 당연히 죽었다고 생각할 것이었다. 그가 미소를 보이자 한선아가 킥킥대며 장난스럽게 상체를 기울였다.

"장난 그만 치고 얼른 먹어라. 일이 잘 풀리면 오늘 밤은 아주 길어질 거야. 든든하게 먹어둬."

"넵!"

환하게 웃은 한선아가 재빨리 숟가락을 집어 경례를 하고는 남은 밥에 손을 가져갔다.

†

"여! 최 이사. 신수 훤하구만. 아냐, 아니지. 이젠 최 사장이라고 불러야 하려나? 축하해. 방 회장 측근을 모조리 불속에 처넣는 걸로 단숨에 정리 끝냈더구만. 쿠데타 성공을 축하해야겠는데?"

막무가내로 회장실로 밀고 들어온 강병서의 입에서 건들거리는 거친 언사가 튀어나왔다. 신경질적으로 노트북을 닫아버린 최병만은 미간에 내천 자를 그리면서 강병서를 노려보았다.

"꼬마가 끼어들 자리가 아니야. 나가봐."

"꼬마? 이렇게 키 큰 꼬마도 있나? 이봐, 최병만이. 대장 된 지 며칠 됐다고 옛정을 무시하면 되나. 내가 말이야. 파트너를 죽인 놈만큼은 무슨 짓을 해서든 잡아 처넣을 거거든? 그래서 말인데.

당신이 신경을 좀 써줘야겠어."

"미친놈, 말 안 되는 미국 영화를 너무 많이 봤구만. 나하곤 상
관없는 일이다."

"상관이 없어? 너 아냐? 딱 너 같은 자식들이 하는 스타일인
데?"

강병서는 책상 앞으로 바짝 다가서서 최병만의 코앞에다 얼굴
을 들이대며 으르렁거렸다. 등 뒤에 있던 어깨 하나가 거칠게 그
의 어깨를 잡았다.

"이 자식 뭐야? 미친 거 아냐?"

"씨팔. 애새끼들 내보내. 한번 해보자는 거야?"

강병서가 손을 뿌리치며 목소리를 높였으나 최병만은 어이없
다는 표정으로 기지개를 켜면서 머리 뒤로 깍지를 꼈다.

"착각하지 마라, 순경. 애새끼는 너잖아. 촌 동네 파출소 순경
이 서울엔 뭐 먹을 거 있다고 기어와. 용돈 필요하면 그냥 말을
해. 나갈 때 아이들이 좀 챙겨줄 거다. 난 잔챙이 상대할 시간 없
으니까 이만 꺼져 줘."

"뭐? 이런 씨팔놈의 강패 새끼들이 대한민국 경찰을 뭘로 아는
거야? 씨팔. 뒈질래? 나 지금 보이는 거 없거든!"

강병서는 악을 바락바락 쓰면서 권총을 꺼내 책상 위에다 쾅
내려놓았다. 그러나 최병만의 입가에는 비웃음이 맺혔다. 최병만
이 의자를 핑그르 돌리며 말했다.

"애들아, 손님 가신다."

"예! 사장님!"

합창하듯 대답한 어깨들이 방 안으로 들어오자 강병서는 어깨들의 면전에다 권총을 휘두르며 길길이 악을 썼다.

"니미! 어떤 새끼부터 뒈질래? 와봐! 와봐! 씨팔!"

순간, 누군가가 쇠파이프로 뒤통수를 후려갈겼다. 강병서는 아얏, 소리도 못하고 풀썩 주저앉았다. 최병만이 등을 보인 채 담배에 불을 붙이며 말했다.

"병신 같은 새끼. 저거 혼자 왔냐?"

"예. 같이 온 놈 없습니다."

"그럼 빤스까지 홀랑 벗겨서 어디 한적한 시골 병원 근처에다 던져 버려. 신분증이랑 옷은 차하고 같이 태워 버리고 총은 강에다 던져라. 한동안 시비 못 걸 거다."

"예!"

아이들이 강병서를 끌고 우르르 나가자 그는 주섬주섬 노트북을 챙겨서 방을 나섰다. 멍청한 놈 때문에 기분을 잡쳤으니 자리를 옮길 생각이었다. 그런데 방을 나서자마자 양재일 이사가 재빨리 따라붙었다. 그의 오른팔이나 마찬가지인 양재일은 방대섭이 살아 있을 때부터 철거협회가 추진하는 거의 모든 일을 주관한 대단한 모사꾼이었다.

"사장님, 양주에서 전화가 왔습니다. 새벽에 철거팀을 투입할 예정이었는데 1시간 전에 아이들 숙소에 불이 났답니다."

"불? 멍청한 것들. 그게 왜? 끄면 되잖아."

"불을 끄려고 뛰어다니는 와중에 웬 놈들이 들이닥쳐서 마구 흉기를 휘둘렀답니다. 전부 14명이 입원했고 나머지도 멀쩡한 놈이 별로 없습니다."

"네미럴. 하여간 하는 짓들 하고는. 어떤 놈들이야?"

"전부 방복면에 스키모자를 쓰고 있어서 숫자도 정확히 알 수 없었는데 둘이나 셋 같았답니다. 어두운데다 연기도 심했고 최루탄까지 터져서 다들 정신 못 차렸답니다."

"잘들 한다. 힘깨나 쓴다는 놈들이 스물이나 몰려갔잖아. 그 많은 것들이 촌놈 셋한테 작살나게 깨졌단 말이야?"

"염 과장이 아이들 몇 데리고 급히 내려갔습니다. 상황 파악하고 일은 현지에서 고용한 아이들로 진행하라고 지시했습니다."

"제기랄! 만고에 쓸데없는 것들. 거기 일정 급하단 말이야! 무려 300억 원이 걸린 개발이다! 초기 투자도 전부 우리 돈이야! 겨우 25가구를 해결하지 못해서 내가 개망신을 당해야겠어? 박 부장, 박 부장 어딨어? 그 인간 내려보내!"

"박 부장은 금 매입에 매달려 있잖습니까. 지금 익산에 있습니다. 아이들도 너무 많이 동원됐고요. 당장은 현지에서 해결해야 할 것 같습니다."

"환장하겠군. 차 대기시켜라. 내가 직접 내려가겠다."

"사장님, 직접 가시는 건 좀……."

"아니. 지금 반기를 드는 것들만큼은 확실히 틀어잡아야 돼. 아니면 나중에 수습이 안 된다. 양주 관리하는 놈이 누구지?"

"양주 식구 오야지가 이남진이란 놈인데 거기서 자랐습니다. 리조트 일에 아주 열심히 뛰어다닙니다."

"잘됐군. 숙소 공격한 놈들이 누군지 찾아내라고 해. 외지인은 금방 알 거 아니냐."

"그럴 겁니다. 조치하겠습니다. 그리고 조금 기다리시죠. 아이들부터 좀 모으겠습니다."

"됐어. 염 과장도 내려갔으니 친위대만 있어도 충분하다. 뒤처리할 아이들 서넛만 더 붙여."

"알겠습니다. 준비시키죠."

최병만은 친위대 8명만 데리고 곧장 양주로 직행했다. 지난 1주일 동안 조직 내 반대세력을 철저히 짓밟는데 선봉에 섰던 거구의 사내들, 앞에 나서는 것만으로도 위압감을 주는데다 힘과 스피드 모든 면에서 상대를 압도하는 명실공히 전국 최고의 주먹들이었다. 사실 얼마 안 되는 철거민들을 쓸어내는 작업에 친위대를 투입할 생각은 추호도 없었다. 말 그대로 닭 잡는 데 소 잡는 칼을 쓰는 꼴, 그러나 조직에 반기를 든 놈이 있으니 무슨 일이 있어도 뒤처리는 확실히 해두어야 했다. 뒤에서 조용히 지켜보다가 앞장선 몇 놈만 처리하고 하루 이틀 기다려 양주 오야지가 숙소를 습격한 놈들을 찾아내면 간단하게 손을 보고 올라올 생각이었다.

의정부 시내를 벗어난 벤츠가 왕복 2차선도로로 들어서자 최병만은 창문을 조금 내리고 담배를 빼물었다. 12월의 매서운 바람이 금방 실내를 장악했다. 며칠 따뜻했는데도 엊그제 내린 눈이 녹지 않아서 산 가장자리는 아직도 희끗희끗했다. 구형 소나타 두 대에 나눠 탄 친위대는 시종일관 처지지 않고 바짝 달라붙어 있었다. 담배에 불을 붙이고 창밖에 재를 한 번 털었다.

"춥군. 내일도 춥다더냐?"

"예. 그렇게 들었습니다, 사장님."

운전대를 잡은 이석주가 오디오 볼륨을 줄이며 대답했다. 경호원을 겸해서 데리고 다니는 몸이 날랜 녀석으로 충성심이 강하고 배짱도 두둑해서 놈이 운전대를 잡으면 언제든 마음 놓고 휴식을 취할 수 있었다. 그가 담배 연기를 창밖으로 내뿜으며 혼잣말처럼 중얼거렸다.

"마을 안쪽에 있는 지저분한 건물 몇 개만 헐어버리면 거기서 겨울을 나지는 못할 거다. 그냥 끝난 거지. 그래서 조용조용 처리하려고 했는데 엉뚱한 놈들이 문제를 만드네. 젠장."

"저… 아무래도 느낌이 좋지 않습니다."

"뭐가?"

"솔직히 말씀드려도 될까요?"

"이야기 해봐."

"시골 아이들 솜씨가 아닙니다. 최루탄에 방독면까지 썼고 숫자가 겨우 둘이나 셋입니다. 셋이 스물을 쳤다면 대단한 배짱과 솜씨입니다. 준비도 세심했고요."

"그렇긴 하지."

"경찰 아닐까요?"

"경찰은 아니야. 여기 경찰은 당연히 아니고 서울 아이들이라도 경찰이 방화는 못해. 제아무리 배짱이 좋아도 말이야. 그런 마구잡이 구타까지 하는 건 더더구나 아니지. 일단 며칠 기다려

보자."

"예, 사장님."

그는 이런저런 가능성을 점쳐 보면서 창밖으로 시선을 돌렸다. 차가 실개천을 따라 리조트 부지로 이어진 도로로 들어서자 안개가 조금씩 짙어지면서 시야가 좋지 않아졌다. 이어 도로변에 주차된 대형 트럭들 몇 대를 추월했다. 안개가 더 심해진 느낌, 흐릿하게 뭉개진 전조등 불빛이 길을 삼킨 안개를 조금씩 밀어냈다.

"안개 더럽게 심하군. 천천히 가자."

"예, 사장님."

이석주는 트럭들 끝에 있는 삼거리를 통과하면서 속도를 더 늦췄다. 순간, 느닷없는 굉음이 귓전을 때렸다.

쾅!

그는 반사적으로 눈을 돌렸다. 바로 전까지 따라오던 친위대 차량의 전조등이 사라지고 없었다. 희미하게 빛은 보였지만 뭔가가 도로를 통째로 가로막고 있었다.

"뭐야? 세워!"

최병만은 차가 멈추기도 전에 문을 열고 튕기듯 차에서 뛰어내렸다. 황급히 몇 발 뛰면서 도로의 상황을 훑어본 그의 입에서 욕설이 새나왔다.

'제기랄!'

대형 레미콘 트럭 한 대가 도로를 가로지른 채 서 있었고 전조등 불빛 두 줄기가 20여 미터 아래 개천가를 뒹굴고 있었다. 황당한 표정으로 트럭 뒤로 뛰었다. 트럭 뒤를 확인할 생각, 그러나 트럭 뒤쪽이 보인다 싶은 순간, 또 다른 트럭 한 대가 멈춰 선 소나타를 무시무시한 속도로 들이받았다.

콰직!

순간적으로 밀린 소나타가 도로를 가로지른 레미콘 트럭 밑으로 처박혔다. 레미콘이 1미터 넘게 주르륵 횡으로 밀려 나가고 소나타 트렁크 위로 올라탄 트럭이 지붕까지 밀고 올라가 레미콘을 들이받고 멈춰 섰다.

"이게 무슨!"

최병만은 망연자실 할 말을 잃고 그 자리에 얼어붙어 버렸다.

"사장님! 물러서십시오!"

이석주가 등 뒤로 다가서고 트럭 조수석 문이 열리면서 누군가 가볍게 뛰어내렸다. 그저 실루엣만 보이는 키 큰 사내, 등 어름으로 서늘한 한기가 스쳐 지나갔다.

"누구냐?"

그가 한 걸음 물러서자 이석주가 사시미 칼을 빼 들고 번개같이 뛰어나갔다. 본능적으로 위험을 감지한 모양이었다.

"개새끼! 죽어!"

빠르고 위협적인 동작이었지만 사내는 상체만 살짝 틀어 칼을 빗겨내며 이석주의 목을 손아귀 날로 쳐올렸다.

"컥!"

꽉 막힌 비명에 무서울 정도로 짧은 회축이 이어졌다. 이석주는 일격에 허리를 꺾으며 허공으로 붕 떠올랐다가 떨어지면서 무릎을 아스팔트에 박았다. 사내는 무너진 이석주의 발목을 강하게 찍으면서 칼을 도로 밖으로 차냈다. 뼈가 부러지는 섬뜩한 파열음이 이석주의 발목에서 흘러나왔다. 이석주는 머리를 아스팔트에 박으며 신음을 토해냈다. 그런데 놈은 이미 기력을 잃은 이석주의 얼굴을 다시 한 번 잔인하게 걷어찼다. 이석주는 그대로 의식을 잃어버렸다. 말 그대로 눈 깜짝할 사이에 벌어진 일, 뭉개진 소나타 안에서 친위대 아이들의 비명 소리가 들려왔다.

"누… 누구냐?"

습관적으로 칼을 뽑아 양손에 나눠 쥐었지만 목소리가 격하게 떨려 나왔다. 사내가 주머니에 손을 찔러 넣으며 얼음장처럼 차가운 목소리로 말했다.

"경고했던 것으로 기억하는데?"

절대 잊을 수 없는 목소리, 놈이었다. 손끝에서 저절로 힘이 빠져나갔다.

"주… 죽었다고 들었는데…….."

"다시 말하지 않겠다. 버려."

이석주와 합공을 해도 승부를 자신할 수 없는 어려운 상대, 1대 1로는 결과가 눈에 보였다. 그러나 명색이 대한민국 최고의 칼잡이가 싸워보지도 않고 그냥 꼬리를 내릴 수는 없었다. 마음을 다잡으며 이를 악물었다.

"씨팔! 얼마나 대단한 놈인지 함 보자고. 군바리 새끼한테 밀리지는 않아."

"후회할 짓 하지 마라."

사내는 전기봉을 꺼내 가볍게 털어냈다. 거리는 대략 6미터 안쪽, 기세를 잃을 수는 없었다. 진각을 밟으면서 단숨에 거리를 좁혔다. 시간차를 두고 목과 다리를 연속해서 노렸다. 놈은 유령처럼 횡으로 비켜서면서 전기봉을 내리쳤다. 아슬아슬하게 전기봉을 흘리면서 한 바퀴 굴러 착지, 동시에 튀어 오르면서 공격적으로 다시 거리를 좁혔다. 놈이 눈앞으로 불쑥 다가왔다. 역수도로 잡은 칼을 횡으로 그었다. 그러나 봉에 가로막혔다. 반대쪽 칼이 반사적으로 돌아왔다. 이번엔 목표를 제대로 찾았다. 그리고 베었다 싶었다. 하지만 칼은 허공을 가로질렀고 아랫배에 끔찍한 충격이 작렬했다. 잇달아 둔탁한 것이 미간에 틀어박혔다.

"크어……."

눈앞에서 별이 번쩍이고 두 발이 순간적으로 공중에 떴다. 그리고 발이 땅에 닿는 순간, 수만 볼트의 전기가 옆구리에서부터 정수리까지 솟구쳤다.

김태훈은 최병만의 상체를 살얼음 언 개천에다 처박아 버렸다. 최병만은 금방 정신을 차리고 몸부림을 쳤다. 그러나 몸을 일으키지는 못했다. 팔이 등 뒤로 묶인데다 자세가 완전히 거꾸로여서 누가 잡아주지 않으면 일어설 방법이 없었다. 한동안 퍼덕거리는 놈의 다리를 노려보다가 오정식에게 눈짓을 했다. 오정식이 놈의 머리채를 잡아 물속에서 꺼냈다. 밭은 숨을 삼키는 놈의 뒤통수를 잠시 노려본 다음, 조용히 입을 열었다.

"이제 이야기할 준비가 됐나?"

"예, 예! 형님!"

약삭빠른 놈답게 포기가 빨랐다. 오정식이 놈을 물가로 꺼내다 쓰러트리자 김태훈은 아주 천천히 권총에 소음기를 끼운 다음, 벌벌 떠는 놈의 미간에 대면서 말했다.

"넌 방대섭이 죽는 걸 방관했다. 그리고 방대섭이 죽기가 무섭게 조직을 인수하고 금 매수를 시작했다. 미리 이야기가 되어 있지 않고는 불가능하지. 간단히 하자. 누가 시켰지?"

"그… 그게 우… 우일 박일선 회장입니다. 방 회장이 죽기 이틀 전에 기획실장이 만나자고 해서 갔더니 방 회장이 제거될 거라면서 자리를 피해서 조직인수 준비를 하라고 했습니다. 이후에는 시키는 대로 차명계좌에서 빼낸 자금으로 금을 매수한 것뿐입니다."

"박일선 회장이 방대섭이 죽을 걸 알고 있었다?"

"예. 그렇게 들었습니다. 정말입니다."

"박재영도 죽을 거였나?"

"그… 그 사람은 어떻게 됐는지 모릅니다. 고위층의 압력 때문에 해외로 도피했다고 들었습니다."

"고위층 누구?"

최병만은 벌벌 떨면서도 필사적으로 몸을 움직여 무릎을 꿇었다. 그냥 두면 바짓자락이라도 잡을 기세였다.

"모… 모릅니다. 사… 살려주십쇼, 형님."

"우일 기획실장을 만나는 자리에는 누가 있었지?"

"기획실장하고 한 사람이 더 있었는데 누군지는 모릅니다."

"특징이나 옷차림은?"

"마… 마흔쯤 된 것 같았고 정장 차림이었습니다. 얍삽하게 생겼고 금테안경을 썼는데 말은 한마디도 안 했습니다."

"금테안경?"

"예. 금테안경 맞습니다. 확실합니다."

그는 내심 한숨을 토해냈다. 유행이 지나서 금테안경을 쓴 사람은 많지 않았다. 금테안경이라는 단어에서 떠오르는 얼굴은 배덕성의 하관이 빠른 턱과 날카로운 눈매였다. 배덕성이 개입됐다? 이러면 신용학 차장도 한패일 가능성이 상당히 높았다. 상황이 더 나빠진 셈, 그의 목소리가 매서워졌다.

"호텔에서 방 회장이 지하에 있다고 떠든 놈이 네 똘마니지?"

"예? 예! 그렇게 하는 것이 확실하다고 했습니다."

그는 미간을 잔뜩 좁힌 채 겁에 질린 놈의 눈동자를 노려보았다. 거짓말을 하고 있지는 않았다.

"그것도 박일선이 시킨 일이란 이야기로군. 사들인 금은 어디에다 보관하지?"

"이… 익산에서 전부 녹여서 금괴로 만들고 제일은행 본점 개인금고에다 보관하고 있습니다."

"얼마나 사들였지?"

"아직 모… 모으는 중이라 확실치 않습니다. 대략 250킬로그램쯤 되는 거 같은데 정확한 건 양 이사하고 상의를 해봐야 합니다. 다… 다음 주 정부 매입이 발표되면 매도를 시작하라더군요.

그게 전부입니다. 정말입니다, 형님."

"이익이 제법 많이 나겠군."

"예? 예. 살려주십쇼, 형님. 전 그냥 시키는 대로 했을 뿐입니다. 도… 돈이라면 얼마든지 드리겠습니다. 10억? 50억? 당장 드리겠습니다. 친구분을 모셔 가려고 한 것도 박재영 그 사람하고 방대섭 회장이 시켜서 한 일입니다. 안 하면 당장 불똥이 튑니다. 이번 한 번만, 딱 한 번만 용서해 주시면 다시는 안 하겠습니다. 살려주십쇼. 예?"

멀리서 경찰차의 사이렌 소리가 들려오고 무전기에서 이현주의 목소리가 흘러나왔다.

—경찰이 현장에 도착했습니다. 철거지역에 투입될 주먹들도 철수하는 것 같습니다.

현장까지의 거리는 5킬로미터가 채 되지 않았다. 샛강을 건너왔지만 시간을 끌어서 좋을 일은 없었다. 잠깐 남아서 철거민들을 도와줘야 하나 싶어 고민했는데 이러면 이대로 떠도 괜찮을 것 같았다.

"철수한다. 포인트2에서 보자."

—로저.

그는 멀리 보이는 경찰 차량의 경광등들을 힐끗 돌아본 뒤 최병만을 일으켜 세웠다.

"일어서."

"사… 살려주십쇼, 선생님."

"넌 나라를 팔아먹는 일에 동조했어. 그것 말고도 매춘에 마약에 온갖 나쁜 짓은 도맡아서 했고."

"앞으론 절대 안 하겠습니다! 예. 다시는 안 할 겁니다! 시키는 대로 아는 거 다 불었잖습니까. 살려주십쇼!"

최병만은 벌벌 떨면서도 기를 쓰고 매달렸다. 하도 징징거려서 잠시나마 살려줄까 생각도 했지만 곧 생각을 접었다. 얼굴을 본 놈을 살려둘 수는 없는 노릇이었다. 그는 몇 걸음 더 도로 쪽으로 끌고 가다가 순간적으로 뒷목을 틀어잡아 단숨에 꺾어버렸다. 놈은 소리없이 무너졌다. 아마 고통은 없었을 것이었다. 성실한 대답에 대한 마지막 배려였다. 그는 시체를 말라죽은 갈대밭 속에다 밀어 넣고 곧장 차로 돌아갔다.

김태훈은 양주 시내를 우회하면서 새로 얻은 정보와 가정들을 꺼내놓고 머릿속을 정리하기 시작했다. 우선 새로운 사실, 박일선과 차성묵은 방대섭이 죽을 걸 알고 있었다. 아니, 그가 노리는 것을 알고 있으면서 모르는 척 방관했다. 이 음모의 핵심 인사들에게는 방대섭이 거추장스런 인물이었다는 뜻, 그렇다면 박재영은? 박재영도 이래저래 결점이 많았으니 마찬가지로 제거 대상이었을 가능성이 높았다. 박재영이 제거 대상이라는 것을 눈치챈 박일선이 먼저 손을 써서 박재영을 해외로 도피시켰다? 거기까지는 그런대로 말이 됐다.

'내가 우연히 놈들의 일을 대신해 줬다는 건가?'

스스로에게 질문을 던진 그는 길게 생각하지 않고 고개를 가로저었다. 절대 우연일 리가 없다. 이이제이가 답, 그가 방대섭과 박재영을 노린다는 것을 알고 최병만을 방대섭의 대타로 미리 준비시키고 방대섭의 행적은 의도적으로 노출, 박재영은 해외로 도피시켰을 가능성이 높았다.

'의문점은? 박일선과 차성묵이 내 의도를 예측할 수 있었을까?'

대답은 애매했다. 물론 그의 스타일을 잘 아는 국정원 수뇌부는 얼마든지 그의 다음 행동을 예측할 수 있을 것이고 언질 정도로 차성묵을 움직이면 그만이었다. 시간까지 정확하게 예측하지는 못했겠지만 장소를 정해 멍석을 깔아놓고 기다리는 건 얼마든지 가능했다. 차성묵에게 정통으로 한 방 맞은 이유도 대충 설명이 되는 셈이었다.

—포인트2, 이상 없습니다.

이현주의 보고, 그가 반응을 보이지 않자 오정식이 대신 무전기를 톡톡 두들겨 이현주에게 응답한 뒤 그를 돌아보며 말했다.

"팀장님, 포인트2 이상 없답니다."

그는 고개만 까딱해 보였다. 오정식은 곧장 도로변에 있는 작은 휴게소로 차를 밀어 넣었다. 새벽 2시가 넘었는데도 주차장에는 차량 몇 대가 주차되어 있었다. 이현주의 보고대로 신경을 건드리는 움직임은 없었다. 이현주와 한선아가 탄 산타페는 휴게소 주차장을 벗어나 진출로 중간쯤의 어두운 그늘에 주차되어 있었다. 바로 옆에 차를 세운 다음, 오정식을 산타페로 보내고 한선아를 태워 즉시 출발했다. 목적지는 천호동에 구해놓은 새 안가였다.

자동차전용도로로 올라가 가속을 시작하자 한선아가 주머니에서 USB를 꺼내 보이며 말했다.

"12월 달 국무총리 외부 일정이에요."

"응?"

"오빠 신경 많이 썼잖아요. 아까 기다리면서 총리실 사이트에 들어가 봤는데 별게 없더라고요. 그래서 서버 살짝 해킹했어요."

"어디서? 그럴 시간이 있었어?"

"차 안에서 했죠 뭐. 정식 오빠한테 물어봤더니 5분 이내면 괜찮다고 해서 휴대전화로 접속했어. 3분 32초 걸렸고 전화는 버렸어요."

"건진 거 있어?"

"응. 12월 12일 아침에 유성연구단지 방문이 예정되어 있어요. '비공식 발전시연, 군고위층 참석 예정.' 이렇게 코멘트가 되어 있는데 제가 보기엔 KSTAR랑 관련 있는 거 같아요. 딱 열흘 남았어요."

"유성이라……."

그는 말끝을 흐리면서 백미러에다 시선을 던졌다. 오정식이 탄 산타페는 100미터쯤 거리를 둔 채 얌전히 따라오고 있었다. 그런데 그 뒤로 200미터쯤 떨어진 전조등의 광도와 모양새가 상당히 눈에 익었다. 다소 높아 보이는 노면에서의 높이도 익숙한 느낌, 분명히 휴게소를 떠난 지 얼마 되지 않은 시점에 본 SUV의 프로젝션램프였다. 10분 전쯤에 사라졌다가 다시 나타났는데 그동안에도 같은 거리에 다른 전조등이 존재했다.

차를 바꿔가며 따라오고 있다는 뜻, 아마추어가 아니었다. 일단 반응을 보고 미행이라면 무조건 떼어내야 했다. 무전기에서 오정식의 목소리가 흘러나왔다.

—동행이 생겼습니다. 거리 150, 처리할까요?

"아니. 헤어지자. 곧 북부간선도로다. 구리 쪽으로 빠지면서 재주껏 떼어버려라. 난 반대로 간다. 집에서 보자."

—로저.

"선아야, 모자 좀 줘. 너도 쓰고 안전벨트 매라. 스피드 건에 얼굴 나오게 사진 찍히면 넌 나중에 곤란할 수 있다."

"네."

그는 한선아가 건넨 야구모자를 깊이 눌러쓰고 가속페달을 끝까지 밟아버렸다. 오정식도 뒤따라 속도를 올리면서 순식간에 추격자와의 거리를 벌렸다. 그러나 추격해 오는 차량도 곧 백미러에 모습을 드러냈다. 시속 170㎞가 넘도록 속도를 끌어올리자 얼마 지나지 않아서 인터체인지가 나타났다. 급격하게 속도를 줄이면서 인터체인지로 들어갔다. 오정식이 탄 산타페는 진입로를 그대로 통과했다. 출구가 보이기가 무섭게 다시 가속을 시작했다. 속도는 삽시간에 시속 180㎞에 육박하고 있었다.

그러나 추격해 오는 상대도 프로였다. 텅 빈 고속화도로에서 추격을 떼어버리는 건 쉽지 않았다. 가능한 최고속도로 달려 순식간에 정릉터널을 통과했지만 SUV는 끈질기게 따라붙었다. 이대로는 어려웠다. 마음을 결정하는 즉시 순환도로를 빠져나와 서대문으로 방향을 잡았다. SUV는 여전히 뒤에 있었다. 차 몇 대를 추월하고 연희동 로터리에서 연세대학교 쪽으로 올라갔다. 순간, 검은 승용차 한 대가 성산대교 쪽에서부터 따라붙었다.

'갈수록 태산이군. 제기랄!'

닥치는 대로 신호를 위반하면서 연대 정문에서 이대 쪽으로 방향을 틀었다. 그런데 이번에는 다른 승용차 한 대가 튀어나와 느닷없이 도로를 가로막았다. 순간적으로 핸들을 꺾으면서 길을 가로막는 승용차의 뒤쪽으로 아슬아슬하게 드리프팅을 하며 통과했다.

'CCTV!'

큰 도로를 이용하다 보니 여기저기 깔린 CCTV가 다른 요원들의 차량까지 불러들인 것 같았다. 졸지에 추격하는 차량이 세 대로 불어난 셈, 앞으로 더 늘어날 가능성도 없지 않았다. 그냥 떼어내는 것이 어렵다면 CCTV가 없는 이면도로로 들어가서 승부를 보거나 차를 버리고 활로를 찾아야 했다. 일단 신촌로터리 직전에서 급격하게 우회전, 바짝 따라붙었던 승용차가 사거리를 그대로 통과해 앞으로 밀려 나갔다. 뒤늦게 급브레이크를 잡았지만 제동은 역부족이었다.

한 대는 털어낸 셈, 다른 두 대의 전조등이 곧바로 따라붙었다. 이면도로 끝에서 대로를 만났지만 신호를 깨끗이 무시하고 그대로 직진해서 좁은 이면도로를 통해 홍대 앞길에서 상수역 방향으로 질주했다. 그런데 이면도로 말미에서 검은 승용차가 따라붙어 묵직하게 뒤를 들이받았다. 운전에는 도가 튼 친구인 모양이었다. 충격에 놀란 한선아가 짧게 탄성을 토해냈다.

"악!"

승용차는 두 번을 더 들이받은 뒤 떨어져 나가 다시 가속하면서 측면을 노리기 시작했다.

"꽉 잡아!"

그는 비좁은 상수역 사거리에서 가볍게 파킹을 잡으면서 미끄럼 타듯 방향을 틀어 승용차와의 거리를 벌렸다. 미처 멈추지 못한 승용차는 길 건너편 연석을 들이받고 멈춰 서 있었다. 한발 늦게 사거리에 도착한 SUV가 다시 따라붙었다. 그러나 이제는 거리에 여유가 있었다. 대략 100미터, 시내도로에서 100미터 이상 거리를 벌렸으니 여기서 승부를 봐야 했다. 도로의 굴곡이 심한 합정동 일대가 아니면 기회가 없었다. 빠른 속도로 고개 하나를 넘어 SUV가 보이지 않는 위치에서 이면도로로 차를 밀어 넣었다. 연속해서 비좁은 골목으로 좌회전, 100여 미터 직진한 뒤 다시 우회전해서 홍대 입구 이면도로로 이어지는 골목길의 빈 담벼락 아래에다 차를 세워 버렸다.

"내려라. 뛰자."

"네!"

김태훈은 차에서 내리자마자 분말소화기를 차 안에다 잔뜩 뿌리고 뛰면서 점퍼를 뒤집어 입었다. 분말소화기는 가장 손쉽게 지문과 DNA를 제거하는 방편이었다. 험하게 운전을 해서인지 한선아가 조금 허둥댔으나 그래도 몇 걸음 옮기고 나자 제법 기운을 차리는 것 같았다. 골목을 몇 번 바꾸면서 조금씩 뛰다가 홍대 인근에 깔린 연인들 틈으로 스며들었다. 그러나 시간이 새벽

3시가 넘어가는 형편이어서 남은 사람들의 숫자가 많지 않았다. 이대로 몸을 숨기기는 어렵다는 판단으로 뒷골목으로 걸음을 옮겼다. 몇 분 시간이 흐르자 얼핏 정부요원으로 보이는 정장 차림의 사내들이 우르르 나타나더니 대로로 나가는 골목 출구들을 하나하나 차단하기 시작했다.

'젠장!'

갈등하는 그의 팔을 한선아가 끌어당겼다.

"저기 가요. 아직 사람 많을 거야."

한선아가 그를 데려간 곳은 작은 살사 댄스클럽이었다. 지하인데다 내려가는 통로도 비좁아서 자칫 통로를 차단당하면 문제가 될 것 같았다. 그러나 어차피 바로 움직이는 것이 어렵다면 이들 사이에 섞여서 잠깐 시간을 보내는 정도는 나쁘지 않은 선택이었다.

홀은 80평 남짓한 넓이였는데 한쪽 벽의 반은 술을 파는 스탠드였고 나머지 출구와 스탠드를 제외한 모든 벽은 허름한 벤치로 둘러쳐져 있었다. 그는 스탠드의 아가씨에게 맥주 두 병을 주문한 뒤, 현란한 조명 아래서 춤에 몰두한 5, 60명의 젊은 남녀를 대충 훑어보았다. 한겨울임에도 불구하고 여자들 대부분이 어깨를 모두 드러내는 섹시한 드레스 차림, 남자들 역시 크게 다르지 않아서 대다수가 성적 이미지를 한껏 드러내는 복장이었다. 한선아가 맥주를 한 모금 마신 다음 그의 귀에 대고 소리쳤다.

"캐스팅된 지 얼마 안 돼서 연습생들하고 현장실습이라면서 데려오더라고요. 이런 춤 못 추는데다 너무 야해서 오래 버티지는 못했죠. 이 사람들하고 옷 바꿔 입어도 될 거 같고… 저기 스탠드 안쪽에 음식 내오는 통로 있잖아요. 안에 휴게실 같은 거 있어요. 그때 쉬러 들어갔었는데 너무 복잡해서 저 안에 들어가 있으면 찾기 어려워요."

그는 고개를 끄덕여 긍정을 표시하면서 가까운 벤치에 앉아 있는 남녀들을 슬쩍 훑어보았다. 비슷한 체격은 없었지만 외투가 대부분 큼직한 파카들이어서 바꿔 입어도 크게 어색하지는 않을 것 같았다. 10분쯤 춤 구경을 하면서 시간을 보낸 다음 맥주 두 병을 더 시켜놓고 나란히 화장실로 향했다. 화장실은 뒤쪽 비상구와 가까운 곳에 있었다.

먼저 화장실로 들어가 옷매무새를 정리한 뒤 한선아를 들여보내고 가까운 벤치에 걸터앉았다. 한선아는 아무래도 시간이 걸릴 터였다. 잠시 홀 한가운데의 중년 남녀를 느긋하게 건너다보았다. 둘 다 프로선수 뺨치는 솜씨로 빠른 템포의 음악에 맞춰 화려한 춤사위를 선보였고 모두의 시선은 두 남녀에게 고정되어 있었다. 그런데 갑자기 홀 입구에 건장한 사내 둘이 모습을 드러냈다. 얼핏 보기에도 클럽의 분위기와는 다른 경직된 움직임이었다. 새파랗게 어린 얼굴들, 급한 김에 신출내기들이나 사복헌병을 동원한 것 같았다.

나름 세심하게 홀을 한 바퀴 둘러본 사내들은 곧장 그가 앉아 있는 화장실 복도로 다가왔다. 내실과 화장실을 확인하겠다는 생각일 터, 이대로라면 정면으로 마주칠 판이었다. 그는 맥주병을 입에 물고 조용히 일어나 화장실 복도로 들어갔다. 한선아는 막 화장실 문을 열고 있었다. 그는 한선아를 데리고 그냥 여자 화장실로 들어갔다. 뒤따라 나오던 여자가 의미심장한 표정으로 웃었지만 무시해 버렸다.

들어오자마자 재빨리 한선아를 칸막이 안에 들여보내고 문 옆에 달라붙었다. 초조한 시간이 몇 초 흐르고 음악소리가 갑자기 커졌다. 조금씩 열리던 문이 벌컥 열리고 사내가 뛰어들었다. 홀스터의 권총에 손을 댄 상태, 여차하면 뽑겠다는 뜻이지만 비좁은 장소에서 한손을 묶어놓는 건 초보들이나 하는 명청한 짓이었다. 그는 사내의 턱에 번개같이 팔꿈치를 꽂아 넣고 머리채를 잡아 세면기 모서리에다 강하게 머리를 처박았다.

"컥!"

사내는 비명도 제대로 지르지 못하고 깨진 세면기 조각과 함께 화장실 바닥을 나뒹굴었다. 나머지 하나는 보이지 않았다. 밖으로 나서자 남자화장실 문이 벌컥 열렸다. 사내는 곧장 홀스터로 손을 가져갔다. 그는 순간적으로 거리를 좁히면서 다급하게 권총을 꺼내는 사내의 손을 잡으면서 코를 들이받아 버렸다.

"크어."

머리가 덜컥 젖혀진 놈의 목에 역수도로 일격, 놈은 그대로 정신을 잃어버렸다. 쓰러지는 놈의 겨드랑이를 낀 채 여자 화장실로 끌어다 넣고 '청소중' 간판을 문 앞에 세웠다. 일단 상황 끝, 한선아를 데리고 곧장 밖으로 나왔다. 자연스럽게 건물을 나서면서 주변의 상황부터 훑었다. 다행히 우려할 만한 움직임은 보이지 않았다. 술에 취한 커플 둘이 터벅터벅 대로 쪽으로 걸어가는 모습이 전부였다.

나란히 팔짱을 낀 채 뒷골목을 통해 홍대 전철역 반대 방향으로 걸음을 옮겼다. 오가는 사람이 별로 없어서 신경이 쓰였지만 사람이 얼쩡거리는 것보다는 한결 마음이 편했다. 골목 끝에서 대로로 방향 전환, 나가서 곧장 택시를 잡겠다는 생각이었다. 그러나 문제는 또 있었다. 대로와 만나는 골목 끝에 정장 차림의 사내 둘이 나란히 벽에 기대 담배를 피우고 있었다.

되돌아가는 건 불가, 이대로 밀어붙이는 수밖에 없었다. 팔짱을 낀 한선아의 손에서 긴장이 느껴졌다. 그는 걸음을 옮기면서 한선아에게 슬쩍 농담을 던졌다. 긴장을 풀라는 의미였다.

"아까 그 살사인가 하는 춤 말이야. 그거 꼭 그런 야한 옷 입고 춰야 되는 거냐? 너도 하나 사 입고 내 앞에서 춰주는 거 어때?"

"칫. 응큼해. 그럴 일 절대 없어요."

사내들의 시선이 돌아오는 것이 느껴졌다. 맞받아치는 한선아에게 웃어주면서 최대한 자연스럽게 걸었다. 사내들은 시선을 두 사람에게 고정한 채 무언가 이야기를 나누고 있었다. 거리는 빠르게 줄어들어 곧 상대의 얼굴 윤곽이 보이기 시작했다. 마찬가지 새파랗게 어린 친구들, 거리가 5미터 안쪽까지 줄어들자 둘 중 가까이 선 녀석이 양복 안쪽으로 천천히 손을 가져갔다.

'멍청한!'

그는 다짜고짜 튀어나가 권총을 꺼내는 사내를 밀어붙이면서 관자놀이에다 팔꿈치를 틀어박았다.

"큭!"

뒤로 넘어가는 사내의 멱살을 틀어잡고 뒤에 선 사내의 면전에다 어깨 너머로 총구를 들이댔다. 사내의 눈이 휘둥그레졌지만 왠지 당황한 표정은 아니었다. 사내가 양손을 들어 올리며 말했다.

"자… 잠깐만요. 말로 합시다. 우린 싸울 생각이 없습니다."

"싸울 생각이 없다?"

"선배들에게서 전설이라는 소리는 들었지만 이렇게 빠를 줄은 몰랐습니다."

그는 기절한 사내를 쓰러트리고 손을 든 녀석의 홀스터를 뒤져 총을 빼앗고 귀에서 무전기까지 떼어낸 다음 다시 물었다.

"날 아나?"

"정확히는 모릅니다. 제압은 어려울 테니 마주치면 제 전화기를 넘겨주라는 명령을 받았습니다."

"전화기? 누구 명령이냐?"

"대답 못한다는 거 아시지 않습니까."

국정원이라는 뜻, 그가 고개를 끄덕이자 사내가 다시 말했다.

"꺼내겠습니다."

"두 손가락으로 천천히."

사내는 아주 천천히 전화기를 꺼내 그에게 넘겼다. 그가 전화기를 주머니에 넣으며 말했다.

"미안하지만 한 대 맞아야겠어. 내 위치를 광고하고 싶지는 않거든."

"아. 그건 좀… 우린 공격할 생각 없습니다. 그냥 코너로 몰아서 만나시겠다는 분에게 유도할 예정이었습니다. 전화 단축번호

9번을 눌러보십쇼."

"지금은 됐어."

그는 권총을 왼손으로 바꿔 잡고 오른손으로 경동맥을 강하게 눌러 버렸다. 사내는 저항하지 않았다. 10여 초 시간이 흐르자 사내의 다리에서 힘이 풀렸다. 늘어지는 사내를 벽에 기대 앉혀 놓고 급히 한선아의 손을 잡아끌었다.

"가자."

골목을 빠져나오는 즉시 늘어선 택시 하나를 잡아타고 무조건 강을 건넜다. 일단 위험 지역을 벗어나는 것이 급선무였다.

무사히 강을 건너 당산역 근처에서 내려 전철역으로 걸어 들어가면서 단축번호를 눌렀다. 신호가 몇 번 가기도 전에 오래간만에 듣는 목소리가 흘러나왔다.

[이여, 오랜만이야. 내 목소리 기억하지?]

현역 시절 직속상관이자 대외조직의 대부 신용학 차장, 배덕성이 관련되어 있다는 사실 때문에 완전히 믿을 수는 없지만 그렇다고 딱 잘라 위험인물이라고 단정할 수도 없는 사람이었다. 그가 아는 신용학은 애국심으로 똘똘 뭉친 지독한 완벽주의자였다.

"저라는 걸 어떻게 아셨죠?"

[운이 좋았어. 하하. 솔직히 자네가 쉽게 죽을 사람은 아니잖아? 자네가 죽을 리도 없고 최병만이란 놈은 멀쩡하게 노출되어 있으니 돌아가는 꼴이 뻔하지. 후후. 그래서 그 친구한테 사람을 좀 붙여놨어. 자네도 실수를 좀 했고 말이야.]

그는 아차 싶었다. 죽었다고 알려졌다는 생각에 필리핀에서 돌

197
두 개의 태양

아와서는 다소 방심한 것이 사실이었다. 만일 국정원이 그간 신경을 곤두세우고 있었다면 입국 과정에서 그나 한선아의 얼굴을 걸러냈을 가능성도 없지 않았다. 신경을 더 써야겠다는 생각을 떠올리면서 떨떠름한 목소리로 대답했다.

"차장님을 계산에 넣지 않은 건 실수로군요. 그런데 왜 절 찾으시죠?"

[그것도 뻔하지. 자네가 여기저기 싸질러 놨잖아, 이 사람아. 자네 덕분에 미국, 중국, 일본까지 주변 정보국들이 온통 비상 걸린 거 알아? 난장판도 이런 난장판이 없어요. 우리도 가용인력 총동원이야. 후후. 어쨌거나 우리 잠깐 만나지. 전화로는 곤란해. 이야기가 길어질 것도 같고 말이야.]

"대답은 아실 텐데요?"

[물론이지. 하지만 내가 있는 곳이 천호동이라면 이야기가 달라지지 않겠나?]

'천호동?'

오정식을 미행하는 데 성공했다는 의미, 당황했지만 목소리에는 변화를 주지 않았다.

"천호동이 무슨 이야기죠?"

[자네가 안 오면 할 수 없이 이 친구들을 잡아들여야 돼. 자네 스타일상 신세진 친구들이 다치는 건 용납되지 않을 텐데? 서로에게 도움이 되는 이야기를 하는데 괜히 아이들 다치게 할 필요는 없지 않을까?]

김태훈은 내심 욕설을 토해냈다. 이러면 어쩔 수 없이 얼굴을 맞대야 하는 상황, 따지고 보면 굳이 피할 이유는 없었다. 이 정도 시점에서 피아를 구분해 놓는 것도 나쁘지 않았다.

"좋습니다. 지금이 4시 10분이니까… 6시, 숙소 근처에서 전화드리죠. 혼자 나오십시오. 물론 차장님께서 제 숙소를 아신다는 전제로 말입니다."

[내가 아이들 있는 곳을 모른다는 전제로 이야기하는군.]

"자진해서 알려 드릴 필요는 없겠죠."

[후후. 역시 여전하구만 그래. 뭐 알겠네. 이따 보지.]

기분 나쁠 정도로 여유로운 대답, 그는 전화를 끊고 아예 배터리를 빼버렸다.

†

김태훈은 숙소에서 서너 블록 떨어진 복잡한 이면도로에서부터 주변의 차량과 불 켜진 창문들을 세심하게 둘러보며 걸었다. 아직도 하늘은 새카만 상태, 시간은 30분 이상 여유가 있었다. 경계에 들어간 요원들은 보이지 않았다. 비좁은 도로 좌우는 주차된 차량들로 빈틈없이 들어차 있었다. 이런 동네에서는 김태훈 본인이라도 티 나지 않게 차를 세우고 잠복하기 어려울 것 같았다. 일단 유리한 조건, 숙소에서 두 블록 떨어진 골목에서 오정식에게 전화를 걸었다.

"집이냐?"

[예, 형님.]

"친구들과는 헤어졌고?"

[잠실대교를 건너면서 헤어졌습니다.]

"차는?"

[오늘은 3번에 세웠습니다.]

잠실대교를 건너면서 미행을 떼어냈고 차는 숙소에서 세 블록 떨어진 공영주차장에 세웠다는 의미의 대답, 그렇다면 일단 주차장 근처의 CCTV에는 잡혔다고 보아야 했다. 그러나 거기까지 미행이 정상적으로 따라붙지 못했다면 숙소의 정확한 위치는 모를 가능성이 높았다. 오정식이 그리 만만하게 미행을 허용했을 리 만무했다. 일단 긍정적인 상황, 그래도 상대가 천호동을 입에 올린 이상, 숙소의 위치가 노출됐다는 전제하에서 조심스럽게 움직여야 했다.

"친구들이 놀러 온 것 같다. 난 한바탕 포커판을 벌려야 할 것 같고. 무슨 뜻인지 알지?"

[예?]

조금은 놀란 목소리, 그러나 오정식은 곧 평정을 되찾았다.

[알겠습니다. 준비하죠.]

"선아는 7번에 있을 거다. 지금부터 30분 이내에 내 전화가 없으면 곧바로 선아 데리고 이사해라."

[네. 조심하십쇼.]

그는 느긋하게 대로변으로 나와 길 건너편에 있는 모텔에 방을 잡았다. 방에 들어오자마자 한선아가 권총을 꺼내 테이블 위에 올려놓으며 말했다.

"조심해요, 오빠."

상황을 모두 지켜봐서인지 한선아는 매달리지 않았다. 불안한 표정이지만 자신이 없는 편이 더 안전하다는 걸 잘 알고 있었다.

"만일 문제가 생겨서 경찰이나 국정원이 들이닥치면 절대 저항하면 안 돼. 알지?"

"응. 알아요. 오빠나 조심하세요."

"걱정 마라. 날 죽일 수 있는 사람은 많지 않아. 그리고 전에 같이 일하던 사람이다. 상대를 알면서 당하지는 않아."

"네. 믿어요."

그는 몇 마디 더 농담을 던지면서 한선아의 이마에 부드럽게 키스를 한 다음, 서둘러 모텔을 나섰다. 이제 5시 54분, 다시 길을 건너면서 빼앗은 전화기로 신용학에게 전화를 걸었다.

[도착한 모양이로군.]

"어디계시죠?"

[롯데시네마 근처야. 어딘지 알지? 자네는?]

역시 예상대로 주차장 근처, 숙소의 정확한 위치는 찾아내지 못했다고 보아야 했다. 그러나 모른다고 해도 일대를 차단하고 수색에 들어가면 찾아내는 건 시간문제, 가까이에서 장난질치는 건 피하는 편이 나았다.

"천호역 8번 출구로 오십쇼. 물론 혼자가 좋겠죠. 차종은 뭡니까?"

[K5, 검은색이야.]

"3분 드리죠. 기다리겠습니다."

전화를 끊고 건물 주차장의 어둠 속으로 스며들어 도로와 건물들을 세심하게 훑어보며 시간을 보냈다. 시간이 흐르면서 도로로 나오는 차량들이 차츰 늘어나기 시작했다. 잠시 후, 검은색 K5가 스르르 다가와 멈춰 섰다. 신용학은 친절하게도 실내등을 켜더니 차 안에서 기지개를 켰다. 혼자라는 뜻일 터였다. 그는 도로로 나서면서 100여 미터쯤 뒤에 멈춰 선 다른 차량을 노려본 다음, 권총을 빼 들고 차에 올라탔다. 신용학이 선뜻 손을 내밀었다.

"오랜만이야, 유령."

언제나처럼 무표정한 얼굴, 옷차림이나 외모로는 도저히 대한민국 대외정보망을 틀어쥔 거물이라고 생각하기 어려운 그저 평범한 회사원이었다. 그는 왼손으로 악수를 하면서 총구를 센터콘솔 위에 올려놓았다.

"운전하시죠. 우회전, 미사리 쪽으로 갔으면 좋겠습니다."

"원하시는 대로."

신용학은 담담한 표정으로 차를 출발시켰다. 신호등 몇 개를 지나 상일 IC를 통과하자 신용학이 차분하게 입을 열었다.

"총은 좀 치우지. 신경 쓰이는군."

그는 말없이 권총을 허리춤에 꽂았다. 계속 직진하던 신용학은 조정경기장 안쪽에서 차를 도로변에 대고 파킹을 채웠다. 새벽하늘은 어스름하게 파스텔톤으로 변해가고 있었다. 신용학이 담배를 꺼내 불을 붙이고 창문을 내렸다.

"여기 정도면 안심이 되겠나?"

"그럴 리가요. 차장님하고 마주앉아서 마음 편한 사람은 없을 겁니다."

"후후. 그런가? 그런데 자네 한선아인가 하는 아가씨하고는 무슨 관계야? 애지중지하는 거 같던데… 그동안 만리장성이라도 쌓은 건가?"

왠지 죄지은 느낌, 애당초 이 난장판에 끼어든 이유가 한선아였지만 말 한 마디에 목숨이 왔다 갔다 하는 정보계통에서 여자는 가장 피해야 할 금기 중 하나였다. 그가 정색을 하고 말을 잘랐다.

"본론으로 들어가시죠."

"후후. 그러지. 우선 자네 이야기부터 하세. 자네 계획은 뭔가? 도대체 생각이라는 게 있기는 한 거야?"

"무슨 뜻이죠?"

"자넨 지금 민간인 수십 명을 죽인 살인자에 테러리스트야. 물론 당연히 쓸어내야 할 쓰레기들이지만 그건 자네 일이 아니야. 너무 멀리 갔어."

"인정합니다. 그러나 누가 뭐래도 정당방위입니다. 죽이겠다고 달려드는데 그냥 있을 바보는 없습니다. 무엇보다 국가기밀을 팔아먹는 놈들이었고요."

"그래도 살인은 위법이야."

"그래서요? 굳이 살인을 거론하시는 이유는 뭡니까?"

그의 목소리가 딱딱하게 변하자 신용학이 흐릿하게 웃었다.

"후후. 기억하나? 난 통제가 안 되는 상황을 싫어해. 덕분에 자네도 꽤나 시달렸지?"

신용학은 통제되지 않는 상황을 극단적으로 혐오했다. 정보분석 파트는 물론이고 심지어 필드요원들까지도 일거수일투족을 통제해야 직성이 풀리는 사람이었다. 그로 인한 문제점도 적지 않았지만 대대적인 조직개편으로 흔들리던 국정원이 탄탄한 조직으로 새로 태어난 건 반쯤은 그의 강력한 조직 장악력 덕분이었다. 신용학이 다시 말했다.

"내 톡 까놓고 이야기하지. 자네가 필요한데 자네를 통제할 방법이 마땅치 않아서 말이야. 일이 끝나면 자네의 범죄 행위에 대해 면죄부를 주겠네. 물론 한웅태 중장도 무죄 방면될 것이고."

"무슨 소립니까? 한웅태 중장이 무슨 상관이죠?"

"얼마 전에 북한요원과 접선을 한 혐의가 있어서 말이야. 전직 국정원 요원인데 코드네임이 유령이라던가 그렇지 아마? 뭐 아직 공개할 단계는 아니고… 그 양반 지금은 분원에서 간단한 조사를 받고 있어. 어때? 자네가 당분간 내 수족이 되어준다면 그 양반도 간첩으로 체포되는 불상사는 없을 거야."

그는 미간을 잔뜩 좁혔다. 24시간 내내 서너 명씩 경호요원을 달고 다니던 사람이 혼자 차를 몰고 나선 이유가 설명이 되는 셈, 그를 손아귀 안에 잡아둘 자신이 있다는 뜻이었다.

"불쾌하군요. 이런 치졸한 방법까지 써야겠습니까?"

"어쩔 수 없어. 상황이 워낙 심각하거든."

"뭘 해달라는 겁니까?"

"대답부터 해. 하겠나?"

"국익에 해가 되는 것만 아니라면 생각해 보죠. 대신 차후에 저와 제가 데리고 있는 두 사람에게 새 신분을 만들어주십시오. 선아하고 한웅태 중장도 제자리에 돌려놓으셔야 합니다."

"약속하지."

"좋습니다. 들어보죠."

신용학은 실실 웃으면서 잠시 뜸을 들이더니 갑자기 생소한 이름을 입에 담았다.

"자네 '두 개의 태양' 이라는 이름 들어봤나?"

"처음입니다."

"그럼 거기부터 시작해야겠군. 두 개의 태양은 지난 2004년에 시작된 극비 프로젝트 이름이야. 나도 6개월 전에야 겨우 이름을 주워들을 만큼 극도의 보안을 유지해 온 대형 프로젝트지. 솔직히 내용은 나도 정확히 몰라. 다만 내로라하는 물리학자들이 총동원된 대단한 프로젝트이고 KSTAR와 관련이 있다는 것만 알고 있어. 자네도 KSTAR와 관련이 있다는 정도는 감을 잡고 있었을 거야. 그렇지?"

"그렇습니다."

"그런데 얼마 전에 그 프로젝트 데이터가 유출됐다는 정황을 포착했네. 덕분에 이 바닥에서 난리가 터졌지. 우린 상황을 예의주시하면서 데이터 유출의 주범과 배후를 찾아내려고 비밀리에 내사를 시작했어. 헌데 깊이 들어가면 갈수록 일이 점점 이상해지더군. 보고가 제대로 되지 않는 건 예사고 갑자기 요원들이 행방불명되기 시작하더란 말이야. 그래서 별도로 외부팀을 가동했더니 느닷없이 정부 고위층이 레이더에 잡히고 종국엔 국정원 내부까지 손을 대야 할 정도로 판이 커졌어. 그러더니 갑자기 CIA와 일본, 중국 정보기관에 비상이 걸리더군. 그나마 엊그제 국정원이 공식적인 경고를 하고 나서면서 각국 정보기관들이 조금 물러앉았지만 여전히 상황은 엉망이야."

"요점은요?"

"너무 복잡해서 내가 전면에 나설 수가 없다는 이야기야. 그래서 우리 팀이 정보수집에만 집중하도록 상대를 흔드는 일은 자네가 좀 해줘야겠어."

"손에 피 묻히는 일은 피하겠다는 뜻이십니까?"

"비슷해. 일단 흔들어놓고 반응을 보자는 거야. 문제가 생기면 난 모르는 일이 되겠지."

어려운 작전을 시작할 때면 언제나 녹음기처럼 반복되는 문장, 새삼스러울 것도 없는 말이었다. 그가 지그시 노려보자 신용학이 다시 말했다.

"대신 한선아 양과 한웅태 중장은 피해가 없도록 조치하지."

"아직도 본론은 나오지 않았습니다. 무슨 일을 해달라는 거죠?"

"이름 몇 개만 거론하지. 이준혁, 이성우, 차성묵, 배덕성."

"다 아는 이름이군요. 어쩌라는 말이죠?"

"가능하면 사고나 실종이 좋겠지. 조용한 장소에서 내게 넘겨주면 더 좋고."

"느낌이 별로 좋지 않군요. 더구나 배덕성은 차장님 측근 아닙니까?"

그의 반문에 신용학이 많이 놀랐다는 표정을 만들면서 양손을 들어 올렸다.

"이런. 자네 내가 배덕성 과장을 철석같이 믿는다고 생각하는 건가? 후후. 천만의 말씀이야. 솔직히 말해서 필드에서 뛰는 것들 중에 100퍼센트 믿을 수 있는 놈은 하나도 없어. 내 보기엔 전부 미친놈들이거든. 어차피 미치지 않고는 하기 힘든 일이기도 하고. 어쨌거나 다 미쳤다고 보면 그것들을 통제하는 방법은 오로지 하나야. 원하는 걸 하게 해주는 것, 돈을 원하는 놈에겐 돈을 주고 여자를 원하면 여자를 주지. 원하는 게 없으면? 만들어야지. 자네처럼 말이야."

김태훈은 치밀어 오르는 욕설을 억지로 삼켜 버렸다. 뭐가 됐든 반론을 제기하고 싶었지만 틀렸다고 주장하기는 어려웠다. 신용학이 그의 반응을 지켜보며 말을 이었다.

"필요한 장비는 모두 공급하지. 일을 크게 벌이더라도 뒤는 내가 막아줄 거고."

"국익에 해가 되지 않는다고 자신하십니까?"

"당연해. 기억할지 모르겠지만 내 지론은 '우린 국가의 도구다' 라는 거야. 난 국가에 득이 되지 않으면 절대 움직이지 않아. 그건 장담하지."

"국정원장 자리가 필요하신 건 아닙니까?"

적의를 숨기지 않은 반문, 그러나 신용학의 대답은 전혀 흔들림이 없었다.

"나쁠 건 없겠지. 지금보다는 나아질 게야."

"나 아니면 안 된다는 아집은 여전하시군요."

"아집이 아니야. 알다시피 정보계통에서 10년 이상 굴러먹은 친구들 대부분은 흑백이 불분명해. 임관 초기에는 다들 국가를 위해 목숨을 바칠 각오로 시작하지만 이 바닥의 생리가 그냥 두지를 않아. 사실 애매한 것들이 너무 많으니까. 그렇게 몇 년 굴러먹다 보면 어떤 것이 옳은 일이냐에 대한 기준이 아주 모호해지지. 그다음에는 개인에게 득이 되는 방향의 거래가 점점 더 많아질 수밖에 없어. 이를테면 우리 측이 손해를 보는 거래라도 개인의 성적표가 필요하면 서슴없이 손을 내밀게 되는 거야. 난 그걸 막을 수 있는 유일한 사람이고. 물론 자네같이 '보이는 적'을 상대하는 친구들은 예외야. 흑백이 비교적 명확하니까."

"개똥철학 강의를 들으러 온 게 아닙니다."

"뭐 그렇다는 이야기야. 그 이야기는 이제 그만하고… 마지막으로 하나만 더, 최명철."

"뭐요?"

그의 입에서 꽉 막힌 비명이 새나왔다. 신용학은 의미심장한 미소를 머금으며 말을 이었다.

"어디까지나 이 싸움질의 시작은 나인혁 수석과 그 양반의 기싸움이었어. 솔직히 누가 악당인지는 나도 몰라. 다만 지금은 나인혁 수석이 내 편이라는 것만 확실해."

"농담 마십쇼. 전 최명철 장관님과 싸울 생각 없습니다."

"아. 물론 그렇겠지. 덩치도 너무 크고 말이야. 난 경고만 하려는 걸세. 자네 학비를 댔다고 악당이 아니란 법은 없어. 꼭 기억해 두게."

신용학은 싱글싱글 웃으면서 시동을 걸더니 봉투를 하나 꺼내 넘겨주면서 다시 말했다.

"이준혁, 이성우, 배덕성 세 사람의 신상자료야. 차성묵 그 친구에 대해서는 나보다 더 잘 알 테니 필요없을 테고, 나머지 세 사람의 연말 일정표하고 자주 가는 장소, 습관, 가족, 경호원 명단을 포함한 경호시스템 전반이 정리되어 있네. 내 보안회선 전화번호 기억시킨 무선필터 전화기도 하나 들어가 있어. 참! 지향성 도청기 하나하고 위조 신분증, 당장 필요할 것으로 보이는 장비 몇 가지 트렁크에 넣어놨네. 국정원에 정식으로 등록된 번호판이니까 경찰이 함부로 손대지 못할 거야."

"황공하게 차까지 주시는 겁니까?"

신용학은 빙글빙글 웃으며 차를 돌려 다시 천호동으로 방향을 잡았다.

"GPS 죽여놨어. 자네 더러운 성질에 놔둘 리도 없으니 자진 납세했지. 한번 보고 필요한 장비가 더 있으면 이야기하게."

"제가 차장님 편에 선다고 확신하시는군요."

"자네도 누군가는 믿어야 하지 않겠나? 시작도 하기 전에 흑백을 구분하려고 들면 피곤해져. 그런 거 집어치우고 이 총체적인 난국을 헤쳐 나가기 위해 꼭 필요한 사람이 누구인지 생각해 보게. 그럼 모든 게 명확해질 거야. 오늘은 이 정도만 하지."

"박일선은 어떻게 하시겠습니까?"

"박일선? 그런 피라미는 자네가 알아서 하게. 난 관심없어. 어차피 정권이 바뀌면 바로 꼬리 내릴 놈이고 대세에 영향을 미칠 거물도 아니야. 아는 것도 별로 없을 거고. 제 딴에는 언론을 통해 여론에 영향을 미친다고 생각하겠지만 이젠 옛날이야기가 됐어. 종이 신문의 한계가 보인 지는 오래됐으니까. 자네가 지금 가장 신경 써야 할 상대는 통제를 완전히 벗어난 차성묵이야. 모든 면에서 가장 위험한 놈이지."

"압니다. 그런데 그 사람 왜 이러죠? 왜 이런 황당한 짓을 합니까?"

"나도 몰라. 한때는 자네처럼 투철한 애국심을 가진 군인이었다더군. 뭔가 불만이 생겼겠지. 이를테면 누구를 지키기 위해 목숨을 걸고 싸우나 하는 회의? 누군 수백억씩 쥐고 떵떵거리면서 사는데 자신은 자식 학원비 걱정에 밤잠 못 자는 신세? 뭐 따져 보면 이유는 많겠지. 나도 가끔은 그런 생각을 하니까. 그리고 한 번 돌아서면 다시는 돌이킬 수 없어."

신용학은 차를 세우고 도어록을 해지했다. 차는 벌써 천호역에 도착해 있었다. 그가 차에서 내리자 신용학도 반대편으로 나와 뒤에다 손짓을 하면서 말했다.

"자진해서 반역자에 테러범이 되는 악수는 두지 말게. 자칫하면 한웅태 씨는 1급 군사기밀 유출로 감옥행, 언론에 의해 죽은 걸로 알려지게 될 한선아 양은 진짜 감옥에서 죽게 될 거야. 현명한 결정을 내릴 것으로 믿겠네. 그럼 또 보세."

씩 웃은 신용학은 골목 안에서 나온 검은색 밴에 자연스럽게 올라타고 순식간에 사라졌다. 언제나처럼 완벽하게 상황을 통제하는 모습, 지금도 누군가 그를 지켜보고 있을 것이었다. 그는 운전석으로 올라타면서 곧장 오정식에게 전화를 걸었다. 숙소부터 옮겨야 했다.

CHAPTER 5
적과 동지

THE
TWINSUNs

박일선은 성당 정문 바로 안쪽에 있는 경비실에서 성당 앞을 오가는 사람들을 무심하게 바라보았다. 오후 1시 58분, 하늘은 당장이라도 눈발이 날릴 것처럼 잔뜩 찌푸려 있었다. 점심을 걸렀지만 공복의 허전함은 느껴지지 않았다. 오로지 어깨를 찍어누르는 묵직한 현금 가방의 무게만 종심從心을 훌쩍 넘긴 나이를 실감나게 만들고 있었다. 데려온 경호원 대여섯이 가까이 있지만 도움이 될 것 같지는 않았다. 전화기를 다시 확인했다. 2시 정각, 10초가 더 지나가고 있었다. 그리고 벨이 울렸다.

"여보세요."

[정문을 나와서 우회전, 택시를 타라.]

"뭐요? 지금 현금이 없소."

[없으면 경호원들에게 빌려라. 경비실 바로 뒤에 둘이나 있더군. 넌 약속을 어겼어. 다시 연락하지.]

전화는 그냥 끊어져 버렸다. 놈은 가까이에서 그를 지켜보고 있었다. 그것도 몇 시간 전에 나타나서. 박일선은 급히 대로로 뛰어나와 택시를 탔다. 타자마자 다시 전화가 왔다.

[서울광장 프라자 호텔 정문, 15분 주겠다.]

"서울광장으로 갑시다."

운전기사가 차를 출발시키자 박일선은 급히 경호팀에게 전화를 걸어 프라자 호텔로 집결하라고 지시했다. 그런데 교통 상황이 생각보다 좋지 않았다. 을지로가 완전히 꽉 막혀 있어서 15분은커녕 30분이 걸려도 도착하기가 어려울 것 같았다. 박일선은 택시기사에게 만 원짜리 한 장을 던져 주고 택시에서 내려 걷기시작했다. 12분이면 도보로도 충분히 가능한 거리, 뛰다시피 프라자 호텔 앞에 도착해서 가쁜 호흡을 가다듬자 이번엔 전화의 목소리가 전철을 타라고 명령했다. 경호원들은 아직도 보이지 않았다.

'멍청한 것들! 월급 파먹는 기계들 같으니!'

전철 요금이 얼마였나를 떠올리며 어렵게 걸음을 옮겨 지하철 계단을 내려갔다. 계단을 다 내려와 표 파는 창구를 찾는 순간, 다시 전화가 왔다.

[가방 내려놔.]

"뭐?"

[다시 말하지 않겠다. 가방 내려놔. 지금.]

박일선은 엉겁결에 가방을 내려놓았다. 순간, 불쑥 다가선 건장한 체격의 사내가 가방을 집어 들고 스쳐 지나갔다. 전화의 목소리가 다시 말했다.

[오른쪽 화장품 광고판 아래를 확인해라.]

그는 서둘러 광고판 아래를 더듬어 몇 번 접힌 종이 한 장을 꺼냈다.

"이게 뭐지?"

[아들을 찾을 단서야. 돈은 고맙게 쓰겠다.]

그는 전화를 끊고 안경을 꺼내 쓰면서 종이를 폈다.

박재영은 국정원이 데려갔다. 납치 현장에서 이준혁의 이름이 나왔으며 12월 1일 저녁, 청와대 나인혁 안보수석과 이준혁이 비밀리에 만나는 장면 목격.

평범한 잉크젯 프린터로 인쇄된 작은 글씨들, 박일선은 그 자리에 얼어붙어 이준혁의 매서운 눈매를 떠올렸다. 목적을 위해서라면 무슨 짓이든 할 사람, 박재영에게서 그의 치부를 긁어내 향후 있을 세력다툼에서 유리한 고지를 차지하려 했다면 가능성은 충분했다. 그러나 전후 사정을 따져 보면 어딘가 이상했다. 이준혁은 지난 몇 달 박재영과 이런저런 이유로 많이 어울렸고 이번 일에도 핵심 인사 중 하나였다.

'이준혁이 재영이를 납치했다?'

잠시 이준혁의 배신을 떠올렸지만 그것도 앞뒤가 맞지 않았다.

기본적으로 나인혁 수석은 적아가 불분명했다. 위원회 구성원의 이름을 모두 확인하지 않는 한, 나인혁이 적이라고 단정할 수는 없었다. 따라서 나인혁과 만났다는 것으로 이준혁의 배신을 증명하지 못한다. 더구나 국정원 차장과 청와대 안보수석의 만남은 절대 어색한 것이 아니었다.

'부딪혀 보는 수밖에 없겠지.'

박일선은 입술을 잘근잘근 씹으면서 돌아섰다. 멍청한 돈 먹는 기계들은 이제야 지하철 계단을 뛰어내려 오고 있었다.

†

벤츠 운전기사가 급히 뛰어올라 오는 걸 확인한 김태훈은 도청기의 신호 강도를 다시 한 번 확인하고 주차된 자동차들 사이를 빠져나왔다.

"벌레 움직인다."

—로저, 철수.

무전기에서 제법 그럴싸한 한선아의 대답이 흘러나왔다. 김태훈은 흐릿하게 웃으면서 주차장을 벗어나 한선아가 기다리는 커피숍으로 향했다. 한선아는 커피숍 출입문 앞에 세워둔 오토바이 앞에서 콩콩 뛰면서 서 있었다. 오토바이에 시동을 걸자 한선아가 재빨리 뒤로 올라타 허리를 안으며 물었다.

"정식 오빠 팀은 잘 끝났대요?"

"그런 것 같다. 숙소에서 만나기로 했어. 가자."

그는 곧장 골목을 빠져나와 성당 주차장 근처에서 잠시 기다렸다. 박일선의 벤츠는 막 주차장을 나와 놈을 태우고 있었다. 언덕을 내려가는 벤츠를 따라 천천히 움직이면서 도청기에서 흘러나오는 목소리에 귀를 기울였다. 도청기 사이즈가 워낙 작다 보니 출력이 약해서 정상적으로 수신이 되려면 거리를 500미터 안쪽으로 유지해야 했다.

—집으로 가자.

박일선의 목소리는 무겁게 가라앉아 있었다. 벤츠는 곧장 남산 터널을 통과해 한강을 건너갔다. 대교를 다 건널 때까지 음울한 클래식 음악만 전달하던 도청기가 갑자기 박일선의 목소리를 토해냈다.

—접니다, 위원장. 좀 만나야겠습니다.

목소리는 잠시 끊어졌다가 커지기 시작했다.

—내 아들 일입니다. 이준혁이가 재영이를 납치했다는 정보가 있어요. 이게 말이 됩니까?

—예. 봤다는 사람이 있습니다. 예. 부탁합니다. 확실합니다. 예.

다시 침묵, 더 이상의 대화는 없었다. 벤츠는 그대로 동작동 저택으로 들어가 버렸다. 그는 저택 옆 샛길을 따라 올라가다가 감시카메라가 없는 골목에서 전봇대 위로 올라가 안 보이는 곳에 수신기를 잘 고정했다. 녹음과 전송이 동시에 가능하도록 개조된 물건이니 가까운 주택가에 잡아놓은 숙소에서도 상황을 확인할 수 있을 것이었다. 내려와 콘크리트에 발을 올리자 눈발이 날리기 시작했다.

"오빠, 눈 와요. 다 잊어버리고 스키 타러 갔으면 좋겠다."

"스키 잘 타?"

"좀 타요. 중학교 때부터 짬짬이 탔어. 오빠는?"

"너만큼은 타겠지. 언제 한번 가자."

"정말?"

"그래."

"약속했어요. 나중에 딴소리하기 없기야."

"그래, 인마. 내려가서 먹을 거나 좀 사 가자. 배고프다."

"해외로 가자고 할 거야. 캐나다 이런데 스키장 좋다면서요."

목숨이 왔다 갔다 하는 와중에 할 이야기는 아니지만 그래도 꿈같은 여행 계획을 세워보면서 간단한 요깃거리를 사 들고 숙소로 돌아갔다. 오정식과 이현주는 먼저 숙소에 도착해 있었다. 두 사람이 들어서자마자 오정식이 거실 탁자 위에 올려놓은 배낭을 가리키며 말했다.

"GPS 추적기가 달려 있었는데 죽였습니다. 가방도 버렸고요. 액수는 맞습니다."

"수고했다."

"그리고 제가 구해놓은 안가는 여기가 마지막입니다. 더는 옮길 곳이 없습니다. 그래서 이야기인데… 앞으로 장비는 창고 같은 걸 빌려서 따로 보관하고 레지던스 호텔이나 모텔을 알아봤으면 합니다. 그게 효율적일 것 같습니다."

"그렇게 하자. 가능한 가까운데다 창고를 빌리고 교대로 창고에서 자는 걸로 하지."

"예. 내일 좀 알아보겠습니다."

"부탁한다. 참! 현주야. 그 인간들 일정표 한번 봤니?"

이현주가 주방 쪽에서 신용학에게서 받은 봉투를 흔들면서 건너왔다.

"공통점은 딱 하나인데요?"

"뭐지?"

"12월 12일 오후 2시, 유성. 정황상 KSTAR일 것 같습니다. 참석자 명단이 별도로 첨부되어 있는데 김세명 국무총리부터 최명철 국방부총리, 교과부장관 임성진, 나인혁 안보수석, 합참의장 강우철, 이성우 중장, 이준혁 대공차장까지 전부 명단에 있습니다. 군사적으로도 꽤나 중요한 행사인 모양입니다."

그는 대답 대신 봉투에서 일정표들만 꺼내 테이블에 나란히 내려놓았다. 이현주의 말대로 12월 12일 하루 종일 세 사람의 일정은 모두 대전이었다. 시연참관은 2시, 기자들을 상대로 한 공식 행사는 4시였다. 배덕성은 행사 참가자 명단에는 없지만 현장에 내려갈 예정으로 되어 있었다. 어쨌거나 당일 현 정부의 실세 대부분이 근처에 있다는 뜻, 행사의 규모나 의미도 그만큼 크다는 이야기였다.

그는 잠시 일정표를 노려보다가 손가락을 입에다 가져다 대면서 최명철에게 전화를 걸었다.

[누구요?]

"접니다, 아저씨."

[오. 그래. 건강하지?]

"예. 아저씨께서 처리해 주셨으면 하는 일이 있어서요."

[말해보거라.]

"차성묵이 1,000억 원이 넘는 물량의 밀수 금괴를 보관하고 있습니다."

[뭐?]

놀란 기색이 역력한 목소리, 대화는 잠시 끊어졌다. 1,000억이라는 숫자의 의미를 생각하는 것일 터였다. 그가 다시 못을 박았다.

"제 두 눈으로 확인한 사실입니다. 양평 박재영의 별장에 보관 중인데 경비 병력이 너무 많습니다. 차성묵의 부대원들을 포함해서 중무장 병력 30명 이상입니다."

[밀수가 확실하냐?]

"그렇습니다. 서둘러서 국고로 환수하셨으면 싶습니다. 2, 3일 이내에 이동시킬 예정인 것 같습니다."

[흠… 일단 알겠다. 손을 써보지. 다른 건?]

"지금은 없습니다. 다시 연락드리겠습니다."

[그래. 몸조심하거라.]

그는 전화를 끊고 그에게 집중된 시선들을 돌아보았다.

"왜? 설명이 필요해?"

오정식이 어깨를 으쓱해 보였다.

"저희가 알아도 되는 거라면요."

"알아두는 게 좋겠지. 신용학 차장이 내게 원한 건 흔들기였어.

은행나무를 흔들어서 은행 알 떨어지기를 기다리자는 거지. 세 사람의 일정표라고 전제를 달았지만 신용학 차장은 12월 12일 KSTAR 행사에 높은 양반들 상당수가 내려간다는 사실을 의도적으로 내게 흘린 거라고 봐야 돼. 그리고 나인혁 수석과 최명철 장관님 사이에 뭔가 있다는 뉘앙스도 풍겼는데… 신용학 차장은 두 사람 중 하나가 이 음모의 핵심이라는 의미의 메시지를 던졌어.”

“그래서 양쪽 모두에게 돌을 던져 보자는 거군요.”

“그래. 박일선을 통해 나인혁 수석을, 최명철 장관님은 차성묵으로, 이게 내가 생각하는 흔들기야. 물론 박일선이 나인혁과 한패가 아닐 경우는 문제가 되겠지. 하지만 그건 양측의 움직임을 보면 어느 정도 판단할 수 있어.”

“박일선과 차성묵을 밀착 감시하면서 상황을 보자는 뜻입니까?”

“그래. 2, 3일이면 답이 나올 거다. 다른 자들에게 손을 대는 건 그다음이다. 물론 KSTAR에서 벌어질 일을 생각하는 것도 다음 순서겠지.”

“동의합니다. 그럼 누가 어딜 맡죠?”

“너하고 현주가 박일선, 난 차성묵. 오늘 양평으로 내려가서 적당한 자리를 잡고 연락하마.”

“알겠습니다. 며칠 지루하겠네요.”

“후후. 한두 번 겪은 거냐. 일단 다들 씻고 오늘은 좀 쉬자. 박일선은 지금 돌아왔으니까 한동안 움직이지 않을 거야.”

“오케이. 그럼 제가 먼저 들어갑니다.”

오정식이 선뜻 자리를 털고 일어섰다. 이현주와 한선아도 냉큼 가방 속에서 소지품을 꺼내 챙기기 시작했지만 그는 일정표에서 눈을 떼지 못했다. 어렵사리 순서는 정했으나 머릿속은 여전히 복잡했다. 무엇보다 15년 넘게 알고 지낸 최명철을 시험해야 한다는 사실이 뼈아팠다. 아버지의 전우이자 그의 실질적인 후견인이었던 사람, 사실 단 한 순간도 적이라고 생각하기 싫었다. 그러나 마주한 현실은 아차 하는 순간에 목숨이 날아가는 진짜 전쟁터였다. 개인의 인연 같은 배부른 생각은 미련없이 접어야 했다.

†

김태훈은 망원경과 야시경을 고정시킨 베란다 창문을 살짝 열었다. 아침 7시 10분, 막 떠오른 태양은 도로 건너편 능선에 아슬아슬하게 걸렸고 제법 매서운 강풍이 연신 비명을 질러대고 있었다. 지난밤부터 내린 눈은 그친 상태, 그저 지켜보기만 하는 지루한 잠복이 이틀째 계속되는 셈이었다.

"오빠, 준비 끝."

현관에서 한선아가 든든한 등산복에 장갑까지 끼고 양손을 들어 보였다. 지독하게 답답해야 할 시간을 그런대로 즐겁게 만들어준 녀석, 화사한 미소가 무거운 분위기를 간단하게 날려 버렸다. 그가 마주 웃으며 벽에 걸린 파카를 집어 들었다.

"그래. 나가자."

나란히 밖으로 나와 자동차의 눈을 털어내면서 발아래 내려다보이는 강변도로에 눈길을 던졌다. 밤새 상당한 양의 눈이 왔고 바람도 제법 불었으나 다행히 날씨가 따뜻해서 도로는 완전히 얼어붙지 않은 상태였다. 그가 빌린 숙소는 박재영의 별장에서 5㎞쯤 떨어진 강변 고지대의 작은 통나무집으로 박재영의 별장이 직접 보이지는 않았지만 진입로 초입만큼은 깨끗하게 시야를 확보한 쓸 만한 위치였다.

시동을 걸고 잠시 기다렸다가 펜션 밖으로 차를 뺐다. 기분 전환 삼아 도로 상태도 확인하고 별장 주변을 한 바퀴 돌아본 뒤, 밖에서 아침식사를 해결할 생각이었다. 가능한 멀리서 별장 주변 도로를 훑어보고 진입로로 이어지는 길목의 식당에서 간단하게 식사를 하면서 두 끼 분량의 먹을거리를 포장했다. 서울에서 웬만한 먹을거리는 사 가지고 내려왔지만 양념 같은 기본적인 재료가 없어서 끼니 해결이 쉽지 않았기 때문이었다. 식당과 가까운 강변에서 잠시 그림 같은 산과 강의 설경에 눈을 뺏긴 사이, 오정식에게서 전화가 왔다.

[노인네 출근합니다. 그런데 오늘 이 차장 만나는 것 같습니다.]

"오늘? 장소 확인됐어?"

[예. '유키가제'라는 이름인데… 요정 같습니다. 인터넷 뒤져보고 미리 가서 예약 상태도 확인하고 구조를 봐둬야 할 것 같습니다.]

"요정이라… 재미있게 됐군. 그래. 감시는 잠깐 현주에게 맡기고 먼저 가봐라."

[넵! 한 상에 천만 원씩 하는 술집은 꼴이 어떤지 보고 싶었는데 감사합니다. 흐흐.]

옆에서 이현주의 뾰족한 목소리가 들렸다. 아마도 잔소리를 하는 것일 터였다.

"가서 엉뚱한 짓 하다가 현주한테 깨지지 말아라. 후후."

[걱정 마십쇼. 아무려면 이 판국에 뻘짓하겠습니까. 흐흐. 눈만 호강하는 거죠. 크흐흐. 거긴 어떻습니까?]

"아직 조용해. 어젯밤에 몇 놈 부지런히 들락거린 거로 봐서는 곧 움직일 거 같다."

[조심하십쇼.]

"그래. 너도 수고해."

그가 전화를 끊자 한선아가 그를 지그시 노려보며 물었다.

"오빠도 그런 데 가봤죠?"

"일 때문에 가본 적은 있다."

"정말 일 때문에 간 거예요?"

"인마, 한 상에 최하 3, 4백씩이야. 군인 월급으론 어림도 없어."

"오빠는 그냥 군인이 아니었잖아요. 아무래도… 많이 다녀본 거 같아. 솔직히 불어요."

"녀석. 달랑 한 번이야. 그것도 러시아 신형로켓 관련 자료 빼내느라고 러시아 외교관 접대한 거다. 괜히 바가지 긁지 마. 후후."

"치. 일단 믿어줄게요."

한선아의 의심스런 눈초리를 뒤로하고 서둘러 차로 돌아왔다. 어줍지 않게 핑계를 대려다가 꼬투리를 잡히면 피곤해질 터였다. 도로에 차를 올리자 한선아가 하얗게 변해 버린 세상에 새삼 감탄사를 토해냈다.

"아! 정말 예뻐요. 저기 능선 봐요. 전부 눈꽃이야."

"그러네. 멋지다."

"그런데 돈이 얼마나 많아야 저만 한 산을 통째로 살 수 있는 거죠?"

조금은 생뚱맞은 질문, 눈앞에 보이는 야산 전체가 몇 년 전 남한강 정비사업을 전후해서 우일그룹이 사들인 곳이라는 의미였다. 실제로 박재영의 별장은 물론이고 진입로와 배후지 대부분의 땅이 박일선의 소유였다. 그가 입맛을 다시며 말을 받았다.

"글쎄. 돈 속에 파묻혀 죽을 만큼 많아야겠지. 너무 부러워하지 마라. 아이들 코 묻은 돈까지 긁어모아서 만든 재산이야."

"맞아. 열심히 일해서 번 돈이라면 부러워해야겠지만 나쁜 짓해서 번 돈은 영혼에 상처 입힐 거야."

"그래. 이런 인간들은 욕해도 돼. 후후."

두 사람은 킥킥대면서 펜션으로 돌아갔다. 대충 주차를 하고 내리는데 주인아주머니가 마당의 눈을 쓸다 말고 그에게 손을 흔들었다.

"이봐요, 젊은이."

"예."

"어디까지 갔다 온 게요? 도로 막혔다고 난리던데."

"네?"

"우리 영감이 찬거리 사러 나갔는데 지금 못 돌아온다더구먼. 거 삼거리 식당있잖수. 거기 들어오는 고갯길에서 군인들이 길을 막는답디다."

"그래요? 저희들 그 식당에서 아침 먹었습니다."

"에고… 눈이 많이 와서 손님도 없을 거 같은데 너무하네. 젊은이들도 어디 가기는 어려울 게요."

"다른 길은 없나요?"

"그게… 요 아래서 왼쪽으로 비포장도로로 내려가면 면으로 내려가는 샛길이 있는데 눈 때문에 위험할 거유. 심심하면 그냥 등산이라도 하슈. 이 정도 눈이면 산책로는 안전할 게요."

"언제쯤 뚫린다는 이야기는 없었습니까?"

"눈을 치우는지 몇 시간이면 된답디다."

"아. 그럼 됐습니다. 감사합니다, 아주머니."

관심없는 것처럼 심드렁하게 인사를 하고 곧장 방으로 들어와 망원경에 눈을 가져갔다. 한선아도 재빨리 문을 잠그고 다가왔다.

"왜? 무슨 일 있을 거 같아요?"

"그럴 거 같다. 길이 막힐 정도의 눈이 아니야. 별장을 공격하기 위해서 미리 도로를 차단하는 것 같다. 바로 뜰 수 있게 짐 챙겨라."

"네."

한선아가 짐을 싸는 사이 그는 줄곧 망원경에서 눈을 떼지 않았다. 그러나 한동안 움직임은 없었다. 20분쯤 망원경에 집중하다가 눈에 휴식을 줘야겠다는 생각으로 잠시 눈을 떼고 능선을 돌아보았다. 밤새 내린 눈 때문에 차량운행이 뜸한데다 도로까지 차단됐으니 아무것도 보이지 않는 것이 당연했다. 뭔가 일이 벌어지려면 아무래도 시간이 좀 걸릴 것 같았다. 그런데 주섬주섬 담배를 빼물 무렵 멀리 진입로에 무언가 나타났다.

'응?'

얼핏 보기에도 상당히 긴 행렬, 재빨리 망원경에 눈을 가져갔다. 승용차 두 대를 앞세운 20여 대의 군용 트럭이었다. 트럭 뒤에 탄 사람들은 보이지 않았으나 앞자리엔 중무장한 타격대 복장의 군인들이었다. 트럭 한 대당 1개 분대씩 승차했다고 보아도 최소한 2개 중대병력, 별장의 경비 병력을 제압하는 정도라면 충분하고도 남았다. 그리고 일단 진입로로 들어선 이상 목표는 박재영의 별장이었다. 차량이 모두 통과하자 일단의 병력이 트럭에서 뛰어내려 도로에 바리케이트를 내려놓고 일부는 산지로 올라가기 시작했다. 보나마나 관측이나 저격을 위한 포인트 확보일 터였다.

그는 휴대용 망원경 하나만 챙겨 들고 서둘러 방을 나섰다. 신속하게 숲을 벗어난 다음, 능선을 따라 이동하면서 박재영의 별장이 직선으로 보이는 곳에 자리를 잡고 망원경에 눈을 가져갔다. 초점을 맞추자 낯익은 박재영의 별장 현관이 눈에 들어왔다. 아직은 폭풍전야의 고요함이 지배하는 하얀 눈의 세상, 잔디밭과

정원 전체가 눈에 덮여 있었다.

두두둑!

머리 위에서 묵직한 로터의 소음이 들려왔다. 얼핏 UH—60으로 보이는 군용헬기 두 대가 능선을 넘고 있었다. 블랙호크까지 띄웠다면 결과는 뻔했다.

잠시 후, 별장 정문에서부터 움직임이 보이더니 곧 현관 앞에 사람들이 나타나기 시작했다. 많이 당황한 듯 대부분 허둥지둥 정문으로 뛰어가고 있었다. 그런데 기대했던 차성묵의 모습이 없었다. 본채는 물론이고 차성묵 일행이 숙소로 쓰던 별채에서도 익숙한 전투복 차림의 사내들 몇 명이 뛰어나왔지만 차성묵은 밖으로 나오지 않았다. 얼마 지나지 않아 정문이 열리면서 타격대 병력이 일사불란하게 경비병들의 무장을 해제하고 별장을 장악하기 시작했다.

순간, 아득하게 총성이 터졌다. 총격전이 벌어진 모양이었다. 그러나 병력이나 무장의 격차가 워낙 커서인지 오래 이어지지는 않았다. 드문드문 이어진 총성은 몇 분 시간이 흐르자 완전히 사라져 버렸다. 한선아가 망원경에서 눈을 떼며 말했다.

"이럼 장관님이 군대를 동원한 거죠?"

"그런 거 같다."

30여 분 넘게 추위에 떨면서 별장의 상황을 더 지켜봤으나 특기할 만한 변동은 없었다. 그저 별장을 장악한 군 타격대가 현장을 수색하면서 내부 병력의 무장을 해제하는 지루한 과정뿐이었다. 끌려나온 병력 중에서 언젠가 본 듯한 매서운 인상의 대위는 확인, 그러나 차성묵의 얼굴은 끝까지 보이지 않았다.

"금괴를 찾았을까요?"

"시간이 좀 걸리겠지. 보이는 데다 두지는 않았을 테니까."

조금 더 지켜보고 싶었지만 블랙호크가 신경을 건드렸다. 헬기는 능선을 따라 저공으로 계속 선회하면서 혹시 있을지도 모르는 탈출에 대비하고 있었다. 자칫하면 헬기 조종사의 눈에 뜨일 가능성도 있는 상황, 그는 조용히 한선아를 잡아끌고 능선에서 물러서 나무 그늘로 들어갔다.

"우린 이 정도에서 철수하자. 우리도 요정 한번 가봐야지. 후후."

그는 망원경을 챙겨 넣어버렸다. 최명철이 아군이라는 걸 확인했고 금괴를 압수해 일에 차질을 빚게 한 것만으로도 최소한의 성과는 거둔 셈이었다. 한선아가 곱게 눈을 흘겼다.

"치. 요정 너무 좋아한다. 두고 봐요."

두 사람은 헬기가 뿜어내는 굉음이 멀어진 다음, 온 길을 되짚어 펜션으로 돌아왔다. 주인아주머니가 가르쳐 준 샛길로 지역을 벗어날 생각이었다.

✝

북한산 중턱의 한적한 도로가에 자리 잡은 요정 유키가제는 당대 최고라는 말이 아깝지 않았다. 한때 쇠락의 기미를 보인 적도 있지만 주인이 여러 차례 바뀌면서 기존의 낡은 건물이 모두 새로 지어져, 조용한 분위기의 한옥과 아담한 정원을 갖춘 고풍스런 요정으로 다시 태어나 과거의 성세를 되찾아가고 있었다. 박일선이 예약한 장소는 그 유키가제의 가장 깊숙한 숲 속에 별도로 꾸며져 남의 눈을 걱정할 필요가 없는 아늑한 한옥 별채였다.

안내를 받아 방으로 들어선 박일선은 먼저 들어와 술잔을 기울이는 이준혁의 얼굴을 잡아먹을 것처럼 노려보았다. 어깨 너머의 화려한 오색 조명과 눈꽃의 아름다움도 전혀 눈에 들어오지 않았다.

"앉으시지요, 회장님."

박일선이 털썩 주저앉자 이준혁은 무덤덤한 표정으로 술잔을 입에 대면서 옆자리에 앉은 아가씨에게 눈짓을 했다. 여자가 꾸벅 인사를 하고 밖으로 나간 뒤, 술잔을 내려놓은 이준혁이 고저 없는 목소리로 다시 말했다.

"분명히 말씀드립니다만… 이번 박재영 사장에 관련된 일은 내가 손을 대지 않았습니다. 우리 쪽 사람을 내가 왜 건드립니까?"

"이런 식으로 나오면 그 자리 유지하지 못할 거요. 내가 이리 늙었어도 국정원 몇 자리 정도는 얼마든지 갈아치울 능력이 있어요."

박일선이 정색을 한 채 다시 채근하자 이준혁도 언성을 높였다.

"말씀이 좀 지나치시군요. 국정원이 우방국에서 함부로 총질을 할 것 같습니까? 절대 그런 일은 있을 수 없습니다. 말도 안

되는 소리 하지 마세요."

만나자고 사정을 해서 만나줬더니 기껏 한다는 소리가 말도 안되는 납치 타령, 일본 요원들과 총질을 할 이유도 없지만 애당초 필리핀에 요원을 파견할 여력은 더더구나 없었다. 이준혁이 다시 말했다.

"지금은 모두의 힘을 합쳐야 할 때입니다. 쓸모없는 일로 얼굴 붉히지 않았으면 합니다."

"쓸모없다니! 이건 내 아들 일이오! 생사조차 모른단 말이오!"

"납치가 됐다면 연락이 있었어야지요. 벌써 1주일이 넘었는데 아무런 연락이 없지 않습니까. 필리핀 현지 요원들을 동원해서 알아봤는데 일본 정보실 안가 사건은 필리핀 용병들의 공격이라는 보고만 들어왔습니다. 아시다시피 박 사장과 같이 나갔다는 금발 미인은 종적이 묘연합니다. 지금으로서는 기다려 보는 것밖에 도리가 없습니다."

"정말 당신들이 한 짓 아니오? 국정원이 재영이를 납치했다는 구체적인 정보가 있었어요."

"전 당연히 아니고 국정원도 그럴 가능성이 희박합니다. 해외 쪽 개별 조직의 움직임을 모두 알 수는 없지만 누구라도 조직을 통해 내국인의 납치를 명령하지는 못합니다. 원장 직할조직이라도 마찬가지입니다. 원장은 기본적으로 정치인이기 때문에 더더구나 내국인을 납치하라는 명령은 내리지 못합니다. 정치인으로서는 엄청나게 부담스러운 일이니까요."

"그럼 누구란 말이요."

"국정원 차장은 셋입니다. 나머지 둘 중 하나겠죠. 해외에서 일어난 일이니 신용학 차장 쪽이 유력합니다."

"현장에서 당신 이름을 들었다는 자가 있어요. 그건 어떻게 설명하겠소?"

"제가 설명할 필요를 못 느끼겠군요. 전 확실히 아니니까요. 어쨌든 가능한 자원을 모조리 동원해서 내사 중입니다. 기다리세요."

"답답하군. 벌써 열흘이요. 도대체 어떻게 더 기다리라는 게요? 말이 됩니까?"

"아시다시피 해외에서 벌어진 납치 사건의 경우 요구사항이 통보되는 데까지 시간이 좀 걸립니다. 그러니 오늘은 그냥 약주나 한잔하시고 기분 푸십시오. 제가 대접하겠습니다."

"재영이에게 위해가 가해진다면 누구라도 용서하지 않을 거요."

선언하듯 복수를 거론한 박일선은 이어 한숨을 길게 내쉬었다. 얼굴은 여전히 불만스러웠지만 다소나마 가라앉는 것 같았다.

"저도 신경 많이 쓰고 있습니다. 다만 지금은 다음 할 일이 더 급합니다. 잠시 참으세요."

박일선이 마지못해 고개를 끄덕이자 이준혁이 얼른 문을 두드리며 말했다.

"아이들 들여보내지."

곧장 문이 열리면서 하늘하늘한 한복 차림의 아가씨 둘이 머리를 푹 숙인 채 안으로 들어왔다. 먼저 들어온 아가씨의 얼굴을 힐끗 훑어본 이준혁이 고개를 끄덕이면서 손짓으로 박일선의 옆자리를 가리켰다. 순간, 따라 들어온 아가씨가 느닷없이 관자놀이에 총구를 들이댔다. 그것도 소음기가 끼워진 총구였다. 그가 뭐라 반응을 보이기도 전에 다시 야구모자를 쓴 사내 둘이 뛰어 들어와 문을 닫아버렸다. 먼저 들어온 여자가 재빨리 반대편 전면 유리의 커튼을 쳤다.

"뭐… 뭐냐?"

고함을 지르려 했지만 기회가 없었다. 사내가 서슬 퍼런 목소리로 으르렁거리면서 그의 머리를 쾅 소리가 나도록 식탁에 처박았다. 곧장 박일선의 머리가 식탁에 부딪히는 꿍음이 이어졌다.

"닥치고 대가리 박아. 멍청한 경호원들은 잠이 깊이 들었으니 기대하지 말고. 달랑 둘만 데려온 건 실수야."

김태훈이 거칠게 박일선의 뒷머리를 거칠게 움켜쥐자 이현주가 한복 치마 속에서 주사기 두 개를 꺼내 하나를 그에게 넘겨주고 나머지 하나는 가차없이 박일선의 목덜미에다 박아 넣었다. 박일선의 입에서 나직한 신음이 새어 나왔다.

"크으……."

이현주는 주사기를 빼자마자 지문을 깨끗이 지우고 박일선의 손을 끌어다 주사기에 꼼꼼하게 지문을 묻혔다. 이어 이준혁의 팔을 뒤로 묶어버리고 밖으로 나갔다. 한선아까지 뒤따라 나가자 박일선의 입에서 침이 흘러나오기 시작했다. 약 기운이 돈다는 뜻, 그가 이준혁의 머리채를 잡아 일으켜 세우며 오정식에게 말했다.

"그 인간은 네가 심문해라. 대답할 수 있는 시간이 얼마 안 된다. 빨리 끝내야 돼."

고개를 끄덕여 보인 오정식도 지체없이 박일선의 머리를 들어올렸다. 그가 이준혁의 목에다 주삿바늘을 깊이 꽂으면서 물었다.

"다음 할 일이 바쁘다던데 다음 할 일이 뭐지?"

"젠장. 죽지 않았군. 어쩐지 불안했어."

엉뚱한 대답, 목덜미에 바늘이 꽂혀 있는데도 이준혁의 반응은 예상외로 담담했다.

"다시 묻지 않겠다. 다음 할 일이 뭐지?"

"쓸데없는 질문 하지 말지. 나를 건드리고 자네가 무사할 것 같은가?"

"신용학 차장 정도면 막아줄 수도 있겠지."

"제기랄. 그 자식은 끝까지 말썽이군. 이거나 치우지. 넌 나를 죽일 수 없어."

"욕심 많은 놈치고는 지나치게 겁이 없군."

그는 쓰게 웃으며 고개를 가로저었다. 사실 개인의 욕심이 앞서는 자들은 잃을 것이 많고 잃을 것이 많으면 겁이 많았다. 그런데 이준혁은 그렇지 않았다. 비록 허세일지라도 겁먹은 모습은 보이지 않았다. 살아남기 어렵다는 사실을 본능적으로 알고 있다는 뜻, 이러면 시간을 끌 이유가 없었다. 곧바로 마음을 결정한 그가 주사기 피스톤을 누르려 하자 이준혁이 급히 말했다.

"협상하자. 원하는 게 뭐지?"

"간단해. 이 난장판이 벌어진 이유, 뭘 팔아먹으려 한 것이며 주범은 누구냐는 것."

"알면 다칠 텐데? 네가 안다고 해도 바뀔 건 없어."

"그건 내가 판단한다."

"내가 왜 이야기를 해야 하지? 말해도 살려주지 않을 것 같은데? 자백제를 쓰기엔 시간이 너무 없지 않나?"

이준혁의 말은 사실이었다. 국정원이 사용하는 자백제는 치명적인 단점을 가지고 있었다. 효과는 빠르지만 정상적인 대화가 불가능해서 짧은 시간 안에 복잡한 정보를 빼내기는 현실적으로 어려웠다. 따라서 정확한 정보를 얻으려면 자백제는 곤란했다. 그가 치열을 모두 내보였다.

"고통스럽지 않게 죽을 수 있을 거다. 그리고 명주와 세주는 그냥 두도록 하지."

중학교와 고등학교에 다니는 이준혁의 두 아들의 이름, 여유롭던 이준혁의 이마에 주름살이 깊게 패었다. 김태훈이 다시 말했다.

"내가 어떤 사람이라는 건 당신도 잘 알 거야. 반역자는 물론이고 반역자의 자식도 나라에 폐를 끼칠 가능성이 높다는 게 내 지론이고."

"반역자? 웃기는군. 너무 주관적인 생각 아닌가? 뭐가 애국이야? 멋모르는 젊은것들이 말도 안 되는 일에 목소리 높이는 꼴을 그냥 봐야 하나? 나라의 주인은 그것들이 아니야. 그리고 이대로 젊은이들의 정신 상태가 흐릿해지면 나라의 미래는 엉망이 될 거야."

"헛소리 그만하지."

매섭게 말을 자른 그가 이준혁의 안주머니를 뒤져 수첩과 지갑을 꺼내자 이준혁이 일그러진 미소를 내보였다.

"젠장. 남는 게 별로 없겠군."

수첩에는 날짜별로 빼곡하게 일정이 기록되어 있었다. 국정원이 쓰는 일반 음어로 되어 있어서 해독하는 데 문제가 없을 것 같았다. 비교적 쉬운 퍼즐 놀이였다. 그가 씩 웃자 이준혁이 포기한 듯 자조적인 목소리를 토해냈다.

"약속이나 지켜라. 내 자식들은 건드리지 마."

"여기 웬만한 건 기록된 모양이지? 후후. 그래. 약속한다."

"좋아. 그럼 가장 재미있는 부분부터 알려주지. 며칠 내로 국정원장이 자진 사퇴할 거다."

"원용민이? 대통령의 최측근이 왜?"

"놈이 재임 기간 받아먹은 뇌물과 대형 이권 개입의 증거가 내게 있거든. 수백억짜리 초대형이야. 어제 술자리에서 비공개를 전제로 말을 꺼냈으니까 진위 파악이 되는대로 물러날 거다. 아마 며칠 이내가 되겠지. 내가 죽는다고 해결될 일이 아니라는 것도 잘 알 거야. 내가 죽으면 그날로 모조리 매스컴으로 날아갈 거니까. 암살을 시도하기도 어렵겠지."

"원용민이 퇴진하면 다음 원장은 누구냐? 신용학?"

"그건 몰라. 국정원장은 대통령이 결정하는 자리야. 위원회의 목표는 그냥 당분간 국정원장 자리가 공석으로 남아 있기를 바라는 거다."

"위원회? 그건 뭐지?"

"나라를 걱정하는 애국자들의 모임. 상임위원회."

"애국자? 국가기밀을 팔아먹는 애국자도 있나?"

"어쩔 수 없었어. 미국과 일본의 협조를 얻는 대가라고 생각하면 맞을 거야. 대를 위해서 소를 희생하는 건 역사적으로도 많이 있어 왔잖아?"

"놀고 있군. 회원은?"

"점조직이라 아는 이름은 별로 없어. 이성우와 임성진이 포함된 건 확실하다."

"명령은 누가 내리지?"

"위원회 명의로 음어 메일이 날아온다. 누군지는 몰라. 마지막으로 받은 명령은 대전이다."

"KSTAR?"

"벌써 거기까지 알고 있으시군. 역시 능력있는 친구야. 후후. 삼엄한 경계를 펴되 연구소 내부로 차성묵을 은밀하게 들여보내라는 것, 그게 내가 아는 전부다."

"차성묵을 들여보내? 왜?"

"그건 나도 몰라. 능력있는 자네가 한번 알아봐. 느낌상 누군가 죽지 않겠나 싶은데? 어쩌면 하나 이상이 죽을 수도 있겠지."

그는 이준혁의 무덤덤한 얼굴을 매섭게 노려보았다. 누군가를 공개적으로 암살한다면 참석한 사람들 중 최고위직일 가능성이 높았다. 당연히 국무총리 김세명과 부총리 최명철이었다.

"근거는?"

"바렛을 구해줬어. 한 방에 전차 장갑도 뚫는 무시무시한 놈이지."

"제기랄! 왜지? 왜 하필 공식적인 자리에서 암살을 시도하는 거냐?"

"난 몰라. 뭔가 이유가 있겠지?"

"그럼 장석호는 누가 죽였지?"

"장석호? 사이버팀에 있던 친구 말인가?"

"그래."

"배덕성이 처리한 것 아닌가? 확실치 않아."

"신용학 차장도 관련됐나?"

"그럴 수도 있겠지. 하부조직은 누가 위원회의 영향력 안에 있는지 몰라. 가능성은 얼마든지 있다."

"최명철 장관은?"

"그 양반이야 알 수 없지. 이만 끝내자고. 더는 할 이야기가 없어. 아는 것도 없고."

다시 몇 가지를 물었지만 아예 눈을 감아버린 이준혁의 대답은 전부 '모른다'였다. 더는 대답하지 않겠다는 뜻, 그는 고개를 숙인 이준혁의 정수리를 잠시 내려다보다가 주사기 피스톤을 눌러버렸다.

"크으......"

신음을 토해낸 이준혁의 눈매가 차츰 흐릿해지는 걸 지켜보면

서 오정식에게 눈길을 주었다. 오정식은 이미 의식을 잃은 박일
선의 머리를 상 위에 내려놓은 상태였다. 오정식이 고개를 가로
저었다.

"생각보다 아는 게 없더군요. 단편적인 단어 몇 개뿐이었습니
다."

"스피드 한 대씩 더 놓고 뜨자."

스피드는 코카인과 헤로인을 섞은 이른바 칵테일 마약의 일종
으로 소량을 주사하면 최음제나 환각제의 역할을 하지만 과용하
면 중추신경계 마비로 사망할 수 있는 위험한 마약이었다. 신용
학이 마취제, 자백제 등의 약물과 함께 치사량의 스피드를 트렁
크에 넣어놓았다는 건, '약물과용으로 인한 사망'도 신용학이 원
하는 옵션 중 하나라는 뜻이었다.

주사를 놓고 이준혁과 박일선이 거품을 물기 시작하자 뒤로 묶
인 이준혁의 손을 풀어주고 놈의 수첩만 챙겨서 즉시 밖으로 나
왔다.

✝

숙소로 돌아온 일행은 도착 즉시 이준혁의 수첩을 꺼내놓고 숙
소의 유일한 가구인 식탁에 마주앉았다. 수첩에서는 이준혁의 입
에서 나온 것 이상의 정보를 얻지 못했다. 중요해 보이는 전화번
호 몇 개를 건졌지만 이름이 성만 기록되어 있어서 새로운 정보
를 빼내는 데 도움이 될 것 같지 않았다. 그가 실망한 표정으로

수첩을 내려놓자 오정식이 슬그머니 입을 열었다.

"어떻게 하시겠습니까. 12월 12일까지는 이제 일주일밖에 여유가 없습니다."

"현지 상황부터 파악해야겠지."

"차성묵을 막을 생각이십니까?"

"그래. 차성묵이 현장에 들어가면 문제가 엄청나게 커질 수도 있다. 막아야 돼."

"오늘 이준혁이 죽어서 차질을 빚지 않을까요? 차성묵 혼자 일을 저지르지는 못합니다. 아시다시피 국무총리와 부총리, 장관, 합참의장까지 한꺼번에 뜬 행사입니다. 경호가 엄청날 겁니다."

"이준혁이 없다고 일이 중단되는 건 아닐 거다. 이준혁은 그냥 손발이야. 위에 사람이 있다. 당연히 다른 놈이 일을 진행시키겠지. 당장 배덕성도 건재한 상황이고 신용학이 개입할 수도 있다. 일단 현지에 파견되는 국정원 요원은 전부 저쪽이라고 보고 움직여야 돼."

"휴… 내부의 적이라… 머리 쥐나겠습니다."

"현지에 요원이 얼마나 투입됐는지는 중요하지 않아. 요는 차성묵을 어디서 찾아내느냐다."

"현재로서는 현지에서 대기하는 수밖에 없지 않겠습니까?"

"그런 셈이야. 그리고 논리적으로 모순도 하나 있다."

"모순이요?"

"생각해 봐. 이준혁은 차성묵에게 바렛을 넘겨주었다고 말했어. 유효사거리만 2킬로미터에 가까운 무시무시한 대물저격소총

이야. 알다시피 대인사격의 경우에는 4킬로미터도 유효사거리가 될 수 있어. 원거리에서 저격하겠다는 뜻이다. 그런데 차성묵은 굳이 행사장 안으로 들어가려고 하고 있어."

"앞뒤가 맞지 않는군요."

"그래. 실패를 대비해 근거리 저격수를 배치하겠다는 뜻일 수도 있지만 일단은 다른 위협요소도 고려해야 할 것 같다. 그래서 이야기인데……."

그는 말끝을 흐리면서 한선아를 돌아보았다. 눈치 빠른 한선아가 불안한 얼굴로 바짝 다가앉았다.

"왜요? 나 떼어놓으려고요?"

"그래. 어쩔 수 없다. 너무 위험해."

"싫어요. 지옥 같은 필리핀에서도 같이 있었어요. 거기도 다를 거 없잖아요."

제법 결연한 목소리, 그러나 이번엔 김태훈의 의사가 단호했다.

"안 돼. 네가 낄 자리가 아니다. 필리핀에서는 우리 전력이 압도적이었지만 여긴 아냐. 너 하나만 죽는 게 아니라 너 때문에 전부 죽을 수도 있다. 시키는 대로 해."

한선아는 토를 달려다가 그냥 말을 삼켰다. 자신의 말이 억지라는 건 누가 봐도 당연했다. 세 명밖에 안 되는 적은 인원으로 자신을 보호하면서 위험한 작전을 수행하는 건 자살 행위나 마찬가지였다. 금방 죄지은 표정이 되어버린 한선아가 기어들어 가는 목소리로 말했다.

"우리 꼭 유성 내려가야 돼요? 안 가면 되잖아요. 최명철 장관님한테 알려주고 우린 그만둬요. 네?"

그는 한선아의 눈을 물끄러미 건너다보며 벽에 기대앉았다. 절박한 상황에 쫓기다 보니 미처 생각하지 못했던 제안, 여기서 물러선다? 억지스럽지만 가능하기는 했다. 그러나 신분을 버리고 죽을 때까지 해외로 잠적할 각오가 아닌 한, 지금 물러서는 건 스스로 무덤을 찾아가는 거나 마찬가지였다. 이미 국정원 차장과 유명 신문사 일가까지 암살한 마당이고 관련자들에 대해 아는 것도 너무 많았다. 캄캄한 정보기관 취조실에서 요인 암살범으로 일생을 마칠 생각이 아니라면 모두가 안전하다는 확신이 있을 때까지 밀어붙이는 수밖에 없었다. 결론은 뻔했다.

"일단 최명철 장관님을 만나자."

오정식이 말을 받았다.

"믿어도 될까요? 아직 차성묵이 잡혔다는 증거도 없고 금괴에 관련된 공식적인 발표가 나온 것도 아닙니다."

그는 고개를 끄덕여 긍정을 표시했다. 사실 최명철과 신용학 중에서 누구를 믿어야 하는가에 대해서는 아직도 결단이 필요했다. 신용학은 최명철이 적이라는 의미의 메시지를 그에게 던졌다. 그런데 그 최명철은 그가 제공한 정보를 토대로 별장을 공격했다. 차성묵을 체포하는 것까지는 보지 못했지만 금괴를 압수했다는 건 최소한 최명철이 이 음모의 주범이 아니라는 의미로 해석할 수 있었다. 개인적인 친분도 영향을 미쳤겠지만 이래저래 더 믿음이 가는 건 어쩔 수 없었다.

"100퍼센트는 아니지만 70퍼센트까지는 믿는다. 신용학의 말도 그럴 듯하지만 그 사람은 뼛속까지 국정원 사람이야. 우리를 위해서 끝까지 뛰어줄 사람이 절대 아니다. 너도 알겠지만 조금만 입장이 불리해져도 주저없이 돌아서서 뒤통수를 칠 사람이야. 솔직히 말해서 50퍼센트 이상은 믿을 수 없다."

실제로 더블에이전트들이 판치는 정보시장에서 온전히 믿을 수 있는 사람은 단 한 명도 없었다. 더구나 국정원 높은 자리에 앉은 사람은 정치 논리에 쉽게 돌아설 수 있는 사람들이었다. 어떤 방식이든 국정원에 관련된 사람보다는 군인이 훨씬 더 믿음직했다. 오정식이 쓰게 입맛을 다셨다.

"쩝… 그럼 형수님 혼자 며칠 숨어 있을 장소를 찾는 건 어떻습니까?"

"돌아온다고 장담할 수 있나?"

"예?"

오정식은 선뜻 대답하지 못했다. 지금부터 그들이 마주할 현실은 사방이 온통 적으로 도배된 위험한 장소였다. 제아무리 전설로 불리는 김태훈이라고 해도 생존을 장담할 수 없고 만에 하나 아무도 돌아오지 못한다면 한선아가 며칠 숨어 지내는 정도는 아무런 의미가 없었다. 차후에 한선아의 소속사 문제를 해결하기 위해서도 누가 됐든 뒤를 봐줄 사람이 필요했고 현실적으로 최선은 최명철이었다. 김태훈이 잘라 말했다.

"우리 없이 제자리로 돌아갈 수 있는 여건을 만들어줘야 돼. 지금으로서는 그게 최선이다."

"알겠습니다."

오정식은 두말없이 수긍하고 물러나 앉았다. 작전의 효율을 생각하면 한선아는 당연히 짐이었다. 그의 말에 한선아가 잠깐 불만스런 표정을 지었지만 더 이상 토를 달지는 않았다. 어리광을 받아줄 형편이 아니라는 건 그녀도 너무나 잘 알고 있었다.

"나가서 전화 좀 하고 오마. 선아는 필요한 옷가지 챙겨놔라."

걱정스런 표정으로 앉아 있는 한선아를 잠시 다독거리고 밖으로 나와 차를 빼냈다. 마음을 결정했으니 곧바로 움직일 생각이었다. 강을 건너 한가한 주차장 근처의 공중전화에서 최명철에게 전화를 걸었다.

[여보시오.]

"접니다, 아저씨."

[그래. 그런 것 같았다. 괜찮으냐?]

"예. 회수하셨습니까?"

[그래. 정말 있더구나. 너무 엄청난 물량이어서 처리 방법을 논의 중이다. 곧 결론이 날 게야. 국고로 편입시키게 되겠지.]

"수고하셨습니다. 차성묵 중령은 체포하셨습니까?"

[아니. 체포된 자들 중에 차성묵은 없는 것 같더라. 대신 수하장교 몇 명을 체포해서 취조 중이야. 곧 찾아낼 수 있을 게다.]

"좋지 않군요. 12일 대전 행사는 취소하시는 게 어떻겠습니까?"

[대전? 왜?]

"차성묵이 대전에 내려간 것 같습니다. 암살을 기도하는 것 같은데 목표가 행사장입니다. 위험해 보입니다."

최명철의 목소리가 잠시 끊어졌다. 암살이라는 단어가 가지는 무게 때문일 터였다. 몇 초의 시간이 흐른 뒤 가라앉은 목소리가 흘러나왔다.

[차성묵이 정부 고위층에 대한 암살을 기도한다? 군 수뇌부들까지 모두 있는 자리인데? 직속상관인 이성우 중장도 참석하는 자리야.]

"압니다. 저격이라면 이성우 중장 본인은 현장에 있는 편이 더 낫겠죠. 완벽한 알리바이가 될 테니까요. 첩보 수준에 불과합니다만 2킬로미터 이상의 거리에서도 저격이 가능한 장거리 저격소총이 놈에게 넘어간 것 같습니다."

[글쎄다. 확실치 않은 첩보 때문에 국무총리와 장관들이 참석하는 중요한 행사를 취소할 수는 없어. 행사 장소를 실내로 바꾸던지 경호를 강화하는 선으로 조치하겠다. 그전에 체포해야지.]

"다시 생각하시죠. 위험합니다."

[신중하게 생각해 보마. 그리고 내 이성우 중장에게 다시 경고를 하겠다. 이번엔 조용히 넘어가지 않을 게야.]

이미 마음을 결정한 듯 최명철의 목소리는 단호했다. 더 말을 해봐야 의미가 없을 터, 위험을 주지시켰으니 그의 역할은 끝이었다. 이제 본론을 꺼낼 시간이었다.

"알겠습니다. 그리고 부탁이 하나 있습니다."

[말해보거라.]

"한선아 양을 며칠 보호해 주셨으면 싶습니다."

[대전에 내려갈 생각이로구나.]

"생각 중입니다. 안전한 장소를 확보하고 믿을 만한 특경대 경호팀을 붙여주십시오."

[알았다. 조치하지. 만나는 시점은 언제가 좋겠느냐.]

"빠를수록 좋습니다."

[즉시 준비시키마. 내가 직접 나가기는 어려울 것 같고… 일단 시내에서 특경대 경호팀과 만나는 것으로 하자꾸나.]

"시간이 자정이 좀 넘었으니까 새벽 4시 정도가 좋겠군요."

[오늘 당장?]

"시간이 없습니다. 양재동 화물터미널 부지에 있는 건설공사장 동쪽 출입구에 1개 팀을 대기시켜 주십시오. 헌병대 마크가 찍힌 특경대용 차량을 타고 나왔으면 좋겠습니다."

[흠… 오늘 국방부 경호팀 당직이 나호필 중위로구나. 그 친구를 직접 내보내겠다. 현장에서 확인해.]

"감사합니다. 다시 연락드리겠습니다."

[연락 가능한 번호를 하나다오. 만일을 대비하자.]

"예. 문자로 넣겠습니다. 약속 시간 전후해서 켜놓겠습니다. 그럼. 이만."

전화를 끊은 그는 즉시 대포폰 전화번호를 문자로 날린 뒤, 오정식에게 전화를 하면서 자리를 떴다. 먼저 현장에 도착해서 경호팀의 도착을 지켜볼 생각이었다.

✝

공사 현장 남쪽에 차를 대고 굴바위산 산기슭에서 야시경으로 공사장을 내려다보았다. 새벽 3시 45분, 아직 잔설이 남아 있어서 몸을 숨기기는 난해했지만 칠흑 같은 어둠 덕에 노출을 걱정할 필요는 없었다. 공사장은 쥐 죽은 듯이 고요했다. 아직 2층도 채 올리지 못한 구조물 몇 개가 가장 빠른 공정을 보이는 건물 같았다. 나머지는 아직도 지반 다지기 공사가 한창이었다. 북쪽 입구의 건설 현장 사무소는 불이 몇 개 켜져 있지만 창가에 움직이는 사람은 보이지 않았다. 현장 서쪽은 농협 공판장, 동쪽은 고속도로, 당연히 들리는 건 멀리 고속도로를 달리는 차량들이 내뿜는 아득한 굉음뿐이었다.

—올빼미 둘, 위치 잡았습니다.

—올빼미 셋, 정위치.

오정식의 보고와 이현주의 보고가 이어졌다. 오정식은 북서쪽 4층 건물의 옥상에 올라갔고 이현주는 하나로 마트 진입로에 세워둔 렌터카에서 만일의 사태에 대비하고 있었다. 나란히 서서 야시경에 집중하던 한선아가 살며시 김태훈의 옷깃을 잡았다.

"오빠, 약속 하나 해요."

숙소에서부터 현장까지 이동하는 30여 분 내내 우울한 표정이었는데 지금은 조금 나아진 것 같았다. 그가 야시경에서 눈을 떼지 않은 채 말을 받았다.

"약속?"

"응. 나 떼어놓는 대신 약속이요."

"그래. 말해봐."

"무슨 일이 있어도 나 찾으러 와야 돼요. 내 허락 없이 죽으면 안 돼요. 알죠?"

잠시 야시경에서 눈을 떼고 한선아의 얼굴을 내려다보았다. 한선아의 눈동자는 촉촉하게 젖어 있었다. 그가 조금은 장난스럽게 말을 받았다.

"난 영화 보다 중간에 나간 적 없다."

"치… 농담하지 마요."

"농담 아냐. 그리고 주인공은 웬만해서 영화 끝날 때까지 죽지 않는다. 후후."

씩 웃은 그는 마지못해 미소를 보이는 한선아의 어깨를 가볍게 끌어안고 이마에 키스를 했다. 입술을 통해 가느다란 떨림이 전해져 왔다. 따지고 보면 길어야 20일 남짓한 시간을 같이 보낸 아가씨, 그러나 워낙 살벌한 사건사고를 줄기차게 겪다 보니 기분이 영 묘했다. 여자의 생각을 읽는 재주는 없지만 얼핏 생각에도 한선아가 느끼는 감정은 심각할 것 같았다. 그가 등을 다독거리며 말했다.

"문제가 생기면 어디서 만난다고 했지?"

"포인트3, 길 건너 이마트 주차장이요. 다음은 사당역 2번 출구. 됐죠?"

"그래. 무전이 안 될 수도 있으니까 꼭 기억해 둬. 일이 잘못돼서 체포됐을 경우엔 절대 저항하지 말고."

"알아요."

문제가 생길 경우의 접선 지점과 행동 지침을 하나하나 다시 설명하는 사이, 오정식의 보고가 들어왔다.

—특경대 차량 진입합니다. 북쪽 진입로, 공사장 출입구 자물쇠를 잘라내고 있습니다.

그는 야시경을 북쪽 진입로로 돌렸다. 도착한 차량 중 한 대는 노란색 경광등이 달린 승용차였고 한 대는 옆 창문이 검게 가려진 밴이었다. 그의 요구대로 전부 차체 옆에 횡으로 '헌병' 마크가 큼직하게 찍혀 있었다. 정장 차림의 사내 둘이 공사장 문을 활짝 열자 차량들이 신속하게 공사장 내부로 들어서 차를 돌려세우기 시작했다.

"내려간다."

—로저. 야시경을 고쳐 쓴 그는 한선아의 손을 잡고 성큼 산기슭을 나와 담장의 철판 한 장을 뜯어내 쓰러트리고 공사장 안으로 들어갔다. 4시 7분 전, 시간은 충분했다. 앙상한 구조물을 몇 개를 우회해서 아주 천천히 북쪽으로 걸었다.

—대원들 하차, 산개. 전부 6명, 특경대 경호팀이라면 한 팀이 동원된 것 같습니다.

"대기."

—로저. 대기.

아직은 산개한 특경대원이 시야에 들어오지 않는 거리였다. 50여 미터 앞에 쌓인 목재 팔레트들을 돌아가면 보일 것 같았다.

"여기서 기다려. 내가 돌아오기 전에는 꼼짝도 하지 마라. 그리고 내가 뛰라고 하면 무조건 온 길을 되짚어서 뛰는 거다."

"네."

바짝 긴장한 한선아를 팔레트들 사이에 앉게 하고 우천용 비닐을 덮은 다음, 팔레트를 돌아나갔다. 가장 먼저 눈에 들어온 건 경호팀 대원들이 들고 있는 랜턴들, 100미터쯤 떨어진 곳에 한쪽 무릎을 꿇은 대원 하나가 보였다. 그는 야시경을 벗어 들고 아주 천천히 걸어 내려갔다. 그가 가까이 다가가자 대원이 무전기에 무어라 보고를 하더니 신분증을 꺼내 보이며 일어섰다.

"특경대입니다. 혼자 오셨습니까?"

"팀장과 이야기하겠다. 어디 있지?"

"오십니다."

그는 고개만 까딱해 보이고 멀리서 뛰어오는 정장의 사내를 유심히 살폈다. 군인치고는 다소 긴 머리, 눈매가 매서운 사내였다. 뒤따르는 2명의 대원의 움직임은 얼핏 경직된 것 같았다. 그러나 크게 어색하지는 않았다. 앞장선 사내가 거북스럽게 손을 내밀었다.

"국방부 파견대 소속 나호필 중위입니다. VIP는 어디 계십니까?"

그는 가볍게 악수를 나눈 뒤, 곧장 돌아섰다.

"잠깐 기다리도록."

그는 온 길을 되짚어 올라가 한선아를 데리고 다시 나왔다. 그런데 감이 묘했다. 어딘가 어색하다는 생각, 특별한 위험이 없는 통상적 경호 상황이라는 점을 고려하면 너무 경직된 움직임들이었다. 팔레트 더미에서 빠져나와 몇 발짝 걸음을 떼다가 속도를 늦췄다.

'응?'

시커먼 그림자 하나가 팔레트 반대쪽을 통해 배후로 우회하는 것이 보였다. VIP 보호를 위한 이동은 분명 아니었다. 야시경이 없었다면 보지 못했을 은밀한 움직임, 더구나 손에 삐죽한 물체가 보였다. 누가 봐도 권총이었다. 아무런 위협이 없는데 권총을 빼 들었다는 건 명백한 공격 의도였다.

'제기랄!'

자신도 모르게 걸음이 멈춰졌다. 그리고 오정식의 다급한 보고가 날아왔다.

─공하나 상황! 동쪽 출입구로 검은색 밴 진입! 무장병력 하차합니다! 무장병력 진입!

"로저."

그는 중얼거리듯 나직하게 대답하며 한선아의 손을 잡았다. 나호필이나 검은색 밴 둘 중의 하나가 적일 수도 있고 둘 다 한패일 가능성도 있다. 어느 쪽이든 상황은 최악, 최명철이 음모의 몸통이거나 최명철 가까이에도 위원회의 정보망이 깔려 있다는 의미였다.

그는 대원들의 위치부터 다시 확인했다. 가장 가까이 있는 놈과의 거리는 대략 50미터, 나머지는 좀 더 멀었다. 비교적 여유 있는 거리, 그러나 더 가까이 가는 건 위험했다. 방법은 하나였다. 피아가 확실해지기 전에 나호필의 포위망 안으로 들어가는 건 멍청한 짓, 새로 나타난 병력과 나호필의 관계부터 확인해야 했다. 슬쩍 철근 더미 쪽으로 방향을 틀어 가까운 콘크리트 골조를 향해 발을 내디뎠다. 가장 가까운 대원이 천천히 그를 향해 뛰어왔다. 그가 한선아를 돌아보며 나직이 말했다.

"내가 움직이면 무조건 저기 골조 속으로 뛰는 거다. 아까 있던 팔레트까지 곧장 뛰어. 알았지?"

잔뜩 긴장한 표정으로 그를 올려다본 한선아는 조용히 손을 풀고 허리춤으로 손을 가져갔다. 만일을 대비해 챙겨둔 글록에 손을 댄 것일 터였다. 그가 허리춤으로 가져간 한선아의 손을 다시 잡았다.

"총기는 사용하지 마라."

한선아는 마지못해 고개를 주억거리면서 손을 내렸다. 몇 걸음 더 걷자 콘크리트 골조 사이로 좁은 통로가 보였다. 얼핏 완공된 건물의 복도쯤으로 보이는데 내부에 은폐가 가능한 장애물이 많아서 달아나야 한다면 꽤나 괜찮은 선택이었다. 쓸 만한 탈출 경로를 새로 찾은 셈, 그러나 두 사람의 어색한 행동이 문제를 일으켰다. 상대가 아군이 아니라면 당연히 수상쩍게 생각할 만한 움직임이었다. 가만히 서 있던 다른 대원들도 이쪽으로 걸음을 떼기 시작했다. 빠르게 다가온 대원이 차분하게 말했다.

"이분이십니까?"

그는 걸음을 멈추고 고개만 까딱해 보였다. 대원이 한선아의 얼굴을 확인하고 돌아서서 나호필에게 손짓을 했다. 나호필이 손을 들어 머리 위에서 수신호를 했다.

"내려가시죠."

"잠깐."

그는 한선아를 등 뒤로 돌려놓으며 나호필에게 소리쳤다.

"뒤로 다른 팀이 들어온 것 같은데?"

앞뒤 없이 찔러보는 어색한 질문, 그러나 반응은 극단적이었다. 그의 말이 떨어지기가 무섭게 나호필이 권총을 빼 들었다.

"체포하겠다! 움직이면 쏜다!"

그는 바로 옆에서 황급히 권총을 빼는 대원의 손을 툭 쳐내면서 한 동작으로 팔꿈치를 놈의 턱에다 틀어박았다.

"큭!"

순간적으로 권총을 쥔 팔을 뒤로 꺾어 상대의 목을 조르면서 관자놀이에 총구를 들이댔다. 한선아는 이미 콘크리트 골조 사이로 뛰어들고 있었다. 움찔 멈춰 선 나호필이 날카롭게 소리쳤다.

"제기랄! 사각 나오면 쏴! 생포는 어렵다!"

황당하다 싶을 정도의 험악한 명령, 놈은 그가 누구라는 걸 알고 있었다. 그러나 목을 틀어 잡힌 동료 때문인지 곧장 총을 쏘지는 못했다. 그는 몇 발 물러서다가 컥컥거리는 놈의 다리를 횡으로 밟아 간단히 부러트려 버리고 한선아를 따라 골조 사이로 뛰어들었다.

티디딕! 퍼벅!

둔탁한 총성과 파공음, 콘크리트가 잇달아 터져 나가고 돌가루가 우수수 머리 위로 쏟아졌다. 오정식이 무전기 안에서 나직하게 소리쳤다.

—저격 시작!

—신고 완료! 포인트 원으로 이동!

이현주의 보고가 이어졌다. 유사시에는 경찰에 신고해서 상대의 움직임을 어렵게 하기로 한 약속된 작업, 그러나 아무리 급한 신고라도 경찰이 현장에 도착하는 데까지 걸리는 시간은 적어도 10분은 걸렸다. 그리고 그 10분은 두 사람이 10번쯤 죽을 수 있는 시간이었다. 그가 한선아를 따라 달리며 낮게 소리쳤다.

"죽이지 마라! 가능한 위치를 노출시키지 말고 최악의 경우에 한해서 견제! 머리만 잡아!"

급박한 상황에서는 죽이지 않고 부상만 입히는 것이 최선, 적의 기동력을 떨어트리고 구호를 위해 남는 병력을 줄일 수 있었다. 오정식의 대답은 짧았다.

—로저.

앞선 한선아는 위험스럽고 칙칙한 골조 내부의 중간쯤에 멈춰서서 뒤를 확인하고 다시 뛰기 시작했다. 골조 구간을 벗어나 한선아를 따라잡으면서 한선아의 상태부터 살폈다. 그런데 걱정과는 달리 한선아는 비교적 안정된 호흡으로 달리기에 몰두하고 있었다. 얼굴의 반을 가린 야시경 때문에 표정은 확실치 않지만 총탄이 마구잡이로 날아다니는 판이라는 걸 감안하면 분명 나쁘지 않은 신호였다. 그간 워낙 험한 꼴을 많이 보아서일 터였다.

—10시 방향 20미터, 팔레트 뒤, 1명, 팔레트 더미 때문에 사각 나오지 않는다.

그는 한선아를 추월하면서 속도를 늦추게 한 뒤, 쌓인 흙더미를 밟고 2미터 남짓한 팔레트 위로 점프했다. 팔레트 위에 발을 짚자마자 그대로 도약, 단숨에 팔레트를 넘어가면서 황급히 총구를 들어 올리는 놈의 오른쪽 어깨에다 정확하게 한 발을 박아 넣었다.

"컥!"

짧은 비명, 착지와 동시에 한 바퀴 굴렀다가 일어서면서 그대로 앞으로 튀어나갔다. 놈은 팔레트 사이로 쓰러져 허우적대고 있었다.

"이쪽!"

한선아가 그를 통과해서 그가 가리킨 철근과 흙더미 사이를 달렸다. 추격해 오는 자들은 막 골조 구간을 빠져나오고 있었다. 선두를 향해 서너 발 총격을 가해 자세를 낮추게 하고 다시 뛰기 시작했다. 곧바로 총성과 랜턴 불빛이 따라왔다. 그러나 워낙 어두운데다 거리가 50미터 이상 벌어져서 실질적인 위협은 아니었다. 값비싼 야시경이 제대로 돈값을 하는 셈, 잘하면 이대로 공사장을 벗어날 수도 있을 것 같았다. 한선아를 따라잡아 어깨를 나란히 할 무렵, 다시 오정식의 급박한 목소리가 흘러나왔다.

—2시 방향! 50미터, 2명, 우회 접근.

"사각 나오면 잡아!"

—로저.

대답과 동시에 산처럼 쌓인 흙더미 너머에서 나직한 비명이 터졌다.

—원 다운, 하나는 사각을 벗어났다.

속도를 늦추면서 한선아를 끌어당겨 흙더미 앞에 세워둔 포크

레인으로 몸을 던졌다. 순간적으로 1시 방향에서 검은 그림자가 어른거렸다. 거리는 20미터 안쪽, 놈은 일직선으로 앞쪽에 있는 철근 더미를 향해 횡으로 뛰고 있었다. 뒤쪽에서 다시 비명이 터졌다. 오정식이 하나쯤 잡은 모양이었다. 흠칫 놀란 놈이 멈춰 서면서 방향을 바꿨다. 이제 일직선으로 다가오고 있었다. 자세를 잔뜩 낮췄지만 고정 목표나 마찬가지, 슬쩍 상체를 일으킨 그는 포크레인 운전석과 유압기계 사이로 정확하게 조준 사격을 했다.

"헉!"

오른쪽 어깨와 다리에 연속해서 두 발, 놈은 풀썩 무릎을 꿇으면서 지반 공사를 위해 파놓은 5, 6미터 깊이의 구덩이 아래로 처박혔다.

"바짝 붙어!"

다시 힘든 달리기의 시작, 경사가 심하지는 않았지만 오르막이어서 뛰는 건 쉽지 않았다. 물론 여기저기 은폐 가능한 장애물이 많았고 지독하게 어둡기까지 해서 조건은 확실히 유리했다. 순식간에 200여 미터를 달려 담장이 눈에 들어올 무렵, 탁한 폭음과 함께 주변이 갑자기 환해졌다. 초록색, 분명 조명탄이었다.

한선아를 잡아채면서 가까운 철근 더미로 몸을 날렸다. 날카로운 소닉붐과 함께 코앞에서 얼어붙은 흙이 줄줄이 튀어 올랐다.

'제기랄!'

눈에 보이는 총구화염은 세 개였다. 둘은 경사로 아래의 철근 더미였고 나머지 하나는 대각선으로 보이는 능선 위였다. 거리는 100여 미터 남짓으로 비교적 멀었지만 자동화기였다. 웅크려 앉은 잠깐 사이에 흙더미에 묻히는 기분이었다.

"올빼미 둘, 저거 잡아!"

—로저!

몇 발 응사하는 사이 총격이 뜸해졌다. 그러나 대낮같이 환한 개활지로 뛰어나갈 배짱은 없었다. 손만 내밀어 다시 몇 발을 쏜 다음, 비교적 안전한 철근 더미 뒤쪽으로 돌아가 호흡을 가다듬었다. 조명탄이 땅에 떨어지면 그때 움직일 생각, 그런데 느닷없이 주머니 속의 전화기가 부들부들 떨었다. 얼결에 전화를 빼 들었다.

[나다. 피해라. 나 중위가 현장에 나가지 못한 것 같다. 어서!]

전화기에서 흘러나온 최명철의 목소리는 다급했다. 어디선가 정보가 샜으며 현장에 있는 나호필은 본인이 아니라는 이야기, 그는 다시 몇 발을 쏘면서 빠르게 말을 받았다.

"이미 늦었습니다."

[괜찮은 거냐?]

"다시 전화드리죠."

전화를 끊은 그는 그대로 전화기를 철근 아래에다 던져 버렸다. 사실 확인은 둘째 문제, 최명철의 말이 사실이라고 해도 노출된 전화기를 가지고 다닐 수는 없었다.

"올빼미 둘, 철수. 철수."

오정식에게 철수를 명령하면서 곧장 움직이기 시작했다. 어영부영 시간을 끌다가 지원 병력에게 꼬리를 잡히고 싶지는 않았다. 다시 총성과 고함 소리가 난무했다. 그리고 담장은 코앞이었다. 멀리서 경찰 차량의 시니컬한 사이렌 소리가 시커먼 밤하늘을 흔들어 깨우기 시작했다.

✝

『국제통화기금이 매각한 금 800여 톤을 사들여 국제 금 시세의 극단적인 상승세를 주도한 인도 중앙은행과 중국 정부가 금을 추가 매입할 수 있다고 현지 일간지 '파이낸셜 크로니클'이 인도 정부와 중국 정부 관리의 말을 인용해 발표했습니다. …(중략)… 이는 최근 국내 금 시세의 폭등까지 겹쳐지면서 한국 정부의 적극적인 금 매입을 촉발했으며 이에 따라 정부는 이달 12일 시중은행을 통해 2,500억 원 규모의 금 매입을 공시했습니다. 현재 한국 정부의 금 보유량은 외환보유액 대비 0.2퍼센트에 불과한 15톤 수준이며 이는 홍콩, 코스타리카 등과 함께 최하위권에 해당됩니다. 세계 평균은 10퍼센트 수준으로 재정부는 향후 모자란 보유량을 꾸준히 늘린다는 계획입니다. 그러나 어느 정도가 적정 보유량인지는 여전히 논란거리입니다. 금은 국제시세의 등락폭이 크고 환금성 문제가 상존하는 등…….』

관련 정보가 몇 분 더 이어졌지만 김태훈의 귀에는 들어오지 않았다. 바로 직전에 보도된 국정원장의 자진 사퇴 발표 때문이었다. 특히 사퇴의 변이 걸작이었다. 국정원 고위간부가 작전 중에 순직함으로 인해 그 책임을 지고 사퇴한다는 것이 핵심, 이준혁의 죽음을 순직으로 처리한다는 이야기였다 우일그룹 일가에 대한 것은 아예 거론조차 없었다.

오정식이 TV를 꺼버리고 조심스럽게 입을 열었다.

"이러면 최명철 장관이 두목이라는 뜻이겠죠?"

김태훈은 침중하게 고개를 끄덕였다. 아니라고 강변하고 싶었지만 현실은 분명히 등을 돌리고 있었다.

"헌병대가 별장을 공격했다. 기본적으로 금괴를 압수했다고 봐야 하는데 정부의 금 매입 발표는 예정대로 진행이야. 최명철 장관이 저쪽이 아니라면 일이 이렇게 깔끔하게 진행될 리가 없겠지. 솔직히 박재영의 별장에서 차성묵이 체포되는 걸 눈으로 직접 확인하지 않은 것이 패착인 것 같다. 현장에서 총성을 들었지만 그 정도는 얼마든지 조작할 수 있으니까. 공사장에서 공격당한 것도 마찬가지겠지. 문제가 터진 직후에 그 양반에게서 피하라는 전화가 왔는데 정확히 반 박자 늦었어. 내 위치를 찾아내거나 집중력을 흔들기 위한 방편이었을 가능성이 높다. 솔직히 아니길 바라지만 아군은 아닌 것 같다. 그리고 저쪽이라면 최고위층이야."

"휴… 꼴이 점점 우습게 되는군요."

상당수 핵심 인사들이 사망했거나 전력에서 이탈했는데도 일은 한 치의 착오도 없이 그대로 진행되는 모양새, 최명철 정도 되는 거물이 위원회를 지휘한다는 설명이면 깔끔하게 앞뒤가 맞았다. 답이 나오지 않는 건 오로지 동기였다. 최명철이 왜 국가기밀을 빼돌렸을까? 돈? 대답은 당연히 '아니오'였다. 그가 아는 최명철은 돈에 의미를 두는 사람이 아니었다. 그럼 뭘까? 권력? 역시 부정적인 결론, 최명철은 이미 국방부총리였다. 국방부총리라면 군인이 올라갈 수 있는 최고의 자리였다. 더 높은 자리는 오로지 대통령, 그리고 대한민국 대통령 자리는 무력으로 차지할 수 있는 자리가 아니었다.

그가 길게 침묵을 지키자 오정식이 다시 입을 떼었다.

"이러면 신용학 차장하고라도 손을 잡아야 합니다. 저도 그 사람하고 일하는 건 싫지만 적의 적은 아군입니다."

"알아. 어쩔 수 없겠지. 어차피 이젠 이판사판이다. 해보자. 나가서 전화하고 올 테니까 넌 장비부터 전부 챙겨라. 준비되는 대로 대전으로 내려가."

"알겠습니다."

그는 곧장 오토바이를 타고 사당역으로 나와 신용학에게 전화를 걸었다. 신용학이 넘긴 필터 전화기가 있었지만 전원을 켜고 싶지 않았다. 신용학은 대여섯 번 신호가 간 뒤에야 전화를 받았다.

[여보시오.]

"접니다."

[자네로군. 이제 생각을 정리한 모양이지?]

"비슷합니다."

[좋은 소식이군. 잘 생각했어. 그나저나 벌써 한 건 한 것 같던데… 나온 게 좀 있나?]

"아직은요. 본사 분위기는 어떻습니까?"

[왕초가 사직하고 새끼 왕초 셋 중 하나가 죽었는데 뭘 묻나. 당연히 엉망이지. 어수선해.]

"차장님 입장은 어떻습니까?"

[서열 3위가 이 차장이었어. 4위가 나고. 부원장이 있긴 하지만 그 양반은 허수아비야. 그 양반도 낙하산이거든. 어쨌든 신임 원장이 인선될 때까지 부문별로 차상위 직급이 대행하는 체제가 될 걸세. 물론 꼭 필요한 경우 부원장에게 결재를 받겠지만 지금은 다들 독자적인 체제로 움직이게 될 거야. 대신 여기저기 불려 다니겠지.]

"그나마 다행이로군요. 이야기가 쉽겠습니다."

[들어보세.]

"국방부 직할 병력이 박재영의 별장을 공격한 건 아시죠?"

[우린 병력 이동만 확인했어. 헌병 파견대가 동원됐더군. 아직 철수하지 않았고 주둔 병력은 늘어났어. 지금은 완전히 헌병대 주둔지로 변해서 우리 요원들도 접근이 어려워. 관측이 가능한 인근의 고지대도 전부 군이 장악하고 있네.]

"최명철 장관이 직접 관여했을까요?"

[그건 나도 확신할 수 없어. 섣불리 달려들 수 있는 수준의 인물도 아니고 말이야. 명색이 일국의 국방장관이자 부총리일세. 군부 장성들 대부분이 지지하는 거물이고.]

"정황 증거는 그분을 가리키고 있습니다."

[우리 어림없는 소리 하지 말자고. 그렇다고 반역죄로 처넣을 수 있을까? 증거 있나? 정 엇나가는 건 가벼운 태클로 저지할 수

있겠지만 게임에서 쫓아내기는 어려워. 막말로 정치적 부담을 생각하면 대통령이라도 마음대로 할 수 없는 사람이야.]

"게임의 핵심은 차성묵입니다. 차성묵을 잡으면 뭔가 단서를 찾아낼 수 있을 겁니다."

[차성묵 그자의 행적은 나도 궁금해. 놈이 마지막으로 관측된 곳은 박재영의 별장이었어. 지금은 헌병대가 거길 깔고 앉았는데 놈이 밖으로 나오는 건 확인하지 못했어. 어제 민간인 승용차 세 대가 한꺼번에 나왔다는데 현장 인력 부족으로 다 추적하진 못했거든. 그놈의 예산이 웬수지.]

"금괴는 움직이지 않았습니까?"

[당연해. 금괴가 움직였다면 헌병대가 거기서 뭉개고 있을 리가 없어.]

"차성묵의 부하 몇 명이 체포됐다는 이야기가 들리던데 그 사람들 소재는 파악됩니까?"

[체포는 무슨, 거기서 놀고먹겠지. 그리고 상당수는 빠져나갔을걸?]

"또 답은 박재영 그자의 별장이군요."

[경계가 삼엄할 거야.]

일반적으로 정보 수집에는 두 가지 옵션이 있다. 멀리서 지켜보면서 드나드는 사람들의 뒷조사를 통해 정보를 종합하는 방법과 직접 잠입해서 정보를 훑어내는 것, 한쪽은 느리지만 안전하고 한쪽은 빠르지만 치명적인 위험에 노출될 수 있다. 물론 지금은 한 가지가 다른 모든 여건을 모두 압도했다. 시간이 없었다.

당장 내일모레 일이 터지는 판에 여유롭게 쳐다보면서 시간을 보낼 수는 없는 노릇, 웬만한 위험은 감수해야 했다. 결정은 신속했다.

"대신 머릿수가 많아졌습니다. 망가지면 고치고 때 되면 먹기도 해야겠죠."

[후후. 납품하는 급식 업체가 있다더군. 손을 써놓겠네.]

"전화번호하고 담당자 이름만 부탁합니다. 차장님은 대전이나 내려가십쇼. 일은 거기서 터집니다."

[그래야지. 그런데 여기 일이 만만치가 않아서 곤란해. 원장이야 있으나 없으나 똑같지만 이 차장의 공백이 워낙 크거든. 급한 일이 처리되는 대로 내려갈 생각일세.]

"행사 연기도 심각하게 고려하십쇼. 유성에 테러 위협이 있다는 신고 전화라도 한 통화 때려 드릴까요?"

[아니. 익명의 신고전화 정도로는 어림도 없어. 국정원의 직접적인 경고도 무시되는 판이야. 괜히 건드리면 일만 더 어려워질걸세. 지금은 차성묵 그자를 찾아내는 데 집중하는 게 최선이야.]

이미 비공식적으로 경고를 했다는 뜻, 어설픈 신고전화 따위는 무의미했다.

"다시 연락드리죠."

곧장 말을 잘라 버린 그는 전화기를 던지듯 내려놓고 하늘을 올려다보았다. 잔뜩 찌푸린 날씨, 다시 눈이 올 기세였다.

CHAPTER 6
거울 속의 암살자

THE
TWINSUNs

　—이 대위님, 금고가 열렸습니다.

　"알았다."

　무전기를 집어 든 이민석은 1시간 넘게 두들기던 노트북을 덮고 자리에서 일어나 본관 지하로 다시 내려갔다. 계단에 선 경계병의 거수경례를 받고 내려와 짧은 복도를 가로지르자 깔끔한 철문 하나가 나타났다. 안쪽은 은행 금고를 방불케 하는 두툼한 철문, 어제까지만 해도 굳게 닫혀 있던 금고가 드디어 열린 것, 말로만 듣던 박재영 일가의 보물창고가 고스란히 모습을 드러냈다. 금고 앞에 있던 경계병과 엔지니어를 밖으로 내보내고 천천히 금고 안으로 들어섰다. 그리고 내부를 둘러본 그의 입에서 먼저 튀어나온 건 순수한 감탄사였다.

'젠장. 대단하군.'

맨 처음 눈에 들어온 건 중앙에 쌓여 있는 천억대가 넘어가는 금괴박스, 좌우로는 성공한 사람들의 마지막 취미라는 고가의 미술품 10점이 걸렸고 마호가니 가구의 서랍들에는 흔히 보기 어려운 보석류들이 빼곡히 채워져 있었다.

대충 서랍 몇 개를 열면서 내용물을 확인하는데 가장 아래 칸에 있는 A4 용지 크기의 두툼한 금속제 케이스가 시선을 잡아끌었다. 번호 키가 달려 있어서 당장 열어볼 수는 없지만 고가의 물건이라는 점은 의심의 여지가 없었다. 잠시 갈등하다가 가방을 파카 안에다 쑤셔 넣었다. 진짜 고가의 물건이라면 나중에 문제가 생길 소지는 다분했다. 그러나 관심 없었다. 당장 주인이 없어서 잠금장치를 모조리 부수는 판이니 물건 하나쯤 없어졌다고 해도 문제가 될 것 같지 않았다.

직속상관이라고 할 수 있는 차성묵은 거창하게 애국이니 애족이니 입만 열면 헛소리를 떠들어대지만 그건 있는 놈들이나 하는 헛소리였다. 이 난장판도 있는 놈들이 벌인 돈지랄이었다. 전부 있는 놈들의 농간인데 거기 휘말려 허우적거리다 죽어버리면 자신만 손해였다. 기회가 있으면 한몫 챙겨두는 것이 상책이었다. 가방이 든 가슴을 툭툭 두드리면서 되돌아 나와 경계병에게 말했다.

"서랍과 그림에 전부 태그를 붙여라."

"예!"

지상으로 올라온 그는 곧장 상황실로 직행했다.

똑똑.

"들어와."

헌병 파견대 지휘관 박문성 소령, 깐깐하기로 소문난 장교지만 의외로 첩보대에는 호의적이어서 차성묵이 자리를 비운 지금도 이래라저래라 토를 달지 않았다. 덕분에 본관 지하는 완전히 첩보대의 차지, 답답한 감옥 생활이 그나마 편한 이유였다. 창밖을 내다보던 박문성이 고개를 돌렸다.

"무슨 일인가?"

"금고가 열렸습니다. 지금 사령관님께 보고를 드려야 하는데 아셔야 할 것 같아서 먼저 올라왔습니다."

이성우 중장에게 직접 보고하면 그만인 사안이지만 알려주는 것이 지내기 편하다는 생각이었다. 박문성이 흐릿하게 웃었다.

"그래? 고맙군. 이상은 없고?"

"이상 없습니다."

"그래. 수고하게."

가볍게 발뒤꿈치를 붙여 군례를 대신한 이민석은 곧장 밖으로 나와 이성우에게 전화를 걸었다.

[상황은?]

"열었습니다. 보관 상태 양호합니다."

[수고했다. 현장대기. 출입을 엄금하고 보안을 유지할 것, 이상이다.]

"알겠습니다."

이민석은 전화를 끊고 건물 밖으로 나왔다. 잠시 순찰이나 하면서 머리를 식힐 생각, 외부철책을 따라 한 바퀴 돌고 나자 별관 현관으로 민간회사 배식 차량 두 대가 들어와 멈춰 섰다. 똑같이 생긴 회사 점퍼를 입은 직원 넷이 재빨리 짐을 부리기 시작했다. 큰 박스 몇 개가 먼저 내려지자 직원 하나가 비교적 작은 박스를 끌고 본관으로 건너갔다. 장교들은 본관 1층 회의실을 식당으로 사용하고 있으니 별도로 보내는 것일 터였다.

본관으로 걸음을 옮기면서 시간을 확인했다. 시간은 벌써 저녁 6시 10분, 몸을 심하게 움직이지 않아서인지 식욕은 별로 없었다.

'그래도 먹어는 둬야겠지.'

도착하자마자 몇 숟갈 뜨는 걸로 간단하게 식사를 때우고 느긋하게 정원 쪽으로 걸었다. 산책이나 잠깐 하고 방으로 돌아가 TV에 정신을 팔 생각이었다. 며칠째 갇혀 있다 보니 그렇게라도 하지 않으면 지루해 미칠 것 같았다.

정말 답답한 상황, 그러나 상대가 상대이니만큼 불만은 없었다. 차성묵이라면 몰라도 자신은 절대로 유령과 총구를 마주하기 싫었다. 상대는 눈앞에서 집중 사격을 받고 트럭에 들이받혀 고물이 된 자동차와 함께 강물에 빠져 실종됐는데 불과 며칠 만에 다시 나타나 마구잡이로 설쳐 대는 괴물이었다.

'네미럴! 하필 그 인간이야!'

욕설을 토해내면서 본관 2층으로 올라갔다. 헌병대가 들이닥친 직후부터 숙소로 사용한 손님용 객실, 총기와 두꺼운 외투를 벗어 던지고 탁자에 걸터앉아 TV를 켜려는데 누군가 노크를 했다.

"누구요?"

"JY푸드 김 대리입니다. 장교님들께 특별 후식을 제공하라는 지시를 받았습니다."

"특별 후식? 별짓 다 하는군."

헌병대가 들어오면서 식사를 공급하기 시작한 우일 계열의 위탁급식회사가 나름 아부를 하는 모양이었다. 문을 열고 직원이 정중하게 내미는 쟁반을 받아 들었다. 그런데 직원의 키가 상당히 컸다. 안경테와 허름한 모자에서 샌님 냄새가 좀 났지만 덩치가 아깝다는 생각이 저절로 떠오를 정도였다. 씩 마주 웃고 돌아서려는데 느닷없이 시커먼 소음기가 불쑥 눈앞으로 다가왔다.

"이런 개 같은!"

본능적으로 쟁반을 집어 던지고 권총을 잡아채려 했지만 상대의 움직임이 더 빨랐다. 순간적으로 명치에 정타를 얻어맞고 허리를 꺾어야 했다. 그리고 다음 순간, 눈앞에서 불이 번쩍 튀었다. 사내가 음울한 목소리로 말했다.

"허튼짓 하지 말자, 꼬마."

전자장비 통제에 치중하느라 훈련에 소홀했던 것이 후회스러운 순간, 어찌 손발을 움직여 볼 여유도 없이 명치를 움켜쥐고 모로 쓰러져 컥컥대야만 했다. 명색이 대한민국 최강을 자부하는 육군첩보대 장교임에도 불구하고 상대의 압도적인 무력 앞에 도무지 저항할 방법을 찾을 수 없었다. 놈은 번개같이 그의 발목에 채워진 대검을 빼 던지더니 양손과 발을 등 뒤로 묶어버리고 그의 입에다 박스 테이프를 붙여 버렸다.

　김태훈은 재빨리 이민석의 노트북을 열어 전원을 올렸다. 가장 먼저 비밀번호 창이 올라왔다. 그는 씩 웃으면서 끙끙거리는 이민석에게 다가갔다.

　"비밀번호."

　박스 테이프를 반쯤 떼고 시선을 맞췄다. 이민석은 결사적으로 고개를 가로저었다.

　"그래도 체면은 차리고 싶은 모양이로군. 좋아. 인정해 주지. 시간이 좀 걸릴 뿐이지 못 풀지는 않으니까."

　애당초 고문에는 지독한 면역력을 가진 대원들, 이 위험한 곳에서 목구멍에 총구를 들이대 봐야 시간낭비일 뿐이었다. 이민석의 뺨을 그냥 툭툭 두드린 그는 테이프를 다시 붙여 버리고 노트북을 챙겨 가방에 쑤셔 넣었다. 이어 탁자 위에 놓인 파일 몇 개를 쓸어 넣고 이민석의 옷가지와 바지를 뒤지는데 벗어놓은 파카 속에서 금속제 케이스가 떨어졌다.

　의외의 물건, 그는 슬쩍 이민석을 돌아보았다. 놈은 움찔하면서 몸을 비틀었다. 뭔가 중요한 물건이라는 뜻이니 무조건 챙겨야 했다. 놈의 지갑과 전화 등 주머니 속에 지닌 것 전부를 꺼내 탁자에 올려놓고 이민석을 끌어다 욕조에다 던졌다.

　어렵게 자세를 돌리는 놈의 경동맥을 강하게 누르고 10여 초가 지나자 몸부림치던 이민석의 몸에서 차츰 힘이 빠져나갔다. 상황 끝, 욕조에 찬물을 틀고 물이 머리까지 차오를 때까지 기다렸다. 머리가 완전히 물속에 들어가자 잠시 꿈틀거렸지만 움직임은 곧 멈췄다. 목에 손을 대 사망을 확인한 뒤, 입에서 테이프를 떼어내고 팔다리를 풀어 욕조에 자연스럽게 눕히고 자리에서 일어났다. 자살로 생각해 달라는 뜻, 정식 부검을 하지 않는 한 명확한 사인을 규명하기는 어려울 것이었다.

"개인적인 감정은 없다. 네놈이 날 먼저 죽이려 했던 게 문제였을 뿐이야."

이민석의 사체를 향해 혼잣말처럼 몇 마디를 던진 그는 곧장 욕실을 나와 노트북 가방과 금속 케이스, 후식용 쟁반들을 모두 꼼꼼하게 챙겨 들고 조심스럽게 문을 열었다. 복도에는 아무도 없었다. 필수 인원을 빼고는 모두 식당에 내려가 있을 터였다. 문 앞에 내려놓은 식기 박스에다 노트북 가방과 쟁반을 넣고 위에다 남은 잔반을 올려놓은 다음, 어깨에 메고 신속하게 건물을 빠져나왔다. 복도 끝 계단을 내려가면서 하급 장교 하나를 만나 가벼운 목례를 건넸다. 다행히 의심을 받지는 않은 것 같았다.

나오자마자 별관 앞에 주차된 트럭을 향해 곧장 걸었다. 식사를 마치고 제자리로 돌아가는 군인과 급식업체 직원들이 뒤섞여 제법 어수선한 상황, 아직까지는 특별한 문제없이 깔끔하게 진행되고 있었다. 최대한 자연스럽게 트럭으로 돌아가 냉장탑의 잔반 박스들 사이에다 박스를 올려놓았다. 가장 어려운 단계는 끝난 셈, 냉장탑의 문을 닫으면서 안도의 한숨을 내쉬는데 별관 현관에서 과장이 뛰어나와 담배를 물고 어슬렁거리는 직원들을 향해 고함을 질렀다.

"어이! 이쪽 좀 도와줘. 퇴근하자고! 두 박스는 그냥 남겨두고 갑시다! 여기!"

"예! 과장님!"

우르르 모인 직원들과 함께 별관식당으로 들어가 잔반 박스들을 챙겨 밖으로 나왔다. 트럭은 이미 시동을 걸어놓은 상태, 짐을 싣고 조수석에 올라타자마자 곧장 출발했다. 트럭은 정원을 크게 한 바퀴 돈 다음 천천히 정문으로 향했다. 바리케이트 10여 개를 지그재그로 세워놓은 정문에 차를 세우자 경계병 네 명이 일제히 트럭에 올라타 박스 몇 개를 열어보고 시트 아래까지 일일이 확인했다.

노트북을 넣은 박스의 위치를 다시 떠올렸다. 노트북을 넣은 박스는 트럭 냉장탑의 가장 안에 있었고 박스를 열어도 노트북 위에다 쟁반과 잔반을 올려놓아서 전부 뒤집어엎지 않는 한, 내용물을 확인하지 못할 것이었다. 다음은 들어올 때와 똑같은 프로세스, 한 사람 한 사람 얼굴과 비표를 다시 확인한 뒤에야 통과 신호가 떨어졌다.

✝

김태훈은 안가에 도착하자마자 노트북을 한선아에게 넘겨주고 옷도 갈아입지 않은 채 파일에 파묻혔다. 가장 먼저 그의 시선을 끈 건 보통 사진의 두 배쯤 되는 큼직한 사진 몇 장이었다. 첫 번째 사진은 날카로운 눈매를 가진 신경질적인 인상의 40대 사내였다. 금테안경을 써서인지 인상은 더 매서워 보였다. 어딘가 낯익은 장소를 배경으로 찍은 스냅사진, 그런데 어디인지 기억은 나지 않았다. 사진 뒤는 후지필름 로고로 흐릿하게 채워졌고 M. G.라는 이니셜이 작은 글씨로 쓰여 있었다.

당장 누군지 확인할 길이 없으니 일단 보류, 다음은 샤이어에서 봤던 북한군 군복과 AK소총의 사진들이었다. 나머지는 낯익은 KSTAR 사진 20여 장, 진출입로는 물론 내부구조 전반을 한눈에 볼 수 있도록 여러 각도에서 찍은 것 같았다.

사진을 제외한 서류는 의외로 요원들의 경력을 정리한 자료였다. 차성묵과 이민석의 자료는 없고 양철민이라는 폭약 전문가 대위를 비롯한 14명의 장교와 하사관의 인사기록이었다. 대부분 실전 경험이 있고 북파 경력까지 갖춘 하사관도 보였다. 얼핏 보기에도 대단한 경력의 소유자들로 모두의 공통점은 가족사항이 깨끗한 공란이라는 점이었다. 애당초 일가친척이 없는 대원들만 차출했을 것 터, 사진도 붙어 있지 않아서 존재 자체가 흐릿한 안갯속이었다.

서류의 마지막 페이지는 그에 관한 기록이었다. 다른 대원들과 마찬가지로 사진과 가족사항은 비었고 경력과 투입된 작전 지역만 간단하게 정리되어 있었다.

'재미없군.'

없는 시간을 이틀씩이나 투자해서 어렵게 얻은 자료인데 새로운 정보는 거의 없는 셈이었다. 이민석의 주머니 속에서 나온 것도 특이할 만한 내용이 없었다. 지갑에는 다른 사람의 이름으로 만든 육군첩보대 신분증과 운전면허증이 전부였고 휴대전화도 기억된 전화번호가 하나도 없었다. 그나마 통화 기록에 자주 건 번호가 있으니 나중에 통화를 시도해 볼만한 가치는 있었다. 그러나 거기에서 소득을 기대하기는 어려웠다. 다 본 파일을 건너편에 앉은 이현주에게 던져 주고 금속 케이스의 아래쪽 힌지를 힘으로 뜯어냈다. 이민석에게서 반응이 있었던 만큼 뭔가 얻을 수도 있을 것 같다는 생각, 그러나 기대와는 달리 케이스를 열자마자 욕부터 튀어나왔다.

"미치겠군. 이건 또 뭐냐."

케이스 내부는 2개 층으로 되어 있었는데 둘 다 스펀지 같은 보호판 속에 오래된 장신구 10여 개가 깔끔하게 정리되어 있었다. 전부 옥으로 만든 반지나 노리개 같았는데 고풍스러운 금세공 장식이 달렸고 현대의 물건도 아니었다. 연대는 정확히 알 수 없지만 크기도 크고 세공도 엄청나게 정교해서 군인이 가지고 있을 만한 물건은 절대 아니었다. 보나마나 박일선이나 박재영 소유의 컬렉션 중 하나일 터였다.

이현주가 손을 대려다가 말고 목만 길게 뺀 채 장신구들을 내려다보았다.

"이거 무지하게 오래된 것 같습니다. 문화재급 아닐까요?"

"아무래도 그런 것 같다."

"정말 미치겠네. 이 인간들 진짜 온갖 못된 짓은 골라가며 하네요. 미친놈들."

이현주가 되는대로 퍼붓는 욕설에 맞장구를 쳐주면서 케이스를 다시 조립했다. 대충 조립한 케이스를 내려놓자 한선아가 그를 돌아보며 노트북 화면을 가리켰다.

"오빠, 여기요."

암호를 풀었다는 뜻, 그는 재빨리 자리를 옮겼다.

"생각보다 간단했어. 그냥 알파벳 3개, 숫자 3개였어요. 디렉터리에 비번 걸린 건 하나야. 크래커 돌려놨으니까 다른 거 먼저 봐요."

"수고했다. 우리 새벽에 이동할 거니까 먼저 쉬어라. 난 이거 좀 봐야겠다."

"응. 오빠도 얼른 자요."

한선아와 이현주를 방으로 들여보낸 뒤, 노트북에 붙어 앉았다. 시간이 걸리더라도 꼭 필요한 일이라는 생각이었다. 그러나 작업은 처음부터 만만치 않았다. 기밀자료들 대부분이 그렇듯 모든 것이 믿을 만한 정보가 아니고 기본적으로 수천 장짜리 가공 안 된 파일들을 뒤지는 방대한 작업이었다. 훈련된 정보 분석가들도 제대로 된 흐름을 잡으려면 며칠은 족히 걸릴 만큼 상당한 분량이었다.

쓸모없는 파일들을 쭉쭉 넘겨 버리고 사진 파일들을 뒤지기 시작할 무렵, 비번 걸린 디렉터리가 열렸다는 메시지가 떠올랐다. 가장 먼저 확인해야 할 자료, 지체없이 디렉터리를 열었다. 그런데 생각보다 문서 숫자가 적었다. 전부 네 개, 첫 번째 문서는 장비 목록과 사진이었다. 대부분 특수부대들이 사용하는 고가의 신형장비들로 그에게도 익숙한 군사용 장비였다. 눈에 띄는 건 북한군 군복과 군화, AK소총, 그리고 200그램짜리 소형 플라스틱 폭약 몇 개가 전부였다.

'융합로 폭파? 겨우 C—4 800그램으로?'

얼핏 생각해도 폭약의 양이 너무 적었다. 물론 수억 도가 넘는 초고온 플라즈마가 운용되는 반응로여서 가동 중에 치명적인 부위를 타격하면 건물 전체를 통째로 날릴 가능성도 없지는 않았다. 그러나 시연하는 플라즈마의 규모가 크지 않기 때문에 플라스틱 폭약 몇백 그램으로 프로그램 전체에 심각한 피해를 입히기는 어려웠다. 게다가 타격 부위를 결정하는 것조차도 관련 엔지니어가 아니라면 쉽지 않은 문제였다.

'기본적으로 최명철 본인이 현장에 있을 예정이다. 폭파 가능성은 희박해.'

일단 폭파는 옵션에서 제외, 기억에만 남겨두고 두 번째 파일을 열었다. 화면에 올라온 건 제목도 없는 한글 파일이었다. 그런데 시작부터 김세명, 최명철을 비롯한 거물의 익숙한 이름들이 줄줄이 튀어나왔다. 참석자의 이름과 함께 각각의 행사 동선이 시간별로 꼼꼼하게 정리되어 있어서 VIP 저격을 계획했다면 확실히 필요한 정보였다. 그다음은 5장짜리 행사 일정표였다. 간단한 일정표지만 참석하는 VIP들이 외부에 노출되는 시점이 굵은 글씨체로 강조되어 있어서 저격의 가능성이 확실히 엿보였다. 차성묵이 바렛을 챙겼으니 저격은 당연한 옵션, 문제는 목표가 누구냐였다.

현실적으로 현장 참석자 중 최고의 VIP는 당연히 국무총리 김세 명이니 목표는 정해졌다고 할 수 있었다. 그러나 차성묵이 KSTAR 안으로 들어가려 한다는 사실이 머릿속을 복잡하게 했다. 바렛을 사용하는 장거리 저격이라면 당연히 안으로 들어갈 이유가 없는데도 차성묵은 굳이 행사 직전에 들어갈 계획을 세웠다. 그렇다면 어수선한 와중에 무언가를 빼내거나 행사 진행에 대한 모종의 사보타지를 병행한다고 보아야 했다.

'결국 다시 원점이로군. 차성묵.'

차성묵을 찾아내지 못하면 죽도 밥도 안 된다는 이야기였다. 그런데 작정하고 잠수해 버린 차성묵을 D—DAY 이전에 찾아내는 건 현실적으로 불가능했다. 남은 방법은 행사 당일 현장을 철저히 봉쇄하는 것뿐인데 국정원이나 육군첩보대 내부에 동조자가 있다는 전제를 깔면 그나마도 가능성이 희박했다. 갈수록 막막해지는 셈, 갑자기 짜증이 밀려왔다.

'제기랄!'

욕설을 삼킨 그는 노트북을 덮어버리고 담배에 불을 붙였다. 이제 남은 시간은 사흘, 먼저 내려간 오정식이 현장 인근의 고지대를 답사하고 있지만 직접 눈으로 보는 것과는 천지 차이였다. 서울에서 할 수 있는 일도 더는 없을 것 같았다. 길게 한 모금 빨아들이고 연기를 내뿜는데 서류 더미에서 반쯤 삐져 나온 스냅사진이 눈에 들어왔다. 사진을 뽑아 자세히 살피면서 차근차근 기억을 더듬었다. 그리고 얼마 지나지 않아서 결론이 나왔다.

'촌스런 붉은 벽돌, 비교적 작은 유리창과 방범창, 회색 블라인드, 이건 일본 대사관이다!'

그는 즉시 사진을 들고 숙소를 벗어나 가까운 PC방을 찾았다. 확인이 필요하다는 생각, 자리에 앉자마자 유명 포털사이트의 로드뷰를 띄웠다. 그의 기억은 확실했다.

'대사관 안쪽에서 찍은 사진이야.'

그는 휴대전화로 스냅사진을 촬영해 곧장 신용학에게 보내고 전화를 걸었다. 늦은 시간인데도 신용학은 금방 전화를 받았다.

[무슨 사진이지?]

"차성묵 팀이 가지고 있던 사진인데 배경이 일본 대사관입니다. 인화지는 후지, 뒷면에 M. G.라는 이니셜이 적혀 있습니다. 신원확인을 부탁합니다. 단서가 될 것 같습니다."

[일본인인가?]

"최근 입국한 일본인 위주로 확인하시는 게 빠를 것 같습니다."

[최대한 빨리 알아보고 연락주지. 다른 건?]

"지금으로선 특별히 말씀드릴 게 없습니다. 새로 얻은 자료가 좀 있는데 정리해서 택배로 보내겠습니다."

[수고했어. 언제 내려갈 생각인가?]

"현지에서 뵙겠습니다."

앞뒤 자른 간단한 대답, 돌아서는 그의 발끝으로 흩날리는 눈송이 몇 개가 부딪쳤다.

☦

[마쓰시타 시게오, NFRI^{핵융합연구소}에 파견된 일본인 물리학자일세. 나이 43세, 국내 거주지는 유성구 온천2동, 다음 주에 귀국 예정이야.]

"시연이 끝나면 바로 출국이군요."

[그런 셈이지. 사람을 붙였네. 지금은 계룡 스파텔에 있더군. 가보겠나?]

"그래야죠. 시간이 없습니다. 현장 요원과 연락할 수 있을까요?"

[문자로 보내주지. 자네가 간다고 전달해 두겠네.]

"언제 내려오십니까?"

[내일, 도착하면 잠깐이라도 얼굴을 보세.]

"알겠습니다."

김태훈은 전화기를 주머니에 넣으며 시간을 확인했다. 저녁 7시 20분, 핵융합연구소는 눈 아래로 내려다보였다. 그의 위치는 인근에서 가장 높은 과학기술원 신기술창업관 옥상이었다. 옥외행사가 있을 핵융합연구소 서쪽 공터까지의 거리는 기껏해야 400미터, 저격을 한다면 여기가 최적이었다. 그러나 당일 아침이면 가장 먼저 경호원들로 들어찰 자리였다.

주변 건물들을 하나하나 확인하며 가능성을 가늠하는 사이, 서쪽 야산을 살피던 오정식이 고개를 가로저으며 건너왔다.

"카이스트 기숙사 서쪽 야산이나 길 건너편 건물들에서도 가능할 것 같습니다. 하지만 경호 지휘부가 바보가 아닌 이상 거기도 사람이 배치될 겁니다."

"더 멀리 가야 돼. 놈은 바렛을 쥐고 있다."

"수색 범위가 너무 넓어집니다."

"알아. 넓지만 실제 저격이 가능한 곳은 많지 않다. 놈처럼 생각해야 돼. 놈은 왼손잡이다. 따라서 표적에 대한 시계가 오른쪽에서 나오는 걸 선호하게 된다. 기억해 둬."

"더 둘러보시겠습니까?"

"그래야지. 일단 내려가자. 먼저 가볼 곳이 있다."

두 사람은 곧바로 카이스트를 나와 마쓰시타를 미행하는 현장 요원과 통화를 하면서 계룡 스파텔로 직행했다. 옥외 주차장에 차를 대고 다시 전화, 본관 쪽 청록색 밴에서 청바지 차림의 젊은 요원이 내려 주변을 살피다 다가섰다.

"박학준입니다."

그가 손을 내밀며 건조한 목소리로 말했다.

"코드명으로 부릅시다. 난 K1, 그쪽은 K2, 괜찮겠지?"

"물론입니다."

"목표는?"

"로비 커피숍에서 목표2와 접선 중입니다. 목표2도 일본인으로 보이는데 두툼한 봉투 하나를 넘겨받고 USB를 넘겨주더군요. 곧 움직일 것 같습니다."

"체포합시다. 눈치 볼 시간 없어요. 그쪽 사용하는 주파수는?"

그는 지체없이 체포를 명령했다. 앞뒤 가릴 형편이 아니었다.

"단파 채널4입니다."

무전기 채널을 바꾼 그가 고개를 까딱해 보이자 박학준은 곧장 밴으로 돌아갔다. 김태훈은 건물 주변을 세심하게 훑어본 뒤, 후문 근처에서 자연스럽게 담배에 불을 붙였다. 잠시 후, 선글라스를 쓴 사진의 사내가 후문을 통해 밖으로 나와 도로 쪽으로 걷기 시작했다. 스파텔 안에서 택시를 잡지 않겠다는 뜻일 것이었다. 느긋하게 마쓰시타를 따라 걸음을 옮겼다.

—목표2는 정문으로 나왔습니다. 시작할까요?

박학준의 목소리, 동시에 움직인 모양이었다.

"갑시다. 이쪽은 내가 맡지."

—로저. 체포합니다.

그는 손을 들어 오정식에게 신호를 하고 걸음에 속도를 올렸다. 순식간에 거리를 줄인 그는 마쓰시타가 막 호텔 측면을 돌아나가려 할 때 마쓰시타의 어깨에 손을 올렸다.

"오랜만입니다, 마쓰시타 상."

유창한 일본어, 마쓰시타는 흠칫 놀라면서 걸음을 멈췄다.

"누구신지……."

"조용히 타시오. 할 이야기가 좀 있습니다."

말이 끝나기가 무섭게 오정식의 차가 바로 옆에 멈춰 섰다. 마쓰시타는 기겁을 하면서 달아나려 했지만 그뿐이었다. 그는 마쓰시타의 팔을 꺾어 차에다 밀어붙인 다음, 문을 열고 머리부터 험하게 던져 넣었다. 걸린 시간은 불과 3초도 걸리지 않았다. 차가 움직이기 시작하자 그는 놈의 입안에다 총구를 쑤셔 넣은 채 놈의 주머니를 뒤졌다. 지갑과 전화가 먼저 나오고 뒷주머니에서 흰 봉투가 나왔다. 봉투에서 나온 건 50달러짜리 지폐 두 묶음이었다.

'겨우 1만 달러?'

미화 1만 달러는 뭐가 됐든 중요한 정보를 빼주고 받은 대가치고는 너무 작은 액수였다. 다른 주머니에서는 여권 하나가 나왔다. 이름은 박시후, 학자풍의 남자였다. 애매하다는 생각을 떠올리는 순간, 박학준의 목소리가 다시 건너왔다.

—체포완료. 안가로 돌아갑니다. 따라오십시오.

"로저. 앞장서라. 아웃."

오정식은 박학준 일행이 탄 밴을 따라 갑천을 건넜다. 밴은 강을 건너자마자 강변을 타고 남쪽으로 방향을 잡았다. 지하차도를 하나 지나자 도로 폭이 줄어들고 곧 어두운 농지가 보이기 시작했다. 조용한 곳에 안가를 구했다는 생각을 떠올리는 순간, 오정식이 백미러를 보며 낮게 말했다.

"다른 팀이 있습니까?"

"다른 팀?"

재빨리 뒤를 확인했다. 비교적 높은 전조등 2개, SUV였다. 그가 급히 무전기를 개방하고 말했다.

"동행이 있다."

—지금 확인했습니다. 처리할까요?

뒤를 돌아보며 잠시 갈등하는 사이, 느닷없는 굉음이 귀청을 두들겼다.

쾅!

뒷유리창이 폭발하듯 터져 나가고 앞 유리창에는 대문짝만 한 거미줄이 만들어졌다.

"이런 제기랄!"

놀란 오정식이 황급히 핸들을 틀면서 차가 일순 휘청거렸지만 어렵게 중심을 잡아냈다. 오정식이 다시 소리쳤다.

"앞차가 당했습니다!"

박학준이 탄 밴은 이미 도로 아래 비탈로 굴러떨어지고 있었다. 삼거리 왼쪽에서 튀어나온 SUV 한 대가 밴을 횡으로 들이받은 것, SUV는 비탈 초입에 앞바퀴를 내려놓은 채 멈춰 서 있었다. 그가 권총을 패키지트레이에 올려놓으며 악을 썼다.

"밟아!"

가속페달을 끝까지 밟은 오정식은 멈춰 선 SUV의 뒤 범퍼를 들이받으면서 아슬아슬하게 삼거리에서 좌회전을 시도했다. 충격에 떨어진 SUV의 범퍼가 타이어에 끌려 따라오다가 길 밖으로 튀어나갔다. 그러나 제대로 가속을 하기도 전에 멈춰 선 SUV에서 무시무시한 총구화염이 보였다. 자동화기 둘, 하나는 이쪽을 향해 있었고 나머지 하나는 밴이 목표였다. 소음기 때문에 총성은 거의 들리지 않았고 총탄이 철판에 박히는 파열음만 살벌하게 귀청을 긁어댔다.

얼마 지나지 않아 SUV가 코너를 돌아 모습을 드러냈다. 거리는 50미터도 채 안 되는 것 같았다. 납작한 고개를 하나 넘자 SUV의 지붕 위에서 다시 총구화염이 보였다. 한 놈이 선루프 밖으로 나와 총을 쏘는 모양이었다. 이대로는 위험하다는 판단, 그는 전조등 바로 위를 조준해서 탄창 하나를 모조리 비워 버렸다.

순간, SUV는 순간적으로 도로 옆에 코를 박더니 통째로 뒤집혀 밭고랑에 처박혔다. 그가 탄창을 갈아 끼우며 소리쳤다.

"세워!"

오정식은 지체없이 차를 세웠다. 차가 서자마자 밖으로 튀어나와 뒤집힌 SUV를 향해 뛰었다. SUV는 산기슭을 향해 전조등을 비추고 있었다. 거리가 10여 미터로 줄어들자 창문을 통해 기어나오려고 기를 쓰는 놈이 보였다. 자세를 낮추면서 세 발을 연사했다.

"컥!"

나직한 비명을 터트린 놈이 풀썩 내려앉았다. 차 뒤쪽으로 빠르게 이동하면서 몇 발을 더 쏘고 내부를 확인했다. 움직이는 놈은 없었다. 삼거리 쪽에서 누군가 고함을 지르면서 고개를 넘어왔다. 최소 네 명, 저쪽의 상황은 끝났다는 뜻이었다. 그는 재빨리 오정식에게 수신호를 했다. 도와주고 싶었지만 부족한 화력으로 불리한 싸움을 할 수는 없었다. 차에 도착하자마자 운전석 문을 여는 오정식의 아래위를 훑었다. 출혈이 보이는 것 같았다.

"괜찮아?"

"어깨에 스친 정도입니다. 견딜 만합니다."

천만다행, 그러나 출혈은 당장 치료가 필요할 정도로 상당했다. 김태훈 자신도 은은하게 통증이 느껴졌다. 파카 옆구리 두 군데가 총탄에 터져 나가 오리털이 펄펄 날리는 상황, 그러나 치명상은 분명 아니었다. 대신 마쓰시타의 상태가 아주 좋지 않았다. 시트백을 뚫고 나온 총탄이 오른쪽 쇄골 바로 아래를 다시 관통

했는데 피가 거의 분수처럼 솟구치고 있었다.

"일단 빠져나가자."

오정식이 차를 출발시키자 그는 셔츠를 찢어 운전하는 오정식의 어깨부터 지혈을 하고 이어 마쓰시타의 상처를 지혈했다. 마쓰시타가 힘겹게 말했다.

"사… 살려주시오."

"아는 걸 털어놓으면 병원에 데려다 주지. 아니면 여기서 그냥 길바닥이야. 금방 만난 자가 누구지?"

"여… 연락책입니다. 이름은 모릅니다."

"넘겨준 건 뭐지?"

"여… 연구소 경비원 인사 파일입니다. 이… 이십 명쯤 됩니다."

"여권의 주인은 누구냐?"

"저… 도 잘 모릅니다. 최고 보… 안 지역에 근무하는 연구원이라고 들었…….."

"누구에게 보고하지? 직속상관 말이야."

"가… 가네야마 신타로, 대사관 무관…….."

필사적으로 대답은 하고 있지만 마쓰시타의 자세는 점점 옆으로 기울고 있었다. 아무리 봐도 생존 가능성은 희박했다.

"비상시 접선지는 어디냐?"

"그… 그런 거 없습…….."

힘겹게 이어지던 대답이 급기야 끊어졌다. 경동맥에 손을 대 사망을 확인한 그는 탄창을 갈아 끼우고 뒤를 확인했다. 추격해 오는 차량은 없었다. 안도의 한숨을 내쉬면서 등받이에 기대앉았다. 일단 탈출에는 성공, 그러나 또 얻은 것 없이 헛발질만 한 꼴, 상황은 점점 더 막장으로 치닫고 있었다. 그가 권총을 갈무리하며 오정식의 왼쪽 어깨를 살폈다.

"어깨는 어떠냐?"

"편하지는 않습니다."

"치료부터 해야겠다. 적당한 곳에다 차 세워라. 정리하고 뜨자."

"예."

10여 분쯤 달리다가 비교적 인적 없는 산길에 차를 세우고 옷을 갈아입은 두 사람은 장비 몇 가지만 챙긴 다음, 이현주에게 전화를 걸었다. 현재 위치를 가늠하고 만날 장소를 정하는 사이, 오정식은 피 묻은 옷가지를 깔고 연료탱크에 구멍을 냈다. 휘발유는 금방 옷가지 위에 고이기 시작했다.

"붙일까요?"

그가 고개를 끄덕이자 오정식은 곧장 종이에 불을 붙여 휘발유에 던졌다. 일순 꺼질 것처럼 사그러든 불길은 곧 시퍼렇게 타오르기 시작했다.

✝

"놈도 대전에 내려왔다는 말씀이십니까?"

[그래. 가네야마는 지금 서울에 없어. 아무래도 차성묵과 합류

한 것 같네. 집에도, 대사관에도 없더군. 그 작자 사진은 자네 휴대전화로 보냈어.]

"대사관 무관은 맞습니까?"

[그래. 말이 무관이지 쉽게 산업스파이야. 러시아에서 10년 가까이 근무했는데 제법 성과를 올린 모양이더군. 스파이보다는 킬러에 가까운 작자야.]

"갈수록 태산이군요. 버그는 찾으셨습니까?"

정보가 새나간 경로를 찾았느냐는 질문, 신용학의 대답은 예상대로 시원치 않았다.

[아니. 못 찾았네. 현지에 내려간 요원 넷 포함해서 전부 여섯 명이 내용을 알고 있었는데 그중 생존자는 둘뿐이야. 하나는 현지에 있고 하나는 서울에 있어. 그런데 둘 다 내 직할요원이라 그 친구들이 정보를 유출했다고는 생각지 않아. 감청당했을 가능성이 높네. 아니면 현지에서 마쓰시타를 따라다니던 일본 측 아이들이겠지. 제기랄. 이젠 내 새끼도 못 믿는 형편이 되어버렸구먼. 더럽게 됐어. 참, 그 여권의 주인 말이야. 박시후라던가? 그 사람 3년 전에 실종된 사람이야.]

"실종이요?"

[그래. 본인과는 사진이 달라. 누군가 손을 댔다는 뜻이지. 신분을 만들어낸 것이 국정원일 수도 있어서 좀 난해해졌어. 어쨌든 사진 하나로 진짜 신분을 확인하려면 시간이 걸릴 걸세.]

"기다릴 여유 없습니다."

[알아. 현장에서 승부를 보는 수밖에 없을 것 같네. 참. 우리

팀을 공격한 자들이 누군지는 전혀 감이 안 오나?]

"거기까지는 확인할 여유가 없었습니다. 느낌상 일본인들입니다."

[젠장. 그럴 수도 있겠지. 어쨌든 난 오늘 저녁에 내려갈 생각이야. 미리 현장을 답사할 생각이니까 그때 자네도 같이 들어가세. 검은색 정장에 쓸 만한 코트 한 벌 필요할 게야. 내 경호원 복장 기억하지? 괜찮은 선글라스도 하나 챙겨두고. 자네 국정원 신분증 필요하지?]

"4개만 챙겨주십쇼. 2개는 여자 사진이 좋겠군요."

[알겠네. 내려가면서 전화하지. 현장에서 보세.]

"예. 그럼."

김태훈은 전화를 주머니에 넣고 잠든 오정식의 상태를 다시 확인했다. 총탄이 비교적 깨끗하게 관통한 덕분에 지혈도 깔끔하게 됐고 적당한 항생제까지 썼으니 며칠 지나면 정상 회복이 가능할 것 같았다. 그러나 당분간 활동에 제약을 받는 건 어쩔 수 없어서 당장은 전력누수를 감수하는 수밖에 없었다.

"팀장님!"

거실에서 이현주의 목소리가 들렸다. 서둘러 방을 나서자 이현주가 멍한 표정으로 티 테이블 위를 노려보는 한선아를 가리켰다.

"마쓰시타가 가지고 있던 여권 사진을 보더니 갑자기 굳어버렸습니다. 아는 사람 같은데요?"

딱딱하게 굳어버린 한선아의 표정은 말 그대로 귀신에 홀린 듯한 얼굴이었다. 확실히 아는 사람 같았다. 그가 조용히 한선아의 등 뒤로 돌아가 어깨를 짚었다.

"아는 사람이니?"

대답은 없었다. 어깨를 몇 번 주무르자 한선아가 고개를 떨어 트렸다.

"아빠예요."

"뭐?"

정말 황당한 대답, 일본인이 가지고 있던 사진이 3년 전에 타계한 한선아의 아버지였다? 일순 당황한 그가 입을 다물자 한선아가 담담한 표정으로 말을 받았다.

"꼭 생전 처음 보는 느낌이에요. 하지만 아빠 맞아요."

그는 등 뒤에서 한선아의 어깨를 가볍게 안은 채 팔을 두드렸다. 한선아의 아버지에 대해 아는 것이 없으니 위로의 말을 꺼내기도 어려웠다. 몇 초의 시간이 흐르자 한선아가 사진을 내려놓으며 반쯤 돌아앉았다.

"사실 아빠랑 친하지는 않았어요. 같이 지낸 시간도 별로 없고 즐거운 추억도 거의 없어요. 항상 일 때문에 바쁘셨거든요."

"……."

그는 대답하지 않았다. 마땅히 위로할 말도 생각나지 않았다. 한선아가 다시 말했다.

"그런데 우리 아빠 사진이 왜 이 사람 여권에 붙어 있죠? 그리고 일본 사람들이 왜 이 여권을 가지고 있는 거죠? 아빠가 일본 사람들하고 관련이 있는 건가요?"

"글쎄다. 나도 확실히 모르겠다. 죽은 일본인이 여권 속의 남자, 그러니까 선아 아버님처럼 보이는 이분이 핵융합연구소 최고 보안 구역에 근무한다고 말했어."

"그럴 리가 없어요. 병원에서 수술하시는 것도 봤고 입관도 봤어요. 그런데 아빠가 살아 계시다고요?"

"그럴지도 모른다는 이야기야. 일단 아버지에 대해서 몇 가지 물어봐도 될까? 아픈 기억을 떠올리게 해서 좀 그런데… 중요한 이야기야."

"괜찮아요. 이야기하세요."

"아버지 함자는 어떻게 되시니?"

"한자 재자 인자 쓰세요. MIT 물리학과 교수셨고요. 미국에 살다가 저 중학교 3학년 때 영구 귀국했어요. 국내에서 무슨 중요한 프로젝트를 맡으셨다고 했거든요. 엄마랑 헤어진 것도 그때였어요."

"프로젝트 내용은 전혀 몰라?"

"일에 대해서는 말씀하신 적이 없어요. 그리고 전 작은아버지 집에서 학교 다녔는데 아빠는 집에도 자주 안 오셨어요. 그냥 국가기밀이라고만 하셨어요."

"국가기밀이라……."

"아무리 생각해도 이상해요. 아빠가 KSTAR하고 관련이 있었을까요?"

김태훈은 잠시 말을 끊고 대답을 요구하는 한선아의 눈동자를 빤히 내려다보았다. 말 그대로 애매한 상황, 그냥 우연이라고 치부하기엔 아무래도 의심스러운 부분이 많았다. 한선아가 중학교 3학년 때 귀국했으면 대략 8년 전으로 KSTAR 프로젝트가 본격화되는 시점이었다. 그리고 교통사고로 돌아가신 시점이 2년 반에서 3년 전이라고 전제하면 정권이 바뀌면서 연구소 수뇌부가 대대적으로 교체되기 직전이었다.

'일본 정보요원들이 이미 죽은 한재인의 위조된 여권을 가지고 다닌다? 차성묵이 연구소에 들어가려는 이유가 정말 선아 아버지 때문이라는 건가?'

가능성은 희박하지만 아주 없지는 않았다. 일본인들이 한재인의 사진을 가지고 있다는 건 그가 아직 살아 있으며 무언가 극비로 추진되는 중요한 연구에 투입되었다는 뜻일 수도 있었다. 한선아가 말을 이었다.

"겨울 방학 때였는데 작은아버지하고 제가 병원에 갔을 때는 흰 천으로 덮여 있었어요. 의사가 천을 조금만 들춰서 아빠 얼굴을 보여줬는데 너무 아파 보여서 밤새 울었던 기억밖에 없어요. 국립묘지에 안장되실 때도 거기 있었고요."

"미안하다. 괜한 걸 물었구나."

그는 한선아의 어깨를 가볍게 끌어당겼다. 그런데 한선아가 그를 밀어내며 단호한 목소리로 말을 받았다.

"아냐. 오빠, 나 괜찮아요. 대신에 나도 연구소 들어가 볼 거야."

어쩌면 당연한 반응, 그가 한선아의 입장이라면 무조건 들어가서 확인하고 싶을 것 같았다. 그러나 너무 위험했다.

"안 돼. 살아 계신다는 확증이 있는 것도 아니고 오늘부터는 군 첩보대는 물론이고 국정원, 경찰들이 새카맣게 깔릴 거다. 너무 위험해."

"당일 날은 기자들이 많잖아요. 위험하면 기자들한테 얼굴 내밀 거예요. 3년을 돌아가신 줄 알고 지냈던 아빠가 살아 계신다는데 그냥 숨어 있으라고요? 싫어요. 죽어도 들어갈 거야. 오빠가 안 데려가면 혼자라도 갈 거예요."

그는 난감한 표정으로 이현주와 눈을 마주쳤다. 이현주가 씩 웃으며 말했다.

"어차피 신 차장님하고 움직이시기로 결정한 상황이잖습니까. 현장에는 신 차장님이 데리고 내려오는 대식구하고 같이 들어가는 겁니다. 연구소 내부에서 활동하는 건 큰 무리가 없을 것 같은데요?"

"아니. 백번을 이야기해도 내 대답은 '노우' 다. 쓸데없는 논쟁은 여기서 끝내자. 선아는 정식이 상태 살피면서 안가에 남아라. 만일 선아 아버님께서 살아 계신다면 무슨 짓을 해서든 모시고 나오겠다. 선아는 애당초 계획한 대로 연구소 경비시스템 해킹해서 만일의 사태에 대비하는 걸로 하자. 현주는 지금 나하고 나가자. 준비를 좀 해야겠다."

그는 매섭게 말을 자르고 자리에서 일어섰다. 한선아가 당장 울 것처럼 불만스런 표정을 지었지만 애써 무시했다. 해야 할 일이 태산이었다.

"내 이름은 박시후요. 박. 시. 후."

사내의 항변에 가네야마가 킥킥대고 웃었다. 차성묵은 웃는 가네야마의 얼굴을 슬쩍 노려보았다. 가네야마가 손사래를 치면서 한발 물러섰다.

"아아. 미안해요. 저 양반 엄청 순진한 것 같아서 말이오. 흐흐흐. 난 조용히 하지."

가네야마가 입을 다물자 차성묵은 다시 사내에게 시선을 돌렸다.

"당신 이름이 뭔지는 상관없습니다. 난 당신 협조가 필요하고 당신은 따님의 안전이 필요한 형편입니다."

"무슨 소리요. 난 결혼도 하지 않았어요."

"말장난은 치웁시다. 당신을 존중하기 때문에 이나마 말을 삼가는 겁니다. 쉽게 이야기하죠. 오늘은 이대로 돌려보내 드릴 테니 내일 저녁 10시까지 '두 번째 태양' 데이터 전체를 다운로드해서 가져오십시오. 아니면 따님께 좋지 않은 일이 벌어질지도 모릅니다."

"이거 봐요. 난 결혼도 하지 않았다니까!"

제법이다 싶을 정도의 심한 저항, 차성묵은 음울하게 웃으면서 안주머니에서 사진 한 장을 꺼내 사내의 손에 쥐어주었다. 사진에는 잠든 여자의 얼굴이 클로즈업되어 있었다. 사진을 보자마자 사내의 눈동자가 급격하게 흔들렸다. 잠시 뜸을 들인 차성묵이 다시 말했다.

"생각이 좀 바뀌었습니까? 요즘 한참 뜨는 가수 겸 탤런트인데 요즘 몇 주는 TV에 나오지 못하더군요. 어떠십니까, 박사님. 따님이 요즘 TV에 나오지 못하는 이유는 충분히 예상하시겠죠?"

사내는 입을 굳게 다문 채 사진을 노려보더니 아랫입술을 깨물면서 입을 열었다.

"백업 디스크를 빼간 것도 당신들이었소?"

차성묵이 천천히 고개를 끄덕였다. 사내의 얼굴은 붉게 달아오르고 있었다.

"거기서 끝났으면 당신을 은퇴시키는 정도로 일이 마무리가 됐겠지요. 그런데 디스크에 문제가 생겨 버렸습니다. 그래서 직접 부탁드릴 수밖에 없는 상황이 됐죠. 대신 일이 끝나면 따님과 함께 한국을 떠날 수 있도록 조치해 드릴 겁니다."

"한국을 떠나?"

"아쉽지만 프로젝트는 여기서 끝나야 합니다. 당신의 애국심도 알고 당신의 노력도 압니다. 그러나 우린 아직 준비가 되지 않았습니다."

"준비가 되지 않았다? 무슨 준비? 난 내게 보장된 모든 걸 버리고 한국으로 돌아왔고 가족을 버리면서까지 이 프로젝트에 매달렸소. 그런데 어줍지 않은 압력에 굴복해서 연구소 수뇌부를 모조리 잘라 버리더니 이젠 수천억을 쏟아부은 프로젝트를 중단하고 축적된 자료를 팔아먹자는 거요? 당신들 도대체 뭐야?"

"전 군인입니다. 솔직히 자세히는 모릅니다. 그러나 두 개의 태양을 공개하면서 우린 공식적으로 국제사회의 한 축으로 인정받았고 프랑스에 건설 중인 핵융합 컨소시엄 프로젝트인 ITER에 참여가 가능해졌다고 들었습니다. 전문가들도 잃은 것보다 얻을 게 더 많다더군요."

"제기랄. 당신이 뭘 알아. ITER의 원형이 KSTAR란 말이오. 핵심 부품을 모조리 우리 기업이 납품하는데 그게 무슨 혜택이야!"

"혼자 모든 걸 할 수는 없습니다."

"헛소리! 상용화만을 놓고 이야기하면 어느 정도 말이 되겠지. 그러나 핵심 기술을 넘겨주는 건 멍청한 짓이야. 더구나 두 번째 태양은 첫 번째 태양 KSTAR와 이야기가 완전히 달라. 방사능 오염 없는 대한민국 최초의 전략무기가 될 거야. 방사능 오염이 없어서 핵확산금지조약에 저촉되지도 않지. 그리고 겨우 6개월 남았어. 100퍼센트 성공이라고 장담은 못하지만 앞으로 6개월이면 순항미사일에 탑재할 수 있는 전술핵급 소형탄두를 실험할 수 있어. 당장 현무—3C에 탑재가 가능하다는 이야기야. 당신들은 그걸 포기하라고 강요하는 것이고. 그런데 그 반대급부가 달랑 국제사회의 인정? ITER참여? 당신들 초등학생이야? 미치겠군."

"남의 생각을 매도하지 마십시오. 박사님의 노력은 인정하지만 성공한다는 보장도 없는 연구를 위해 국가를 위험에 몰아넣을 수는 없습니다. 아쉽지만 우린 너무 앞서가서는 안 됩니다. 모난 돌이 정을 맞으니까요. 내가 할 수 있는 이야기는 여기까지입니다. 무엇보다 나라를 살리고 따님을 살리는 길은 그것뿐이라는 걸 명심하십시오."

"말도 안 되는 소리를 하는군. 당신들 미쳤어! 빌어먹을. 그냥 여기서 끝내십시다. 내 딸은 손대지 마시오."

"시키는 대로 따르시겠다는 뜻입니까?"

"아니. 난 귀국 이전부터 전 방위로 들이댄 미국 정부의 회유와 협박에도 굴복하지 않은 사람이오. 이제 와서 이 늙은 목숨에 연연할 것 같소?"

"다시 한 번 이야기하지요, 박사님. 관련 데이터를 모두 다운로드 받고 호스트에 남은 데이터를 파기하십시오. 물론 데이터는 가지고 나오셔야겠지요. 그래야만 따님이 목숨을 건질 수 있습니다. 그렇지 않으면 저도 따님이 사창가로 팔려 나가는 걸 막을 수 없습니다."

"당신 상관이 내 딸을 살려준다는 보장이 있나?"

"그건 제가 보장하겠습니다."

"허허. 현장에서 뛰는 사람들이 무슨 힘이 있다고 그런 약속을 함부로 하시오. 내 딸을 만나게 해주시오. 그러면 당신 말을 믿지."

"그건 곤란합니다."

"그럼 나도 할 말 없소."

사내는 완고한 표정으로 돌아앉아 눈을 감아버렸다. 차성묵은 난감한 표정으로 사내를 날카롭게 노려본 다음, 가네야마에게 눈짓을 하면서 방을 나섰다. 뒤따라 나온 가네야마가 그를 불러 세웠다.

"중령, 저 사람 이대로 돌려보낼 겁니까? 정말 어렵게 데려왔어요."

"저 사람은 여자가 우리 손에 있다고 생각할 테니까 돌려보내도 문제가 생기지는 않을 겁니다. 그렇지만 우리 지시를 따른다는 보장은 없소. 허니 만일의 사태에 대비해서 그냥 데리고 뜨는 방법을 생각하시오."

"저 사람 돌아가지 않으면 연구소에 난리가 날 겁니다."

"당장은 출장으로 처리됐소. 2, 3일은 괜찮습니다. 대신 딸년을 데려가야 할 거요. 그렇지 않으면 협조를 받기 어려울 것 같군."

"말이 나와서 말인데… 나는 흠집 있는 물건을 가져갈 수는 없어요. 기억하죠?"

"그렇겠지."

"그럼 됐어요. 유령인지 뭔지 하는 놈이 살아 있으니 한선아 그년도 살아 있을 것이고 애비를 빌미로 나오라고 하면 얼마든지 낚을 수 있을 겁니다. 그놈 지금 대전에 내려왔어요. 배 과장 수하가 연구소 근처에서 놈을 봤다고 했으니 잘하면 전화로도 접촉이 가능할 것 같소만?"

차성묵은 대답하지 않았다. 갑자기 주체할 수 없이 짜증이 몰려와서였다. 그는 몇 걸음 더 걸으며 필사적으로 마음을 가라앉혔다. 따지고 보면 오히려 기회일 수도 있었다. 남은 시간은 13시간, 만일이지만 유령이 한선아에게 정신을 팔아준다면 성공 가능성은 훨씬 높아질 것이었다. 요행히 부상이라도 입혀준다면 금상

첨화, 거기 더해서 거추장스럽기만 한 배덕성과 일본인들을 떼어
버릴 수 있는 절호의 기회이기도 했다. 그가 가네야마를 돌아보
며 최대한 퉁명스럽게 반문했다.

"당신이 하겠소?"

"기꺼이. 하하하."

가네야마는 기다렸다는 듯 낄낄대며 어깨를 들썩여 보였다. 그
가 다시 말했다.

"배덕성 과장에게 연락하시오. 협조를 받는 게 좋을 거요. 그
리고 이것으로 우린 두 번이나 물건을 인도한 겁니다. 이제 당신
들 얼굴 더는 보지 않았으면 좋겠소. 내일 당장 출국하시오."

"물론입니다. 더 있고 싶은 생각 없어요. 흐흐. 이제 당신은 당
신 일이나 하쇼. 그럼."

비릿한 미소를 머금은 가네야마가 그의 어깨를 툭 치고 앞질러
걸어갔다.

┼

신용학의 제네시스가 연구소 동쪽 진입로에 모습을 드러낸 건
저녁 8시가 훨씬 넘어서였다. 앞뒤로 10여 대의 밴과 대형 탑차
가 따라붙은 행렬, 탑차는 지휘 차량일 것 같았다. 그가 도로변으
로 나서자 제네시스가 빠져나와 멈춰 섰다.

"타게."

차 안에는 운전기사와 신용학 두 사람뿐이었다. 이현주를 조수

석에 태우고 그는 신용학 옆에 자리를 잡았다.

"생각보다 늦게 내려오셨군요."

"여기저기 끌려 다니느라고 머리 아팠어. 덕분에 식장산 헬기장까지 날아왔지."

신용학이 팔걸이에 놓인 봉투를 넘겨주며 운전기사에게 손짓을 했다. 차는 곧장 움직이기 시작했다.

"군 첩보대가 웬만한 수색은 다 했어. 우린 마지막 점검이야. 여기 보안팀 근무자 한 사람이 우리 요원일세. 지시를 해두었으니 안에 들어가서는 그 친구하고 움직이게. 긴급무선은 공용 채널3으로 하고."

"그러죠. 그런데… 혹시 한선아 씨 아버님 아십니까?"

"한재인 씨 말이로군. 천재적인 과학자였다고 들었어."

"여권의 사진이 한재인 씨랍니다. 한선아 씨 본인이 국립묘지에 묻히는 걸 직접 봤다는데 엉뚱하게 일본인들이 한재인 씨 사진이 붙은 여권을 가지고 있었습니다."

"그래서?"

"차성묵이 굳이 연구소 안으로 들어가려 했던 이유일 수 있습니다."

신용학은 미간에 내천 자를 그리면서 안경을 고쳐 썼다. 잠깐의 침묵, 신용학은 차가 연구소 구내로 들어서고 나서야 다시 입을 뗐다.

"전임 원장에게 물어봐야 할 사안인 것 같구만. 지금으로선 나도 마땅히 해줄 말이 없어. 어쨌든 오늘 내로 연구소 전체를 뒤져야 하는 형편이니 한재인 씨에 관련된 문제는 자네가 맡아. 스캐너는 맨 뒤에 있는 밴에 실린 걸 쓰게. 구색은 갖춰야지."

"그러죠."

몇 마디 이야기를 나누기도 전에 차가 정지했다. 뛰다시피 차에서 내린 요원들이 일사불란하게 후문 현관을 장악하고 나자 안경을 쓴 초로의 사내가 다가와 문을 열었다.

"어서 오세요, 차장님."

"안녕하십니까, 소장님."

현직 핵융합연구소장 안정민이었다. 반갑게 악수를 나눈 두 사람이 현관 안으로 사라지자 보안요원 복장을 한 30대 후반의 남자가 그에게 다가왔다.

"이시중 주임입니다. 어디부터 가시겠습니까?"

"별도로 운용되는 최고 보안구역부터 확인했으면 좋겠습니다. 일반 연구원이 들어가지 못하는 구역 말입니다."

"일단 들어가시죠. 저도 들어가지 못하는 구역은 지하 2층에서 연결되는 구역입니다. 차장님이 그쪽에 따로 손을 써놔서 오늘은 가능할 겁니다. 총리께서 현장에 들어가실 예정이라 군에서도 반대하지 못한 것 같습니다."

"군에서 관리하는 구역이라는 겁니까?"

"예. 완전히 분리 운영되고 있습니다. 그 안에 들어간 사람들은 출퇴근도 제대로 하지 않더군요. 숙소도 전부 육군기지 안에 있고요."

"일단 가봅시다."

그가 맨 뒤에 있는 밴에서 포터블 스캐너를 꺼내 들자 이시중은 곧장 두 사람을 지하로 안내했다. 출입카드를 긁어야 하는 별도 출입구를 통과해 복잡한 복도를 100여 미터쯤 걷자 무장한 정복군인이 서 있는 은색 자동문이 나타났다. 이시중이 먼저 다가가 뭔가 이야기를 하더니 실망스런 표정을 하고 돌아왔다.

"전 여기까지밖에 들어가지 못합니다. 안에서 연구원 한 분이 나올 겁니다. 그분의 안내를 받으셔야겠습니다. 전 여기서 기다리죠."

그는 무표정하게 고개만 까딱해 보였다. 내심 국정원 필드요원보다는 순진한 연구원이 차라리 나을 수도 있었다. 잠시 기다리자 신경질적인 인상의 사내가 자동문을 열고 밖으로 나왔다. 키가 작아서 작업복 가운이 무릎까지 내려가는 것 같은 느낌, 의외인 것은 왼쪽 가슴에 으레 달려 있어야 할 명찰이 없다는 점이었다. 사내가 퉁명스럽게 인사를 건넸다.

"내가 당직 책임연구원이유. 솔직히 여긴 아무나 들어올 수 있는 곳이 아니라 굳이 수색할 필요 없어요. 당신들도 들어오면 안 되는 구역입니다. 알기나 합니까?"

귀찮은 기색이 역력한 표정, 그가 스캐너를 들어 올리며 부드러운 미소를 보였다.

"저도 시켜서 하는 일입니다. 윗대가리 인간들이 원래 그렇지 않습니까? 저는 저대로 일을 해야 하니 협조 부탁드립니다."

"참 나. 일단 따라오슈."

퉁명스럽게 돌아서는 연구원을 따라 안으로 들어갔다. 그가 근무하던 연구소와 크게 다를 것 없는 살풍경한 광경이 잠시 이어 졌다. 퇴근 시간이 한참 지났는데도 연구원들의 숫자는 상당했 다. 9시가 가까운데도 대부분은 퇴근할 생각조차 하지 않는 것 같았다. 비어 있는 회의실 몇 개를 지나 중형 모니터로 채워진 작 은 사무실을 통과하자 얼핏 보기에도 상당히 두꺼운 강화유리가 앞을 가로막았다. 유리 너머는 생전 처음 보는 형태의 원통형 설 비였고 강화유리 앞쪽은 대형 모니터 두 개와 접는 의자 20여 개 가 깔끔하게 정렬되어 있었다. 그가 멈춰 서자 사내가 들고 있던 파일을 빙빙 돌리며 말했다.

"여기까지만 합시다, 형씨. 총리님은 여기서 6분간 브리핑을 받으실 겁니다. 보시다시피 여긴 폭탄 같은 거 들어올 여지가 없 어요. 근무자들도 이중 삼중 신원조회를 받은 사람들이라 문제 일으킬 사람 없시다."

"압니다. 그렇다고 건너뛸 수는 없습니다. 이제 일 보십시오. 저희끼리 돌아봐도 됩니다."

"내 일이 원래 이런 거유. 나는 설렁설렁 따라다닐 테니 신경 쓰지 말고 그냥 하슈."

대답을 생략해 버린 그는 스캐너 전원을 올리고 실험실을 대충 한 바퀴 돈 다음 밖으로 나왔다. 차성묵의 목표는 여기가 아니었 다.

"사무실들을 전부 확인해야겠습니다. 높은 양반들 방부터 안 내하시죠."

"따로 방을 가지고 계신 분은 박시후 박사님뿐인데 어제오늘

306
두 개의 태양

출장이셔서 들어갈 수 없을……."

"잠깐. 지금 박시후 박사라고 하셨습니까?"

"그래요. 박시후, 프로젝트 수석이십니다. 소장님도 함부로 말을 못 붙이시는 분이죠. 대단한 천재십니다. 어쨌든 오늘은 들어갈 수 없을 거유. 그냥 사무실이나 확인하쇼."

"그건 안 됩니다. 모든 방을 확인해야 합니다."

"그럼 해보슈, 저기유. 박사님 엄지손가락하고 눈을 빼왔으면 모를까 그냥은 안 될 거유. 후후."

지문과 안구 스캐닝을 해야 방에 들어갈 수 있다는 뜻, 일단 포기하고 연구원이 가리키는 방을 눈여겨봐 두려는데 주머니에 던져 둔 마쓰시타의 전화기가 부르르 떨었다. 그는 이현주에게 스캐너를 넘겨주고 돌아서면서 전화를 받았다.

"마쓰시타 상 전화기입니다."

그런데 전화기에서 흘러나온 목소리는 의외로 유창한 한국어였다. 손에 든 전화가 일본인이 가지고 다니던 전화가 아니었다면 한국인이라고 생각할 정도로 어색한 점이 거의 느껴지지 않았다.

[아! 안녕하십니까, 선생. 다행히 선생이 받는군요.]

"누구십니까. 마쓰시타 상은 잠시 자리를 비웠습니다."

[아. 내가 누군지는 중요한 것이 아니고 선생과 내가 필요한 걸 서로 바꿔 가지고 있는 것 같은데… 어때요? 우리 교환하십시다.]

"무슨 소리요."

[선생은 한재인 씨, 아니지 거기서는 박시후 수석으로 통하더 군요. 그 양반이 죽는 건 원하지 않을 테죠? 그리고 난 선생하고 한선아 씨를 좀 봤으면 좋겠습니다. 어때요. 이만하면 거래가 되 겠죠?]

"박시후 씨를 납치했다는 거요?"

[아아. 납치라니요. 그건 좀 심한 말이고… 그냥 저희가 잠깐 모시고 있다고 해두십시다. 뭐 그래서 이야기인데… 좀 나오시 오. 한선아 양과 단둘이, 시간은 자정, 장소는 관광특구 리베라 호텔 나이트 제니아, 국정원이 동원되거나 군 첩보대가 나타나면 한재인 씨는 이대로 땅에 묻힐 겁니다.]

"난 한재인이라는 사람 몰라."

[워워. 이러지 맙시다. 다 아는 처지에 말이오. 정 의심스러우 면 거기 근무자들에게 박시후 수석연구원이 어떻게 생겼는지 물 어보던지. 하하.]

"웃기는군. 당신이 한재인인지 박시후인지 하는 사람을 데리 고 있다고 칩시다. 그런데 말이야. 내가 한선아 씨를 데리고 나가 도 그 양반을 돌려받지 못할 것이 뻔한데 인질 하나를 더 넘겨줄 이유가 없지 않겠나?"

[사실 한재인이나 한선아는 내게 필요없어. 내가 진짜 원하는 건 연구소 안에 있거든. 내가 한선아를 잠시 데리고 있는 사이에 선생과 한재인이 연구소 안에서 내가 원하는 걸 빼오면 돼. 아. 보너스로 차성묵도 넘겨주지. 그 인간 숨은 장소까지 알려주면 서로 손해는 아닌 것 같은데? 당신은 저격을 막아서 영웅이 되고

난 내가 필요한 물건을 챙기고 말이야. 이거야말로 윈윈 아닌가? 그리고 당신은 기회가 한 번 더 있잖아. 내가 한국을 뜨는 걸 막아볼 기회 말이야. 흐흐.]

"별로 남는 장사 같지는 않군. 먼저 차성묵이 있는 장소부터 이야기해. 확실하면 한선아 양을 데리고 나가지."

[후후. 우리 선수끼리 이러지 맙시다. 말장난은 이 정도만 하고… 한재인이라는 이름으로 제니아에 룸 하나 예약해 놓겠소. 전화기 켜놓으시오. 후후.]

전화는 그냥 끊어져 버렸다. 그는 시간부터 확인했다. 8시 54분, 시간 여유는 겨우 3시간 6분뿐이었다. 이러면 현장을 둘러볼 시간도 없이 준비된 적과 만나야 했다.

'박시후와 한재인이 동일인이다? 그래서 한선아를 원한다?'

만약 일본인들의 말이 사실이라면 한선아를 원하는 이유는 간단했다. 보험, 필리핀에서 날아가 버린 하드디스크의 자료를 되찾으려는 시도였다. VIP 저격을 눈앞에 둔 민감한 상황에 무리해서 한재인을 납치할 정도라면 절박하다는 뜻, 잘하면 여기서 단서를 얻을 수도 있을 것 같았다.

그러나 한선아를 데리고 놈을 만나러 나가는 문제는 쉽게 결론을 내리기 어려웠다. 기본적으로 전화를 걸어온 자는 가네야마라는 대사관 무관일 가능성이 높았다. 그런데 각국 대사관에 근무하는 무관은 예외없이 전원이 스파이였다. 그리고 스파이를 상대하는 건 언제든 위험부담이 컸다. 더구나 놈이 차성묵의 숙소나 저격포인트를 알 리도 없다는 생각이 발목을 잡았다. 차성묵이 배신자일지는 몰라도 바보는 아니었다.

'빌어먹을! 어차피 도박이다.'

손 놓고 앉아 맨땅에 헤딩을 하느니 지푸라기라도 잡는 편이 낫다는 판단, 결론을 내리는 즉시 눈앞에 세워진 국정원 밴 한 대를 집어타고 연구소를 빠져나왔다. 한선아를 내줄 생각은 손톱만큼도 없지만 얼굴은 내밀어야 했다.

"현주, 넌 숙소 들어가서 옷 갈아입고 선아하고 같이 현장으로 건너와라. 방탄복, MP—5 몇 정, 내 저격소총 챙기고 선아는 무장시키되 아버지 이야기는 하지 마라. 하게 되면 내가 한다."

"정식 오빠도 데려갈까요?"

"아니. 아직 격렬하게 움직일 수 있을 만큼 상태가 호전되지 않았을 거다. 일단 우리끼리 하자."

"그래도 나온다고 할 텐데요?"

"우기면 할 수 없겠지. 판단은 네가 해라."

"알겠습니다."

차를 세워둔 카이스트 주차장에 이현주를 내려주고 자신은 곧장 현장으로 움직였다. 도착하자마자 길 건너 유성호텔 주차장에 차를 세우고 근처 옷가게에서 검은색 파카와 야구모자를 구입한 다음, 밴에 실린 장비들을 확인했다. 문턱에 버그 스캐너나 전파 스크램블러 같은 휴대용 전자장비가 실렸고 안쪽으로는 방탄복 몇 벌과 섬광탄 몇 개가 보였다.

우선 방탄복을 안에다 받쳐 입고 홀스터와 발목의 권총을 뽑아 탄창을 다시 확인했다. 이어 전파 스크램블러를 혁대에 채우고 야시경과 섬광탄을 따로 종이백에 챙긴 다음, 탄창 몇 개를 방탄복에 채웠다. 애당초 한선아를 넘겨줄 생각이 아니어서 다치는 사람 없이 끝나기는 어려울 것이고 기왕 피를 봐야 한다면 단숨에 끝을 보아야 했다. 물론 상대가 선뜻 한재인을 죽일 수 없다는 전제를 깔았다. 거액을 베팅하고 결과를 얻지 못했으니 최소한 몇 초의 갈등은 하리라는 계산이었다. 그리고 그 몇 초가 승부를 가를 것이었다.

마지막으로 파카와 모자로 분위기를 바꾼 뒤, 유성호텔에서부터 주변을 점검하면서 차근차근 블록 전체를 훑었다. 특별하게 눈에 띄는 차량이나 사람은 보이지 않지만 주변에 높은 건물이 많아서 안심할 수는 없었다. 만일 상대가 여기서 승부를 보려 했다면 어디선가 지켜보고 있을 것이었다. 호텔이 있는 블록을 두 바퀴 이상 돌아본 다음, 안마시술소가 있는 가장 높은 건물을 택해 옥상으로 올라갔다.

'춥군.'

겨울바람이 매섭게 뺨을 스쳤다. 실제 온도는 영하 5도 남짓이었지만 강풍 때문에 체감온도는 영하 10도를 훨씬 넘길 것 같았다. 그래도 옥상 서쪽은 저격수들이 좋아할 만한 위치였다. 강풍이 다소 부담이지만 거리가 7, 80미터에 불과해서 바람의 영향은 크지 않을 것이었다. 그러나 저격수의 흔적은 보이지 않았다. 리베라호텔 옥상을 제외한 주변의 높은 건물 옥상이 전부 내려다보였는데 어디에도 흔적은 없었다. 저격수는 실내로 들어갔거나 냉각탑 같은 대형 구조물 뒤에 숨었다는 이야기였다.

그나마 다행인 것은 외부에서 클럽으로 드나드는 동선과 호텔 정문이 동시에 사각에 들어오는 위치는 현재 그가 서 있는 건물과 바로 옆 극장 건물이 전부라는 점이었다. 저격이 가능한 자리를 꼼꼼하게 훑어본 뒤, 극장 건물로 건너가기 위해 밖으로 나왔다. 클럽 주변은 이제 막 모여들기 시작한 젊은이들로 붐비기 시작했다. 영화표 한 장을 사서 안으로 들어가려는데 신용학에게서 전화가 왔다.

[무슨 일이야. 급히 나갔다면서. 단서라도 있나?]

"확실히 박시후가 한재인입니다. 동일인입니다."

[한재인 씨가 정말 살아 있다는 건가?]

"정황이 그렇게 보입니다. 놈들의 이야기대로라면 느낌상 신분을 바꾼 한재인 씨를 납치한 것 같습니다."

[젠장. 뭐가 어떻게 돌아가는 거야? 거기 어디야?]

"리베라호텔입니다. 차성묵이 숨어 있는 장소를 알려줄 테니 선아를 데리고 나오라더군요. 놈들의 말이 사실이라면 한재인 씨의 협조를 얻기 위해 선아를 인질로 쓸 생각인 겁니다. 백업을 보내시되 두 블록 이상 거리를 두고 대기시키십시오."

[내가 직접 현장으로 나가지. 타격대 두 팀은 차성묵의 위치가 파악되었을 경우에 대비하도록 조치하겠네.]

"어차피 선아를 넘겨도 놈이 차성묵이 있는 장소를 제대로 알려주지는 않을 겁니다. 차성묵이 자신의 은신처나 저격 위치를 알려줄 만큼 멍청하지도 않고요."

[그건 알 수 없는 거야. 기본적으로 차성묵이 저격에 성공하고

실패하고는 일본인들이 신경 쓸 부분이 아니야. 일본 내각정보실도 만만한 상대가 아니거든. 스파이들 노는 물은 원래 그런 걸세. 선아 양을 데려갈 건가?]

"일단은 데려갈 생각입니다. 놈이 나타나게는 해야겠지요."

[나타나는 대로 체포하세. 실패하더라도 인근 지역을 모조리 차단하고 검문검색을 강화하면 탈출을 막을 수 있어. 총리 방문 때문에 대전 경찰청에 비상이 걸려 있으니 30분이면 온천구 전역을 차단할 수 있네.]

"경찰로는 체포해도 소용없습니다. 아시다시피 놈은 외교관 신분이니까요. 수하들도 마찬가지겠죠. 한재인 씨를 묶어놓고 나타나면 현실적으로 처벌하기도 어렵습니다. 차성묵과 관련됐다는 사실도 무조건 부인하겠죠."

[쓸어내고 덮자는 이야기인가?]

"다른 아이디어 있으십니까? 경찰이 동원되면 일만 어렵습니다."

[젠장. 해보는 수밖에. 도와줄 건 없나?]

"내 식으로 하겠습니다. 지휘차가 내려왔으니 무선감청, 전파 스크램블러, 전화 위치추적 전부 가능하겠죠?"

[군사위성까지 끌어다 놨어.]

"대기시켜 주십쇼. 그리고 지금부터 대원들의 전화기를 모두 압수하시고 인터넷도 사용하지 못하게 하십쇼. 감청은 자정부터 시작하시는 게 좋을 겁니다. 저쪽으로 정보가 새면 치명적인 상황이 됩니다."

[알겠네. 자네도 전화 켜두게.]

전화를 끊은 그는 극장 건물 옥상을 한 바퀴 돌아보고 내려와 호텔 서쪽 골목으로 난 외부출입구를 통해 클럽으로 들어갔다. 귀청을 찢을 것 같은 강렬한 비트가 먼저 귀청을 때리고 이어 핑핑 돌아가는 눈부신 레이저 조명이 눈을 어지럽혔다. 엄청난 규모의 홀은 반라의 젊은이들로 꽉 들어차 있었다. 중앙무대는 가슴을 모두 드러낸 무희들이 섹스를 연상케 하는 선정적인 몸짓으로 뭇 사내들의 시선을 끌었다. 클럽을 좋아하는 젊은이들이 서울에서부터 원정 올 정도로 유명한 클럽답게 무희들의 수준도 상당했고 홀에서 격렬하게 몸을 흔드는 여자들의 옷차림도 해변이 아닌가 싶을 만큼 노출이 심했다.

애써 여자들을 외면하면서 입구부터 차근차근 클럽 전체를 훑었다. 입구는 사람의 눈이 너무 많고 수백 개의 조명이 매달린 천장은 워낙 높아서 입구나 천장에서 공격당할 우려는 일단 접었다. 가능한 옵션은 밀폐된 공간에서의 직접적인 공격뿐이었다. 예약이 됐다는 룸을 찾아내 통로와 실내를 둘러보고 호텔 로비를 통해 밖으로 나왔다. 결론은 하나였다.

'여긴 아냐.'

너무 복잡했다. 기본적으로 탈출로 확보라면 최고의 장소지만 상황을 통제하는 건 불가능했다. 놈이 만들어둔 무대는 여기가 아니었다.

☩

314
두 개의 태양

배덕성은 눈에 잔뜩 힘을 주고 가네야마를 노려보았다. 노려본다고 해서 기가 죽을 놈은 아니지만 그렇게라도 해야 직성이 풀릴 것 같았다. 배덕성의 입에서 거친 소리가 나갔다.

"멍청한 짓이야. 그 자식 진짜 귀신이야. 죽지도 않는 놈이란 말이야!"

"소문난 놈이라 한번 붙어보고 싶었어. 난 석궁 한 자루 들고 10년 가까이 시베리아를 누비던 사람이야. 귀신 아니라 하느님이라고 해도 신경 안 써. 물건은 사용 가능한 상태로 가져가야겠거든."

가네야마는 비릿한 웃음을 흘리면서 안대를 하고 앉아 있는 한재인의 다리를 툭 찼다. 한재인의 상체가 조금 들썩이자 배덕성이 다시 말했다.

"그럼 이쪽으로 데려와. 약속 장소로 늙은이를 데려가는 건 자살 행위야."

"그거야 당연한 이야기 아니겠나? 저쪽이 진짜 접선 장소를 모르는 건 이래저래 효과적인 옵션이니까. 아이들 준비나 잘 시키고 기다리셔. 흐흐."

가네야마는 실실 웃으면서 밴에서 내렸다. 11시 20분, 시간은 아직 여유가 있었다. 뒤따라 내린 요원과 나란히 말라붙은 개천을 벗어나 시장통을 따라 10여 분을 걸으면서 건너편의 상황을 주시했다. 예상외로 특별히 신경을 거슬리는 움직임은 없었다. 편의점 앞에서 따라붙은 렉서스에 탄 요원들과 눈을 맞춘 뒤, 산책이라도 나온 것처럼 느릿한 걸음 걸이로 다리를 건넜다. 호텔은 이제 코앞에 있었다.

가네야마가 동원한 인원은 전부 다섯, 자신과 배덕성 측 인원 둘까지 더하면 전부 여덟 명이었다. 유령이라는 작자가 제아무리 날고 긴다 해도 한꺼번에 정예요원 여덟은 무리였다. 더구나 발목에 폭약 채운 인질까지 있으니 얼마든지 해볼 만한 싸움이었다. 그는 유성호텔 북쪽에 멈춰 서서 먼저 클럽에 들어간 요원에게 전화를 걸었다.

"목표 위치 확인했나?"

[예. 조금 전에 목표2가 두 번째로 들어왔다가 나갔습니다. 인디언즈 모자에 갈색 마스크 쓴 여자와 같이 왔습니다. 여자의 체격은 목표1의 프로필과 비슷합니다.]

"재미있군. 유령이네 전설이네 떠들어서 신경 좀 썼는데 생각보다 많이 순진한 거 같은데? 좋아. 시작한다. 전원 정위치. 오무라는 안으로 따라와라. 목표1이 확인되면 나머지는 모조리 제거한다. 단, 내 명령이 있을 때까지는 절대 발포하지 마라. 다시 한 번 말한다. 내 명령이 있을 때까지 총기 사용은 금지한다."

[카피.]

"전파방해 가동."

그의 명령이 떨어지자 뒤따르던 렉서스가 앞으로 빠져나면서 오무라를 내려놓고 차를 돌리더니 클럽 외부 출입구 건너편에 정지했다. 지금부터 차량을 중심으로 반경 300미터 이내에 있는 모든 무선기기는 사용불능이 될 것이었다. 가네야마는 전화기에 신호가 잡히지 않는 걸 확인한 뒤, 두 사람을 데리고 천천히 클럽으로 내려갔다.

클럽은 한여름을 방불케 하는 장면들로 가득했다. 댄스 경연대회 팡파르가 울려 퍼지고 상의를 거의 벗어 던진 남녀 한 쌍이 무대 위로 뛰어올라 춤을 추기 시작했다.

"한국은 이런 재미가 있지. 흐흐."

가네야마는 미친 듯이 몸을 비벼대는 남녀를 힐끗힐끗 쳐다보면서 웨이터의 안내를 받아 예약된 방으로 올라갔다.

"여깁니다, 손님."

그는 방으로 들어서면서 고개를 숙이는 웨이터에게 오만 원권 2장을 건넸다.

"손님이 올 거야. 30분 동안 아무도 들이지 말아주면 좋겠군. 안주도 나중에 들이지."

"예! 즐거운 하루 되십쇼!"

웨이터는 귀 밑까지 입을 찢으며 다시 깊숙하게 머리를 숙였다.

"방은 좀 지저분하지만 어쨌든 됐어. 오무라 군은 밖에 잠깐 대기하지."

"핫!"

오무라가 문 옆에 서자 가네야마는 문을 닫고 시간을 확인했다. 11시 57분, 발목에 채워둔 검은색 5연발 스틸석궁을 꺼내 탁자 위에 올려놓고 차례차례 금속 화살을 끼웠다.

'유령? 유령 같은 소리하고 있네. 유령 할애비라도 오늘 내 손

에 죽는다. 흐흐흐.'

화살촉을 쓰다듬는 가네야마의 입꼬리가 슬쩍 비틀려 올라갔다.

김태훈은 누드화가 음각으로 장식된 강화유리 문을 살짝 열고 옆방 문 앞에 서 있는 사내와의 거리를 가늠했다. 대략 3미터, 워낙 시끄러워서 문을 조금 여는 정도로는 시선을 끌지 않았다. 놈의 시선은 반대쪽 복도와 입구에 고정되어 있었다. 조용히 문을 열고 튀어나가면서 놈의 뒤통수를 권총 손잡이로 내리쳤다. 무너지는 놈의 머리채를 잡아 뒤로 당기면서 목에 다시 일격, 기절한 놈의 겨드랑이를 낀 채 그대로 방 안으로 밀고 들어갔다.

"뭐야!"

반사적으로 자리를 박차고 일어나는 놈의 가슴에다 다짜고짜 총탄을 박아 넣었다.

퍼벅!

"컥!"

놈의 가슴에서 피가 튀어 오르는 순간, 예상치 못했던 화살이 앞장세운 놈의 가슴에 틀어박혔다. 방탄복을 무용지물로 만드는 위험스런 무기, 그는 앞장세운 놈을 밀어붙이면서 겨드랑이 사이로 대여섯 발을 더 쏘고 식탁 옆으로 움직였다. 석궁을 쏜 놈은 절묘하게 식탁을 엎어버리고 뒤로 들어갔다.

퍼버벅! 스팡!

총탄에 깨져 나간 나무 조각이 줄줄이 튀어 오르는 사이, 앞장세운 놈의 허벅지에 다시 화살이 꽂혔다. 놈을 넘어진 식탁 옆으로 집어 던지듯 밀어내고 비스듬히 보이는 놈의 등에다 연속해서 총탄을 박아 넣었다.

파박!

"크윽!"

등에서 피가 튀었다 싶은 순간, 놈은 식탁 다리를 넘어간 사내와 뒤엉켜 널브러졌다. 다시 두 발을 쏘면서 번개같이 다가가 석궁을 쥔 손을 밟았다. 말 그대로 삽시간에 벌어진 일, 밑에 깔린 사내가 오만상을 찌푸리며 중얼거렸다.

"다… 당신 뭐야. 인질이 죽어도 좋다는 거냐?"

"넌 인질을 죽일 수 없어. 난 둘을 만들어줄 생각 없고."

"이런 무지막지한! 난 동맹국 외교관이야! 이 개자식아!"

사내는 마구잡이 욕설을 토해내다가 갑자기 몸에 힘을 빼며 피식 웃었다.

"이런 황당한 총질은 전혀 예상 못했군. 제기랄."

"나는 스파이가 아니다. 그냥 단순무식한 게 편해."

"그런 것 같군. 미친놈."

"일을 간단히 하자. 차성묵과 한재인이 어디 있는지 불면 병원으로 데려다 주지."

"흐흐. 놀고 있네. 영감은 어차피 죽은 목숨이야. 내가 20분 내로 전화하지 않으면 조각난 살덩이나 찾는 게 좋을걸?"

"20분 내로 찾으면 되겠군. 충고 고마워."

그는 놈의 미간을 조준한 채 그대로 방아쇠를 당겨 버렸다. 이

마 한가운데 구멍이 난 놈은 비명도 지르지 못하고 머리를 바닥
에 떨어트렸다. 곧바로 놈의 주머니를 뒤져 휴대전화기를 꺼내
통화기록을 확인하면서 방을 나섰다. 무지막지한 굉음이 귀청을
두들겼지만 폭주하는 아드레날린 탓인지 신경도 쓰이지 않았다.
복도와 홀을 한 바퀴 돌아보는 사이 안쪽 화장실에서 오정식이
빠른 걸음으로 다가왔다.

"처리했습니다. 변기 속 구경하고 있을 겁니다."

"수고했어. 뜨자. 시간 없다."

두 사람이 밖으로 나오자 이현주가 렉서스 조수석에서 손을 흔
들었다. 운전석의 사내는 유리창에 기대 눈을 감은 상태였고 한
선아는 뒷자리에 잔뜩 긴장한 표정으로 앉아 있었다. 이현주가
운전석 사내의 머리를 똑바로 옮겨놓으며 말했다.

"이거 대사관 차량 아니던데요? 후후. 저격까지는 필요없었고
요. 스크램블러 죽일까요?"

그가 전화기를 꺼내 단축번호를 누르며 픽 웃었다. 이현주는
즉시 뒷자리에 놓인 대형 배터리에 연결된 전선을 빼버렸다. 잠
시 죽어 있던 신호가 떨어지고 신용학이 전화를 받았다.

[찾았나?]

"휴대전화 위치 추적해 주십쇼. 010—5507—65……."

그는 재빨리 최근에 건 전화번호 5개를 전달하고 오정식과 눈
을 마주치며 운전석을 가리켰다. 오정식과 이현주가 운전석에 널
브러진 일본인을 재빨리 조수석으로 옮겼다.

"현주, 운전해라. 시동 걸어."

"네."

운전석으로 옮겨 탄 이현주가 시동을 걸자마자 신용학의 대답이 나왔다.

[2개는 현재 위치, 하나는 현장에서 북서쪽 700미터, 개천 건너 북쪽에 있는 재래시장 남쪽이다. 나머지 두 개는 꺼져 있어.]

그는 안도의 한숨을 내쉬었다. 상황이 상황이니만큼 전화를 켜놓았을 거라는 예상은 했지만 금방 통화를 하지 않았다면 말짱 헛일이었다. 기억된 전화번호를 일일이 찾는 불상사를 피한 것만으로도 절반은 성공이었다. 그가 수신호로 이동을 명령하며 빠르게 말했다.

"거깁니다. 먼저 그쪽으로 가겠습니다. 그리고 여긴 청소부가 필요합니다. 가방 4개, 룸에 셋, 화장실 하나."

[젠장. 걱정한 대로로군. 알았어. 한 팀 보내고 난 그쪽으로 가겠네. 아웃.]

"직진해서 다리 건너."

전화기의 위치는 고속도로와 개천이 교차하는 비교적 넓은 개활지에 있는 비닐하우스 근처였다. 주변은 텅 비어 있는데 비닐하우스 바로 지난 지점에 밴 한 대와 승용차 한 대가 일렬로 주차되어 있었다. 사방이 툭 터져 있어서 그냥은 접근이 어려웠다. 이러면 속전속결이 정답이었다.

"정식아, 중거리 저격은 가능하겠냐?"

"당근입니다. 열은 좀 있어도 몇 시간 자서 멀쩡합니다."

"좋아. 여기서 내려라. 저격수 확인되면 별명 없이 사살, 내가

먼저 총기를 발사하거나 왼손을 들면 목표와 가까운 놈부터 사살
해라."

"로저."

개천 건너편에서 운전대를 잡으면서 오정식을 내려놓고 시체
는 개천 아래에다 던져 버렸다. 12분 경과, 신속하게 고속도로
아래로 돌아와 뒤쪽에서부터 접근했다.

─올빼미 둘 정위치. 차량에 열반응, 밴에 하나, 승용차에 하나
입니다. 움직임 없고, 저격수도 보이지 않습니다.

"둘밖에 없어?"

─예. 둘 중 하나가 목표라고 보면 상대가 하나라는 이야기인
데 각기 다른 차에 타 있습니다. 아무래도 저격수가 배치된 것 같
습니다.

"어색한데? 일단 올빼미 둘의 목표는 저격수로 한정하겠다. 어
떻게든 저격수를 찾아내라. 지금 들어가겠다. 스크램블러 가동한
다."

─로저.

일본인이 쓰던 전파 스크램블러와 그가 가져온 스크램블러를
동시에 켰다. 폭약에 대비한 임시 조치, 무전이 안 되면 이쪽도
힘들지만 당하는 저쪽은 더 힘들 것이었다. 권총으로 실내등을
깨트리고 비좁은 콘크리트 도로를 따라 차들이 주차된 자리로 렉
서스를 몰았다.

"현주야, 50미터쯤 남겨놓고 뛰어내려라. 속도는 줄이지 않을
거다. 최대한 빨리 우회해라."

대답을 생략한 이현주는 렉서스가 비닐하우스들을 통과하는 순간, 주저없이 개천 옆 잡목 속으로 뛰어내렸다. 그는 몇 바퀴 횡으로 구르는 소리를 확인하고 속도를 올렸다. 거리 30미터, 왼쪽으로 붙여 이현주의 이동로를 확보하면서 정지시키고 전조등을 켠 채로 차에서 내렸다.

"가자, 선아야."

저격수에게 노출되는 위험은 있지만 우선은 상대의 시야를 가려야 했다. 뒷자리에서 내린 한선아가 재빨리 뒤로 붙어 섰다. 전조등 앞에 서서 잠시 대기, 그런데 건너편 차 안에서 움직임이 보이지 않았다. 바로 앞에 전조등을 켠 채 차를 세웠는데 움직임이 없다는 건 뭔가 잘못됐다는 뜻이었다. 불길한 예감을 애써 억누르며 자연스럽게 권총을 빼 들었다.

'빌어먹을. 뭐냐.'

거리가 10미터 안쪽으로 줄어들 무렵 10시 방향에서 미세하게 소리가 들렸다. 이현주의 발자국 소리, 불과 얼굴 윤곽이 보일 정도로 가까이 접근했는데도 차에 탄 자들은 미동조차 하지 않았다. 이 와중에 잠이 들었을 리는 없으니 죽거나 정신을 잃었다는 뜻이었다. 아니나 다를까 승용차 조수석에 탄 사내의 가슴께에서 피가 보였다.

'함정인가?'

그가 승용차에 바짝 접근하자 이현주도 뭔가 이상을 느꼈는지 재빨리 밴에 달라붙었다. 그는 꼼꼼하게 내부의 상황을 확인한 뒤 조심스럽게 손잡이에 손을 댔다. 그러나 문을 열지는 않았다.

이게 함정이라면 문을 여는 건 자살 행위였다. 그는 수신호로 물러서라고 명령한 뒤, 몇 발 물러서서 조수석 창문을 향해 방아쇠를 당겼다.

파창!

섬뜩한 파열음과 함께 조수석 유리창이 통째로 터져 나갔다. 박살난 유리 조각이 얼굴로 튀었지만 사내는 전혀 움직이지 않았다. 재빨리 다가가 경동맥에 손가락을 댔다. 맥박은 전혀 잡히지 않았다. 확실히 잘못됐다는 판단, 한발 물러서자 밴에서 이현주가 낮게 소리쳤다.

"목표는 없습니다. 일본인 같습니다."

"젠장."

입술을 깨물며 자세를 낮추는 순간, 이현주가 깨진 유리창을 통해 상체를 집어넣는 것이 보였다.

"이현주! 문 열지 마!"

고함을 지르자마자 이현주가 급히 상체를 빼고 차에서 물러나 잡목 숲으로 몸을 날렸다. 손잡이에 손을 댔다는 뜻, 그는 한선아의 손을 잡아끌고 뛰기 시작했다. 그러나 몇 발 떼기도 전에 무시무시한 굉음이 지축을 뒤흔들었다.

콰쾅!

"제기랄!"

한선아와 함께 폭풍에 휘말린 그는 잡목 서너 개를 부러트리면서 숲 중간의 구덩이에 처박혔다. 순간적으로 귀가 먹어버린 것 같은 느낌, 그래도 팔다리를 움직이는 데는 문제가 없는 것 같았다. 억지로 상체를 일으키면서 밑에 깔린 한선아의 상태를 확인했다. 찢어져 나간 파카 솔기에서 얼핏 핏기가 보였지만 크게 다치지는 않은 것 같았다. 그가 한선아의 귀에다 악을 썼다.

"괜찮아?"

"응? 응. 괜찮아요."

한선아도 마주 악을 썼지만 대답은 거의 들리지 않았다. 그는 무릎을 꿇은 채 주변부터 둘러보았다. 우선 밴에서 치솟는 불길 때문에 주변은 대낮같이 환했다. 이게 함정이라면 꼼짝없이 저격에 노출되는 상황, 일단 현장에서 벗어나야 했다.

"빌어먹을. 이현주!"

되는대로 지르는 고함, 이현주의 대답은 들리지 않았다.

"숙이고 있어."

한선아를 그 자리에 엎드리게 하고 급히 이현주가 쓰러진 곳으로 달렸다. 그녀는 불길에서 10미터도 채 떨어지지 않은 곳에 의식을 잃은 채 쓰러져 있었다. 상태는 좋지 않았다. 등과 허벅지에 파편이 박혔고 여기저기 자잘한 상처들이 보였다. 피가 범벅이 된 상태여서 어디가 치명적인 부상인지도 확인하기 어려웠다. 그는 즉시 파카를 벗어 던지고 셔츠의 팔을 뜯어내며 길길이 악을 썼다.

"선아야! 차에 가서 스크램블러 전원 잘라 버려! 빨리!"

잠깐 멍한 상태로 그를 쳐다본 한선아가 절뚝거리며 차로 뛰어가기 시작했다. 셔츠 조각으로 급히 지혈을 하고 나자 한선아가 차에서 잡아 뺀 스크램블러 전선을 흔들었다. 순간, 멀리 개천 건너편에서 번쩍하는 총구섬광이 보였다. 오정식이 있는 자리, 저격수를 봤다는 뜻일 터였다. 급히 자신의 스크램블러도 전원을 내리고 오정식을 호출했다.

"올빼미 둘 뭐냐?"

─11시 방향에 저격수. 씨팔! 잡은 것 같은데 저도 맞았습니다.

"움직일 수 있어?"

─어렵습니다.

"제기랄! 내가 가겠다. 최대한 지혈하고 기다려!"

─로저.

그는 축 늘어진 이현주를 어깨에 메고 결사적으로 차를 향해 뛰었다. 우선은 살려야 했다.

CHAPTER 7
D—Day

"날씨 핑계로 옥외행사는 실내로 변경했다. 그래도 불안하기
는 마찬가지야. 연단이 유리창을 통해서 훤하게 보이는 형편이
다."

김태훈은 대답을 삼키고 붉게 충혈된 눈을 부비며 고개를 가로
저었다. 신용학이 커피 잔을 건네며 다시 말했다.

"자네 생각은 어때? 차성묵이 누굴 노리는 것 같은가?"

"총리겠죠. 목적은 불분명하지만."

"답은 생각보다 어렵지 않아. 생각해 보게. 최명철 장관은 지
금 국방부총리야. 북한식으로 이야기하면 공식적인 국가 서열
3위, 총리가 사망하면 후임 총리가 선임될 때까지 총리직을 수
행하는 자리지. 그런데 말이야. 지금 대통령의 입지가 완전 살

얼음판이야. 이미 매스컴에 공개된 스캔들도 적지 않고 지지기
반도 상당 부분 무너진 형편이거든. 사실 공개된 부분 말고도
문제될 부분이 부지기수지만 따로 거론하지 않겠네. 그런데 말
이야. 만일이지만 이 대목에서 국가안보를 위협하는 대형사건
하나가 더 터지면 어떻게 될까?"

"무슨 말씀이십니까?"

"극단적인 이야기지만 얼마 남지 않은 임기를 마치지 못할 수
도 있어. 그리고 총리가 사망했다면 다음은 누구지?"

"비약이 심하시군요."

"그럴까? 일국의 총리가 암살되고 군부 고위층까지 일부 암살
되는 판이라면 이건 문자 그대로 국가 비상사태야. 당연히, 그리
고 무조건 비상계엄이 떨어질 걸세. 그럼 계엄사령관은 누가 될
까?"

김태훈은 말을 삼키고 속을 알 수 없는 신용학의 짙은 갈색 눈
동자를 노려보았다. 얼핏 생각에는 말이 안 되는 이야기, 그러나
위원회라는 조직이 정부와 언론, 재계, 군부까지 망라한 방대한
조직이라면 가능성은 없지 않았다.

"이렇게 이야기해 보지. 국가의 미래를 좌우하게 될 극비 프로
젝트를 자발적으로 해외에 유출시킨 무능한 대통령, 국내에서 테
러가 일어나고 총리가 암살될 정도로 안보에 무관심한 대통령,
아날로그 시대의 개발 논리로 나라를 빚더미에 올려놓은 비리 대
통령, 지구를 몇 바퀴씩 돌면서 줄기차게 얻어터지기만 하는 안
목 짧은 대통령, 사태가 이쯤 되면 어떨까? 이미 임기 말 레임덕

에 들어섰는데 얼마나 더 버틸 수 있을까?"

잠시 말을 끊고 알 수 없는 미소를 내보인 신용학이 코트 옷깃을 올리면서 말을 더했다.

"그 양반 작년에 미국 국방성을 방문한 적이 있어. 현지에서 국무성 장관도 만났다더군. 미국과도 이야기가 됐을 가능성이 높지."

"일이 점점 우스워지는군요."

"이걸 막지 못하면 이 나라 역사가 30년쯤 뒤로 갈 수도 있어. 솔직히 나도 여야 할 것 없이 정치인이랍시고 거들먹거리는 쓰레기들 모조리 한구덩이에 파묻어 버리고 싶지만 그러면 정치가 아니라 독재가 돼버려. 그리고 독재는 곧장 부패로 이어지지. 아무리 깨끗하게 청소를 해도 얼마 지나지 않아서 더 지독한 쓰레기들이 나타나서 판을 어지럽힐 걸세. 절대권력의 속성은 원래 그런 거야."

"절대권력의 부패는 당연하겠죠. 차장님도 최명철 부총리가 위원회의 수장이라고 생각하십니까?"

"동의하네. 가능성은 다분해. 그 양반 주변에는 공산당이 정치권을 장악하면 나라가 망한다는 생각을 하는 사람들이 적지 않으니까."

"무덤에 들어간 지 20년이 넘은 사회주의를 이제 와서 경계한다는 건가요?"

"대충 비슷한 이야기야."

"웃기지도 않는군요. 좌우는 공존하는 겁니다. 한쪽 날개로는 멀리 날지 못합니다."

"그걸 이해하지 못하는 사람들이 많으니 문제지. 나 아니면 안 된다는 사람이 우리에겐 너무 많아."

"그건 차장님도 마찬가지 아닌가요?"

"후후. 그럴지도 모르지."

신용학은 기묘하게 웃더니 긴장감이 감도는 연구소 정문에 시선을 던지면서 말을 돌렸다.

"흡군. 자네 식구들은 어때?"

"좋지 않습니다."

위중한 상태에서 어렵게 응급실로 들어간 오정식과 이현주는 밤새 수술을 받고 새벽녘에 겨우 안정을 찾은 상태였다. 그러나 당직 의사의 소견은 좋지 않았다. 가까이에서 폭발에 노출된 이현주는 의사의 입에서 비관적이라는 말이 나올 정도로 상태가 심각했다. 병원까지 가는 동안 파편 일부가 혈관을 따라 내려간 것이 문제였다. 어렵게 제거는 했지만 의사는 상태를 지켜봐야 한다는 대답 이상을 하지 못했다.

오정식은 상대적으로 형편이 나았다. 교량 난간이 상대 저격수의 총탄에 깨져 나가면서 금속 파편에 심각하게 노출됐지만 방탄복 덕에 치명적인 부상은 면한 모양새, 그러나 총상 부위에 다시 부상을 입은 형편이어서 최악의 경우에는 팔을 잃을 수도 있었다. 신용학이 고개를 끄덕이며 말을 받았다.

"선아 양도 병원에 남았지?"

"예. 손가락이 부러졌고 왼쪽 발목을 심하게 겹질렀습니다. 제대로 걷지 못하더군요."

"걱정하지 않아도 될 걸세. 배치해 둔 요원 넷은 베테랑이야."

그는 무겁게 고개만 끄덕였다. 안심할 수는 없지만 어쩔 수 없는 상황, 그나마 신용학의 직할부대가 경호를 맡았으니 몇 시간은 괜찮으리라는 판단을 하고 있었다. 신용학이 말을 덧붙였다.

"가네야마가 죽었으니 오늘 당장 어찌해 보겠다고 또 달려들 일은 없을 거야. 그래도 한재인 씨가 행방불명인 셈이라 만약의 사태를 대비해서 부산팀 도착하는 대로 몇 명 추가로 투입할 생각일세."

"감사합니다. 그런데 대체 행사를 강행하는 이유가 뭡니까? 저라면 다만 며칠이라도 연기했을 겁니다. 핑계야 얼마든지 만들 수 있지 않습니까."

"VIP들의 일정을 맞추는 일이 쉬운 문제가 아니지 않나. 그간 사건사고에 군기문란 사건에 워낙 많이 터지는 통에 줄창 뭇매를 맞은 군이 물러서지를 않았어. 이번 기회에 이미지 쇄신을 하고 싶겠지."

"군사적인 부분은 외부에 알려지는 일이 아닙니다."

"상관없어. 윗대가리의 평가를 받으면 그만이야. 자네 이야기대로라면 '두 개의 태양'에 내가 모르는 다른 프로젝트가 포함된 모양인데 그게 군사적인 부분일 걸세. 이를테면 핵융합을 이용한 전략무기 같은 거 말이야."

"CIA도 비슷한 이야기를 하더군요."

"그래? 경직되다 못해 미이라가 다된 인간들이 별일이로군. 후후."

킬킬 웃은 신용학은 부옇게 밝아오는 하늘을 슬쩍 올려다보고는 시간을 확인했다.

"제기랄. 벌써 7시가 다 되어가는데 여전히 건진 게 하나도 없군. 시간이 워낙 없었으니 자네 방식에 불만을 이야기할 수는 없는데… 그래도 유일한 단서를 잃어버린 건 아무리 생각해도 아쉽네. 오 군이 쐈다는 저격수도 현장에서 찾을 수 없었어. 차성묵은 저기 어디서 이쪽에 총구를 들이대고 있다는 이야기야."

"한재인 씨에 대해서는 조사를 좀 해보셨나요?"

"솔직히 실존 인물인지 아닌지도 불확실하지 않은가. 사진이 박시후 박사와 비슷하게 생겼다고 말들은 하는데 본인이 지금 출장 중이야."

"출장이요?"

"기밀이라 더는 이야기 못한다더군. 기밀은 개뿔. 성질 같아서는 모조리 잡아다 족치고 싶지만 안 그래도 간당간당한 모가지 아예 날아갈 것 같아서 속만 뒤집고 있다. 일단 VIP들이 하차하는 위치를 조정하고 외부에 노출되는 시간을 최소화하는 방법을 찾고 있네."

김태훈은 짜증스런 표정의 신용학을 힐끗 돌아본 뒤, 담배 한 개비를 권하고 자신도 하나를 빼물었다. 그가 라이터를 넘겨주면서 말했다.

"노출된 상태에서 조금이라도 걸어야 한다면 저격은 얼마든지 가능합니다."

"역으로 잡을 수는 없나?"

그는 고개를 가로저었다.

"초탄발사 이후라면 가능하겠죠. 문제는 그 초탄에 VIP가 사망한다는 겁니다."

"휴… 무조건 반경 3킬로미터를 감시해야 된다는 이야기로군."

"어쨌든 방법을 생각해 보겠습니다. 일단 변경된 VIP 하차 위치를 알려주십쇼. 직사가능 지역을 제압할 수 있는 자리를 찾아보겠습니다. 어렵지만 시도는 해봐야죠."

"지휘 차량으로 들어가세. 이 과장하고 이야기를 좀 해야겠어. 눈이라도 펑펑 와주면 소원이 없겠구만."

"눈은 온다고 했습니다. 제때 시야를 가릴 만큼 많이 오느냐가 문제겠죠. 가시죠."

재떨이에 담배를 비벼 끄고 걸음을 떼려는데 신용학의 휴대전화가 벨소리를 냈다. 신용학은 경호원들이 가까이 다가서는 걸 제지하며 신경질적으로 전화를 받았다.

"누구야?"

그리고 순간적으로 표정이 굳어버렸다.

"그래서?"

퉁명스런 반문, 잠시 침묵을 지킨 신용학이 경직된 표정으로 전화를 끊었다.

"차성묵 그자야. 만나고 싶으면 자네 혼자 엑스포 과학공원 전기에너지관 남쪽 도로로 나오라는군. 지금. 친절하게도 갑천을 따라오면 보일 거라는 이야기도 했어. 늦으면 선물은 없다는군."

"선물?"

그는 미간을 좁히면서 급히 한선아에게 전화를 걸었다. 한선아는 전화를 받지 않았다.

"병원에 남은 요원에게 연락해 보십쇼. 느낌이 좋지 않습니다."

신용학이 고개를 까딱하자 경호원 둘이 재빨리 다가서면서 전화를 걸었다. 초조한 몇 초가 흐른 뒤, 경호원 둘이 모두 고개를 가로저었다.

"제기랄! 가보겠습니다."

그가 입술을 지그시 깨고 돌아서자 신용학이 급히 그의 어깨를 잡았다.

"저격 시점의 안전을 확보하려는 수작이야."

"앉아서 기다릴 수는 없지 않습니까. 어차피 지금으로서는 유일한 단서입니다. 그리고 아이들을 저 모양으로 만든 빚도 청산해야죠. VIP 도착 때까지는 돌아오겠습니다."

"곧 출근 시간이야. VIP 도착은 08시 45분인데 가능하겠나?"

"죽이 되던 밥이 되던 해봐야죠."

"멀찌감치 한 팀 붙이겠네. 무전기 켜둬."

대답을 생략한 김태훈은 현관 앞에 주차된 국정원 차량 하나를 집어타고 곧장 연구소를 빠져나왔다. 연구소 안에서부터 멀찍이 떨어져서 승용차 한 대가 따라왔지만 무시했다. 우선 근처에 세워둔 K5에서 조립해 둔 팬텀을 챙겼다. 상대가 프로 저격수인 만큼 필요할지도 모른다는 생각이었다.

갑천은 엷은 안개 속에 갇혀 있었다. 연구소에서 나와 10여 분을 달리다가 자기부상열차 역사 직전에 있는 식당가 진입로에 차를 세워놓고 트렁크를 열었다. 실린 장비는 MP—5 2정에 탄창 몇 개, 나머지 전자장비는 쓸모없는 물건이었다. MP—5 한 정을 챙기고 탄창 4개를 방탄복에 끼운 뒤, 음식점 안쪽 길을 통해 신속하게 열차 역사를 통과했다.

이른 새벽의 공원은 쥐 죽은 듯이 고요했다. 날이 밝아오면서 드문드문 설치된 가로등도 모두 꺼져 버렸고 인적은 아예 보이지 않았다. 그는 에너지관 정문이 보이는 중국 음식점 벽에 달라붙어 세심하게 주변을 훑었다. 안개 때문에 가시거리는 잘해야 50미터 남짓, 일단 장거리 저격은 불가능했다. 한 가지 걱정은 던 셈, 그런데 외부 진입로 한쪽에서 전화벨 소리가 울렸다. 건너편 허리 높이의 화단에 덩그러니 올라앉은 전화기가 반짝이고 있었다.

그는 조심스럽게 좌우를 확인한 뒤, 도로를 건너 전화기를 집어 들었다.

"차성묵?"

[그래. 오랜만이야, 유령. 후후. 일본인들을 고민도 안 하고 해치워 버렸더군. 역시 대단해.]

"기대에 미치지 못해서 미안하군."

[뭐 일본인들이 멍청한 짓을 해서 일이 좀 꼬였지만 아직 완전히 망가진 건 아니야. 자네를 위해서 따로 선물을 하나 준비해 뒀어. 상당히 미인이더군. 자네랑 아는 사이지 아마? 그냥 숨바꼭질이나 하자는 건 아냐. 선물은 전기에너지관 어딘가에 있다. 그런데 북한군 전투원 4명이 어딘가 매복하고 있다. 북한제 AK—47로 무장했으니 아주아주 조심해야할 거야. 후후.]

"북한군?"

[훈련이 잘된 친구들이야. 진짜 북한군이라고 생각해 줬으면 싶어. 후후. 전시관 관리하는 사람들 묶어놨으니까 북한군 테러범 출몰에 대한 목격자는 충분할 거다.

"미친놈. 북한하고 전쟁이라도 하자는 거냐?"

[그럴 리가 있나. 중국만 얌전하면 북한은 전쟁하자고 달려들지 못해. 그냥 남북 모두 정신나간 것들 군기 좀 잡자는 거야. 김정일 그 미친 자식하고 남쪽 사회주의자들 말이야. 자자, 같잖은 개똥철학은 그만 주워섬기자고. 어쨌든 자네가 그 친구들을 다 제압하고 나면 자연스럽게 한선아 양을 만날 수 있을 거야. 조금 있으면 경찰도 나타날 테니 그 친구들하고 어울려서 신나게 한번 놀아보라고. 오늘 특전사와 국정원이 경외해 마지않는 전설의 위용을 다시 한 번 보여줬으면 좋겠어. 후후. 무운을 빌어주지. 아웃.]

'제기랄!'

그는 끊어진 전화를 집어 던지고 이를 악물면서 화단을 따라 현관으로 이동했다. 순간, 느닷없는 총성이 뒤통수를 때렸다.

카카캉!

익숙한 AK—47의 뾰족한 총성, 반사적으로 자세를 낮추면서 뒤를 확인했다. 가슴 높이의 납작한 슬라이딩도어 바로 옆 잔디밭에서 시커먼 그림자 하나가 연구소에서부터 따라온 승용차를 향해 자동소총을 무차별 난사하고 있었다. 순식간에 윈드쉴드에 대여섯 개의 구멍이 뚫린 승용차는 연석을 들이받고 뒤집히면서 강변으로 처박혔다.

그는 그림자를 향해 몇 발 쏘고 재빨리 화단을 뛰어넘었다. 놈은 건물과 가로수 사이를 뛰기 시작했다. 잔디밭에서 다시 사격을 시작하자 놈은 소나무 옆 둔덕 너머로 몸을 숨겼다. 그리고 곧장 총탄이 날아왔다. 맞추겠다는 의사가 없는 순수한 견제사격, 그가 건물 외벽에 붙은 철근골조에 기대서서 몇 발 응사하는 사이, 놈은 빠르게 건물 뒤로 사라져 버렸다.

그는 건물을 반대로 돌았다. 따라오라는 대로 대책없이 쫓아가는 건 멍청한 짓이었다. 정문 현관에 도착하자마자 현관 측면의 대형 유리창에 몇 발 쏴붙이고 주저앉는 유리 조각 속으로 뛰어들었다.

실내는 거의 완벽한 어둠 속이었다. 얼음처럼 차가운 바닥을 몇 바퀴 구르면서 벽에 달라붙었다. 순간, 갑자기 멀리서부터 줄달음치듯 발밑으로 불이 들어왔다. 휘황찬란한 미래도시의 모형들이 길을 안내하는 것처럼 잇달아 불을 밝히고 그 위로 곧장 총탄이 쏟아졌다.

퍼버벅!

그는 줄줄이 터져 나가는 강화유리를 피해 몸을 날렸다. 총탄은 건너편 방 모퉁이에서 날아들고 있었다. 벽에 달라붙어 중심을 잡고 되는대로 응사하면서 반대쪽으로 뛰었다. 다음 전시관으로 이어지는 20여 미터의 통로였다. 처음부터 끝까지 수백 개의 모니터가 화려한 영상을 내뿜는 통로를 일직선으로 통과한 뒤, 원자로 모형을 중심으로 광장처럼 꾸며진 전시관 한쪽에 달라붙었다.

몇 초 호흡을 가다듬는 동안, 군화 소리가 좌우에서 동시에 다가왔다. 정말 오래간만에 느껴보는 지독한 긴장감, 혈관 속을 폭주하는 아드레날린이 온통 머리꼭지로 치솟고 심장 뛰는 소리가 전시관 전체를 뒤흔드는 것 같았다.

모니터 통로 쪽에 하나, 반대쪽에 둘, 상대의 위치를 보완하면서 전진하는 유기적이고 깔끔한 움직임이었다. 훈련된 전투원이라는 건 확실히 의심의 여지가 없어 보였다. 그나마 손에 쥔 총기가 명중률이 형편없는 AK라는 점이 위안거리지만 그건 그의 MP—5도 크게 다르지 않았다. 차이는 근거리 전투의 숙련도가 전부였다.

그는 크게 심호흡을 한 다음, 안전장치 레버를 3점사로 돌리고 모니터 통로 쪽에서 잔뜩 웅크린 채 전진하는 놈을 조준했다.

타탓!

숨 쉬는 것처럼 자연스런 발사, 3점사 한 번에 놈은 땅으로 꺼지는 것처럼 조준선에서 사라졌다.

"저기다!"

카카캉!

반대쪽에서 총성이 터지고 박살난 전시대 전면유리들이 통째로 주저앉았다. 쏟아지는 유리 조각을 피해 벽으로 물러서면서 탄창 하나를 모조리 비워 버렸다. 일단 더 이상의 접근은 저지, 탄창을 갈아 끼우는 잠깐 사이에 몇 발짝 앞으로 나온 놈이 전시대 패널 뒤로 자세를 낮췄다.

'고맙군.'

일반적으로 전시대 패널의 속은 텅 비어 있었다. 총탄은 보나 마나 관통일 터, 더는 생각할 필요도 없었다. 횡으로 구르면서 벌집을 만들 기세로 패널에다 총탄을 쏟아부었다. 삽시간에 수십 개가 넘는 구멍이 뚫린 패널은 놈의 상체와 함께 스르르 앞으로 넘어왔다.

날렵하게 탄창을 바꾸고 마지막 남은 놈이 총구를 내민 자리에다 다시 10여 발을 난사했다. 놈은 총만 내밀어 마구잡이로 몇발 더 쏜 다음, 온 길을 되짚어 뛰기 시작했다. 놈의 뒷모습은 삽시간에 사라져 버렸다. 그는 추격을 포기했다. 구조 자체가 미로처럼 복잡하고 여기저기 자잘한 통로가 많아서 생각 없이 추격하는 건 너무 위험했다.

'러시안룰렛 뺨치는군.'

권총으로 바꿔 쥐면서 놈이 사라진 통로 왼쪽으로 들어갔다. 이어진 전시관은 정신을 쏙 빼놓는 다른 전시관과는 달리 비교적 안정된 분위기였다. 그러나 인공위성이나 파라보라 안테나 같은 조형물이 많아서 통과 자체가 상당히 부담스러웠다. 내부를 조심스럽게 훑어본 뒤, 최대한 빠른 속도로 전시관을 통과했다.

전시관 끝은 중앙로비, 로비 초입에 기대서서 고개만 내밀어 줘 죽은 듯이 조용한 로비를 신속하게 훑어보았다. 어둑한 조명에 아무도 없지만 영상관으로 들어가는 문은 살짝 열려 있었다. 마치 들어오라고 손짓이라도 하는 느낌이었다. 자세를 잔뜩 낮춘 채 로비를 가로질러 문 옆에 달라붙었다. 문을 툭 차고 순간적으로 머리만 불쑥 내밀었다가 다시 문에 기댔다.

문 안쪽은 바로 스크린, 대략 400석쯤 보이는 작은 영화관 형태였다. 스크린 중앙의 의자에 누군가 고개를 푹 숙인 채 뒤로 손이 묶여 있었다. 어두운데다 머리를 숙여서 정확하게 알아보기는 어렵지만 손가락의 붕대와 옷은 분명 한선아였다.

무대에 미끼를 놓고 저격을 노린다는 뜻, 최적의 장소는 영사실이었다. 그는 영상관을 밖으로 돌아 계단을 통해 영사실까지 올라갔다. 그러나 기대와는 달리 영사실은 텅 비어 있었다. 남은 건 관객석뿐이었다. 조심스럽게 영사실을 벗어나 관객석으로 내려섰다. 순간, 관람석 중간에서 시커먼 그림자가 불쑥 일어섰다. 그는 반사적으로 등받이 뒤로 몸을 던졌다.

카카캉!

귀청을 찢을 듯한 총성, 터져 나간 나무와 천 조각이 눈송이처럼 허공을 날아다녔다. 순간적으로 몇 바퀴 구른 뒤, 상체만 일으켜 등받이 사이로 총구를 내밀면서 기계적으로 방아쇠를 당겼다.

쾅!

총성과 비명이 동시에 터졌다. 이마 한가운데 구멍이 뚫린 놈은 뒤로 넘어가면서 탄창이 빌 때까지 천장에다 총탄을 쏟아냈다. 그리고 다시 침묵, 차성묵의 말대로라면 아직 하나가 남아 있었다. 그는 등받이 몇 개를 빠르게 건너가면서 관람석 전체를 다시 훑었다. 그러나 놈의 흔적은 보이지 않았다.

'어디냐?'

불안한 몇 초가 흐르고 참을 수 없을 만큼 신경이 곤두설 무렵, 스크린 근처에서 갑자기 모터 소리가 났다. 반사적으로 몸을 일으켜 소리 나는 쪽을 겨눴다. 모터 소리는 한선아가 묶여 있는 근처에서 흘러나오고 있었다. 일단 풀어야겠다는 생각에 중앙 통로를 빠르게 뛰어내려 스크린으로 다가갔다. 순간, 한선아가 묶여 있는 의자 바로 뒤에서 거구의 사내가 불쑥 올라와 한선아의 목에 대검을 들이댔다.

'젠장! 무대장치냐?'

그는 급히 걸음을 멈추고 양손을 어깨 높이로 들어 손바닥을 내보였다. 사내가 이빨을 모두 드러내며 말했다.

"만나서 반갑습니다. 김태훈 예비역 소령. 육군첩보대 특무대위 양철민입니다."

"이게 뭐 하는 짓이지?"

"소령님이 그 총만 내려놓으면 여자는 다치지 않을 겁니다. 사실 총질은 너무 시시해서 말이죠. 공평하게, 그리고 사내답게 맨

손으로 해결합시다. 어떻습니까?"

양철민은 씩 웃고는 자신의 탄띠에 꽂힌 묵직한 68식 권총을 뽑아 등 뒤로 던져 버렸다. 김태훈이 마주 웃었다.

"자넨 군인이야. 반역에 가담한 군인에 대한 처벌이 뭐라고 생각하나?"

"반역? 그럴 리가요. 천만의 말씀입니다. 그냥 생각이 다른 것뿐이라고 해두죠. 어쩌시겠습니까? 시작할까요?"

그는 말없이 MP—5부터 풀어 바닥에 내려놓고 권총은 관람석 의자 위에 올려놓았다. 그리고 몇 발 앞으로 나가자 양철민이 대검을 의자 등받이 위에다 푹 꽂아놓고 스크린 난간을 날렵하게 뛰어넘어 천천히 그를 향해 걸어왔다.

김태훈은 팔을 늘어뜨린 채 양철민이 몇 미터 앞으로 다가올 때까지 꼼짝도 하지 않았다. 도약 한 번이면 손발을 섞을 수 있는 거리에서 잠시 멈춘 양철민은 비릿하게 웃더니 지체없이 튀어나왔다. 누가 봐도 감탄할 만큼 군더더기 없는 깔끔한 움직임, 그는 오른발을 뒤로 빼면서 방탄복 뒤쪽에 꽂아둔 던지기용 단검을 뽑아 번개같이 날려 보냈다. 기겁을 한 양철민이 반사적으로 손을 들었지만 단검은 엄지손가락 사이를 뚫고 목젖 바로 옆에 틀어박혔다.

"크어……."

그는 양철민의 진로에서 슬쩍 비켜섰다. 놈은 속도를 이기지 못한 채 그대로 중앙통로에 나뒹굴었다. 그는 의자 몇 개를 간단히 뛰어넘어 권총을 집어 들고 모로 쓰러진 양철민을 발로 밀어

똑바로 눕혔다. 양손으로 목을 움켜쥔 양철민의 동공은 최대로 확장되어 있었다. 믿을 수 없다는 표정, 목에서는 거의 분수처럼 피가 뿜어져 나오고 있었다. 그가 씁쓸하게 입맛을 다시며 중얼 거렸다.

"저격수는 불리한 싸움을 하지 않도록 훈련받는다. 그리고 웬 만해서는 공평한 싸움도 하지 않아."

쾅!

그는 양철민의 이마 한가운데에다 총탄을 박아 넣었다. 어차피 죽을 목숨, 고통이라도 줄여주는 편이 나을 것이었다. 먼저 쓰러 진 놈까지 확인 사살을 한 뒤, 재빨리 스크린으로 다가가 한선아 의 손을 풀었다.

"괜찮니?"

뺨을 몇 번 두드렸지만 한선아는 정신을 차리지 못했다.

"젠장. 도대체 뭐가 어떻게 돌아가는 거야?"

병원에 있어야 할 한선아가 여기 와 있다는 건, 신용학의 직할 부대까지도 위원회와 선이 닿아 있다는 의미였다. 어느 정도 예 상은 했지만 이건 심각했다. 욕설을 퍼부으며 한선아를 어깨에 메려는데 한선아의 주머니에서 휴대전화 벨이 울렸다. 잘 보이는 주머니에 꽂아놓은 처음 보는 전화기, 보나마나 차성묵일 터였 다. 당연히 목소리가 거칠게 나갔다.

"장난은 그만하지."

[퇴물이라고 생각했는데 아직 나쁘지 않군. 솔직히 말하면 그 친구들이 자네를 죽이길 기대하지는 않았어. 그래서 따로 준비를

좀 해놨지. 빨리 움직이는 게 좋을 거야. 시간 맞춰 돌아오기는 힘들 테니까.]

"대비?"

[내가 경찰이 곧 도착한다고 이야기하지 않았나? 조금 전에 신고했으니까 아마 곧 도착할 거야. 그런데 그 친구들 들어오면 C—4가 몇 개 터질 거거든. 아주 작지만 가까이 있는 한두 명 날려 버리는 데는 전혀 모자라지 않아. 그리고 내일 조간에는 북한의 테러라는 뉴스가 대문짝만 하게 걸리겠지. 뭐, 상식선에서 생각해도 말이 안 되는 웃기는 스토리지만 우매한 대중을 흥분시키기에는 충분한 이야깃거리가 될 거야. 신문들은 제대로 건수를 잡은 거고 말이야. 후후후. 자, 그럼 서두르게. 한참 시달려야 할 거야. 수고해, 유령. 후후.]

차성묵의 음울한 웃음소리와 함께 전화는 끊어져 버렸다. 그는 한선아를 어깨에 메고 뛰면서 받은 전화로 신용학에게 전화를 걸었다.

[누구요?]

"접니다. 따라온 팀 차량이 총격을 받고 전복돼서 강변으로 굴렀습니다."

[제기랄. 골고루 하는군.]

"전기에너지관 안에 주머니 네 개가 필요합니다. 육군첩보대 소속 요원인데 넷 다 북한군 군복을 입고 있습니다. 곧 경찰이 진입할 것 같은데 건물에 부비트랩이 장치되어 있습니다. 리스트에서 봤던 C—4인 것 같습니다. 이미 늦은 것 같지만 어떻게든 막아보십쇼. 그리고 수습도 생각하셔야 합니다.

[경찰청장과 통화해 보겠네.]

"그리고 지금 이 번호와 통화한 전화기의 위치를 추적해 주십시오. 차성묵입니다."

[아까도 위치추적은 했어. 전화기를 꺼버려서 접속했던 타워 위치만 전화되더군.]

"접속했던 타워 위치 두 곳만 알아도 도움은 됩니다."

[일단 해보지. 언제 돌아오나?]

"일단 경찰의 진입을 막아보겠습니다. 시간이 좀 걸릴 겁니다."

시간상 신용학이 늦지 않게 경찰의 진입을 막아주기를 기대하는 건 물리적으로 어려웠다. 어떻게든 막아볼 생각, 전화를 끊은 그는 즉시 건물 서쪽의 대형 유리창에다 권총 두 발을 쏘고 안내판 하나를 집어 던져 버렸다. 유리창은 간단하게 주저앉았다. 깨진 전면유리 너머 도로에 경광등 몇 개가 보였다.

"제기랄. 이판사판이다."

그는 한선아를 어깨에 멘 채 밖으로 나서면서 국정원 신분증을 들어올렸다.

"국가정보원이다! 입구에 부비트랩이다! 주변 통제하고 폭탄 제거반 불러!"

나름 그럴듯하게 악을 썼는데 반응이 별로 좋지 않았다. 경찰관들은 차 뒤에서 일제히 이쪽을 조준하고 있었다.

'씨팔. 돌겠군.'

그는 몇 발짝 걷지 못하고 얼어붙었다. 차성묵이 신고하면서 뭔가 조작질을 해놓은 모양새, 총기를 들이대는데 대책없이 그냥 다가갈 수는 없었다. 순간, 날카로운 파열음이 귀청을 때렸다.

쩡!

'제기랄!'

바로 뒤에서 유리창들이 통째로 무너지고 있었다. 폭음만으로도 아수라장이 될 판인데 한쪽 벽면 전체가 유리여서 결과는 무시무시했다. 그는 우박처럼 쏟아지는 유리 조각을 피해 무조건 건너편 음식점을 향해 뛰었다. 등 뒤에서 다시 폭발이 일어났다. 이번엔 도로에 인접한 건물, 상황은 삽시간 엉망이 되어가고 있었다. 그래도 절반은 성공한 셈, 경찰의 진입을 막아 인명 피해를 줄인 것으로 만족이었다. 뒷일은 신용학의 몫이었다.

식당과 공원 경계를 따라 부지런히 달려 다리가 마음대로 움직이지 않는다는 생각이 들 때쯤 식당가에 도착했다. 시간은 8시 5분을 막 넘기고 있었다. 다행히도 경찰은 주변 통제에 정신을 팔고 있었다. 한선아를 뒷좌석에 눕히고 경광등을 루프 위에 붙인 다음, 곧장 차를 빼내 격렬하게 가속했다.

"오빠?"

한선아가 힘겹게 등받이를 잡으며 말을 걸었다. 차가 코너를 도는 서슬에 정신을 차린 모양이었다.

"나중에 이야기하자. 안전벨트 매고 꽉 잡아."

한선아는 눈치 빠르게 물러앉으면서 안전벨트를 맸다. 돌아가는 상황을 제대로 감지하진 못했겠지만 위험한 상황이라는 건 굳이 말하지 않아도 알 터였다. 중앙선을 줄기차게 넘나들면서 연구소로 방향을 잡을 무렵 신용학에게서 전화가 왔다.

[접속 지역은 두 번 다 카이스트 근처다. 카이스트 일부를 포함한 반경 300미터를 커버하는 타워야. 놈은 가까이 있어.]

"놈이 총리가 탄 차량이나 이동경로를 알 수 있을까요?"

[내 사람들까지 연루된 판이니 총리실은 말할 것도 없겠지. 충분히 가능해.]

"놈의 목적은 혼란입니다. 그리고 총기가 바렛이라면 꼭 행사장에서 저격할 이유도 없습니다. 연구소까지 오는데 꼭 통과해야 할 도로가 있다면 거기가 될 겁니다. 바렛으로 때리면 방탄 차량도 의미없습니다."

[충대 오거리부터 강변을 따라올 예정이야. 마지막 구간은 거의 개활지여서 성두산 고지대에서 쏜다면 거의 무방비가 될 거다.]

"행사 취소시키십시오. 그 사람들 돌려보내세요."

[이미 충대 오거리 지났어.]

"미치겠군. 전화해요! 당장!"

그는 가속페달을 끝까지 밟으면서 연구소 진입로를 그대로 통과해 버렸다. 성두산 초입의 신축공사장 삼거리에서 교통을 차단한 경찰관들이 다급하게 야광봉을 흔들었다. 깨끗이 무시하고 가속, 얼마 지나지 않아 중앙선 한가운데로 선도 오토바이와 경찰차가 보였다. 순간, 경찰차 너머로 보이는 검은색 승용차의 엔진후드가 통째로 튀어 올랐다.

쾅!

반 박자 늦은 폭음, 정면 방탄 유리가 깨져 나간 승용차는 급격하게 방향을 틀어 연석을 들이받고 횡으로 한참을 밀려 나가 정지했다. 이어 뒤따르던 에스코트 차량들이 줄줄이 충돌하면서 10여 대가 한꺼번에 뒤엉켜 멈춰 섰다.

"씨팔! 내가 미쳤지. 숙여!"

되는대로 욕설을 토해낸 그는 급브레이크를 밟으면서 중앙선을 넘어 경찰차 앞을 가로막아 버렸다.

끼아아아악!

차가 제대로 멈추기도 전에 굴러떨어지다시피 차에서 내린 그는 차도로 새카맣게 뛰어나온 정복 경찰관과 경호원들에게 국정원 신분증을 들어 보이며 악을 썼다.

"차 돌려! 저격이다!"

그는 웅크린 채 한선아를 끌어내려 엎드리게 하고 팬텀을 꺼내 탄창을 끼웠다.

"위치 더럽군."

도로변에 5, 6층짜리 건물들이 몇 개 있지만 전방과 오른쪽은 완벽한 개활지였다. 도로변 가로수가 전방 시야를 조금 가리지만 그 정도는 있으나 없으나 별반 차이가 없었다. 얼핏 총탄이 날아든 각도는 11시 방향, 가능한 장소는 성두산 중턱 아니면 조금 전에 본 공사장 건물이 전부인데 성두산까지 가면 엷게 깔린 안개 때문에 시계를 확보하기 어려웠다. 남은 건 공사장 건물, 그 정도

거리라면 팬텀으로도 승부를 볼 수 있었다.

그러나 바로 머리를 내밀 수는 없었다. 이미 조준선을 정렬해 놓은 상대에게 머리를 내미는 건 자살 행위나 마찬가지였다.

'여섯 발, 거리는 대략 천이백, 일곱.'

그는 차에 기대앉아 날아든 총탄의 숫자를 세면서 풍향과 거리를 가늠했다.

'북서 미풍, 공기는 무겁다. 여덟.'

바렛의 탄창은 10발이 들어갔다. 그 10발을 다 쏘고 탄창을 갈아 끼우는 몇 초가 그에겐 처음이자 마지막 기회가 될 것이었다. 그는 조준기를 수정하면서 크게 심호흡을 했다.

'아홉.'

거의 누더기가 되어버린 VIP의 방탄 차량에서 마침내 불길이 솟구치자 줄기차게 날아들던 총탄의 소나기가 끊어졌다.

'열!'

그는 번개같이 엔진후드 위에다 총신을 올리고 공사장 꼭대기 라인을 빠르게 횡으로 훑었다. 공사장 타워 바로 아래 콘크리트 거푸집 위, 바렛 특유의 전차 포구를 연상케 하는 머즐브레이크 Muzzle Break가 비죽이 머리를 내밀고 있었다. 그리고 날렵한 검은색 총신 뒤로 고글을 쓴 사내의 머리가 보였다. 조준경의 거리는 1,240미터를 가리키고 있었다.

기회는 단 한 번, 지금쯤이면 놈도 그를 봤을 터였다. 그는 감각적으로 방아쇠를 당긴 뒤, 탄착점을 확인하지도 않고 무너지듯 옆으로 쓰러져 버렸다. 다음 순간, 머리 위에서 철판이 터져 나가는 무지막지한 타격음이 폭발했다.

쾅!

그리고 침묵. 차 전체가 움찔 밀려나고 후드와 프론트 펜더에 주먹만 한 구멍이 뚫렸지만 몸에 이상은 없는 것 같았다. 총탄은 더 이상 날아들지 않았다. 그는 엎드린 채 옆으로 기어가 한선아의 상태를 확인했다.

"괜찮아?"

한선아는 겁먹은 표정으로 고개만 끄덕였다. 총격이 멈췄다는 사실을 감지한 경찰과 경호원들이 하나둘 움직이기 시작했다. 그는 조준경만 빼 들고 차 밑을 기어 뒷범퍼 아래에서 공사장 꼭대기를 확인했다. 보이는 건 비스듬히 사선으로 올라간 바렛의 총신뿐이었다. 그는 아예 드러누워 신용학을 호출했다.

"잡은 것 같은데 여기선 확인되지 않습니다. 카이스트 초입 신축공사장 옥상. 위성을 동원하든지 요원들 보내든지 하십쇼."

―수고했어. 아이들 보내지. VIP는?

"확인하죠."

한선아를 부축해 인도에 데려다 앉히면서 현장을 둘러보았다. 여기저기 충돌하고 멈춰 선 차량들이 왕복 차선 4개를 꽉 막아버린 상황, 운전자들까지 전부 차를 버리고 건물 쪽으로 달아나는 통에 차들이 전진하기는 어려울 것 같았다. 불타는 승용차의 운전자는 가슴 한복판을 관통당해 즉사했고 옆자리에 탄 사람도 목과 가슴이 피투성이였다. 그런데 김세명 총리가 보이지 않았다. 뒷자리 방탄 칸막이가 역할을 제대로 했는지 엉망으로 깨졌지만 핏자국은 없었다.

길 건너편으로 한 무리의 경호원들이 일부 VIP들과 뒤엉켜 유성구청 골목으로 들어가는 모습이 보였다. 우왕좌왕하던 경호원들이 뒤늦게 정신을 차린 모양새, 비교적 멀쩡한 경호 차량 하나가 주저앉은 차량들을 들이받으면서 필사적으로 전진을 시도하고 있었다. 일단 상황은 진정된 모습이었다. 그가 무전기를 개방하고 말했다.

"VIP는 대피하고 있습니다."

—다행이로군. 위성으로 공사장 옥상에서 시체 1구 확인했다. 요원들이 올라가고 있다. 자네도 그만 철수해.

"알겠습니다."

그런데 돌아서는 그의 팔을 한선아가 잡아당겼다.

"오빠, 저기 저 사람, 아까 병원에서 봤어요."

한선아의 손가락은 등을 보이며 길을 건너는 정복 경찰관을 가리키고 있었다.

"뭐?"

"저 사람이 나랑 같이 있던 국정원 요원 죽였어."

경찰관은 자동차 사이를 막 빠져나가 인도를 뛰고 있었다.

"확실해?"

"응. 저 사람 정말 미친 사람 같았어."

"젠장!"

그는 재빨리 팬텀을 트렁크에 던져 넣고 한선아를 차에 태웠다.

"운전할 수 있겠니?"

"응. 좀 멍하지만 할 수 있어요."

"곧장 연구소로 가라. 신 차장하고 같이 있어."

한선아는 두말없이 안전벨트를 맸다. 앞뒤로 몇 번 움직인 차가 방향을 틀어 전진하기 시작하자 김태훈은 곧장 길을 건넜다. 한선아가 지목한 정복경찰관은 막 구청 골목으로 들어가고 있었다. 총리 일행을 따라간다는 뜻, 뛰기 시작하면서 신용학을 호출했다.

"정복경찰을 접근하지 못하게 하라고 하십쇼. 누군가 경찰관 복장으로 따라붙었습니다."

—어디서?

"지금 따라가고 있습니다. 경호팀에 연락하세요."

골목으로 들어서자 잠시 시야에서 사라졌던 놈이 다시 나타났다. 놈은 한데 뭉쳐 이동하는 경호원들을 향해서 자연스럽게 뛰고 있었다. 일대가 완전히 소개된 상황이지만 상황이 상황이니만큼 뛰는 것은 전혀 어색하지 않았다. 다만 놈의 파카 아래로 보이는 AK—47의 비스듬하게 잘린 총구는 분명히 있어서는 안 될 물건이었다.

그는 AK를 확인하자마자 권총을 빼 들었다. 그러나 놈이 워낙 빠르게 뛰는데다 골목 좌우로 주차된 차량들이 많아서 사각이 나오지를 않았다. 몇 발 더 뛰는 사이, 엉뚱하게 골목 반대쪽에서 총성이 터졌다.

'제기랄!'

총성과 비명, 고함이 한꺼번에 난무하면서 순식간에 대여섯이 쓰러지고 경호원 무리가 골목을 되돌아 나왔다. 거리가 가까워지자 경찰복의 사내는 주차된 차량들 사이로 들어가면서 AK를 무차별 난사하기 시작했다. 경호원들도 곧바로 응사를 시작했으나 역부족, 골목 양쪽에서 쏴대는 자동화기에 고스란히 노출된 꼴로 버티는 건 무리였다. 삽시간에 다시 십여 명이 쓰러지고 경호원 일부가 김세명과 VIP 몇 사람을 데리고 화단을 넘어 구청으로 뛰기 시작했다. 웬일인지 최명철도 거기 끼어 있는 것 같았다.

그는 주차된 자동차 루프에 양손을 올리고 차분하게 놈의 뒤통수를 조준했다.

쾅! 쾅!

'젠장!'

잇달아 두 발, 숨이 가빠서인지 초탄은 빗나갔다. 그러나 2탄은 놈의 머리 한쪽을 확실하게 터트렸다. 놈은 핑글 돌면서 자동차 사이로 쓰러졌다. 일단 경호팀에 최소한의 활로는 확보해 준 셈, 그는 미련없이 화단을 뛰어넘어 구청으로 달렸다.

경호원들은 구청 현관에 몰린 사람들을 보고는 방향을 틀어 반대편 화단으로 뛰고 있었다. 그런데 화단을 넘는 순간, 또다시 앞장선 경호원 둘이 비명을 토해내며 쓰러졌다. 삽시간에 정복 장성 몇 명이 화단으로 나뒹굴고 몇 남지 않은 경호원들과 무차별 총격전이 이어졌다. 그런데 상대의 총질이 무시무시했다. 양손에 권총을 쥔 놈은 주차된 차를 차례차례 옮겨가면서 정확한 단발 사격으로 경호원들을 쓰러트렸다. 무서울 정도로 정확한 사격술, 한 사람 앞에 정확하게 한 발이었다.

'놈이다!'

어, 하는 사이 경호원 대부분이 쓰러지고 마지막으로 화단을 뛰어넘은 경호원 둘이 결사적으로 총리와 최명철의 앞을 막아서면서 두 사람을 밀쳐 냈다. 그러나 김태훈이 첫 번째 화단을 건너뛸 무렵엔 멀쩡한 경호원이 하나도 남아 있지 않았다. 그리고 다음 순간, 넘어진 김세명을 일으켜 세우려던 최명철이 가슴 한복판에 총탄을 얻어맞고 영화의 슬로우 비디오처럼 느릿하게 길바닥으로 나동그라졌다.

'씨팔! 이건 뭐냐!'

황당한 상황이지만 생각할 여유는 없었다. 문자 그대로 절체절명, 김세명은 혼자 총구 앞에 덩그러니 놓여 있었다.

"차성묵! 그만둬!"

악을 쓰면서 마지막 화단을 뛰어넘은 그는 탄창에 남은 총탄을 모조리 쏟아내면서 김세명과 차성묵 사이로 몸을 날렸다. 순간적으로 놈의 시선이 돌아온 걸 느꼈다. 그러나 총구의 방향은 바뀌지 않았고 놈의 다리가 풀썩 꺾이는 순간, 놈의 총구도 불을 뿜었다.

퍼벅!

말에게 가슴 한복판을 걷어차인 것 같은 묵직한 타격이 뒷목을 타고 정수리까지 치솟았다. 아슬아슬하게 시간만 맞춘 꼴,

그는 속도를 이기지 못하고 김세명과 함께 차도로 나뒹굴었다.

"제기랄……."

가뜩이나 좋지 않은 갈비뼈가 확실하게 나간 것 같았다. 방탄복을 뜯어내 가쁜 숨을 고르면서 차성묵의 상태부터 확인했다. 확실히 절명한 모습, 피투성이가 된 놈은 무릎을 꿇은 채 움직이지 않았다. 2발 이상을 한꺼번에 얻어맞은 한쪽 눈두덩은 완전히 함몰됐고 가슴께에서도 울컥울컥 피가 흘러나오고 있었다. 최소한 다시 총을 쏘지는 못할 것이었다.

그는 슬라이드가 밀려 나온 권총을 길바닥에 던지고 최명철의 등을 물끄러미 쳐다보았다. 최명철은 연석 위에다 흥건하게 피를 쏟아내고 있었다. 뭔가 어긋난 느낌, 구청 인근을 온통 뒤흔들던 총성은 이제 사라지고 없지만 머리가 터질 것같이 아파왔다.

어렵게 몸을 돌리려는데 등 뒤에서 김세명이 그를 부축했다.

"괜찮은가?"

그는 이를 악물고 일어섰다.

"다치지 않으셨습니까?"

"난 괜찮아. 무릎 좀 까진 게 총에 맞은 것과 비교가 되겠나."

그는 당황한 기색이 역력한 김세명의 눈동자를 마주 보며 씩 웃었다. 순간 느닷없는 총성이 등 뒤에서 터졌다.

쾅!

그의 오른쪽 어깨에서 검붉은 핏줄기가 불쑥 솟구쳤다. 마치

남의 일 같은 느낌, 고통은 거의 느껴지지 않았다. 대신 손발의 힘이 한꺼번에 빠져나가고 있었다. 그는 한쪽 무릎을 꿇고 뒤를 돌아보면서 횡으로 쓰러졌다.

'제기랄!'

등 뒤를 확인한 그는 욕설부터 토해냈다. 보고도 믿을 수 없는 광경, 분명 죽은 사람이 입가에 비틀린 웃음을 머금은 채 서 있었다. 더구나 손에는 68식 권총이 들렸고 피투성이가 된 상의 단추를 풀어내는 손길에는 힘이 느껴졌다.

'아… 아저씨?'

일어서려고 몸을 돌렸지만 순간적으로 손발이 뜻대로 움직이지 않았다. 그가 허우적거리면서 머리를 땅에 대자 최명철이 한 발 앞으로 내려서면서 혼잣말하듯 중얼거렸다.

"그만 끝내자꾸나, 태훈아."

그는 필사적으로 몸을 돌리면서 말을 걸었다.

"왜 이러시는 겁니까? 제 생각이 맞는 겁니까?"

"대충은 맞겠지. 국가를 위해 마지막 봉사를 하기로 결정했으니까."

"봉사라니요?"

"이 나라는 이렇게 굴러가면 안 되는 나라야. 자칭 우익이란 놈들은 나랏돈 빼먹기에 미쳐 돌아가고 김정일을 찬양하는 빨갱이들 목소리까지 커지는 판이야. 이 꼴을 보려고 피 흘려 지킨 나라가 아니다. 이참에 깨끗이 정리하고 백지에서 새로 시작할 생각이야. 특히 썩어빠진 정치인들과 공산주의자들은 모조리 처벌해야겠지. 대한민국의 내일은 완전히 새로운 세상이 되어야 해."

"독재를 하겠다는 소리로 들리는군요."

"휴전선 너머 북한이 건재한 이상 통제는 필요하다. 생각 없는 젊은것들이 빨갱이들의 선동에 따라 목소리를 높이게 만들 수는 없어."

"괴변입니다. 국민 모두가 획일적인 사고를 하게 만드는 게 나라의 미래를 위한 일입니까? 국가기밀을 유출하고 거액을 받아 챙기는 건 어떻고요?"

"어쩔 수 없었지. 어차피 미국과 일본의 협조를 받지 못하면 올바른 나라를 세우기 힘들어. 그들의 협조를 받는 과정에서 돈에 미친 쓰레기들을 잠깐 활용했을 뿐이다. 일이 끝난 뒤에 차근차근 정리하면 그만이야."

"미쳤군요. 아저씨는 지금 나라의 미래를 망가트리고 있습니다."

"이미 망가졌어. 더 늦지 않게 모두의 사고방식을 뜯어고쳐야 한다."

"성공할 수 없는 계획입니다. 여긴 노출된 곳이고 누군가 여길 휴대전화로 찍고 있을 수도 있습니다."

"그럴지도 모르지. 그러나 더 정확한 동영상이 나올 수도 있어. 이를테면 네가 총리를 쏘는 장면 같은 것 말이야. 후후후."

최명철은 기괴하게 웃으면서 김세명에게 눈을 돌렸다.

"총리, 상황이 어쩔 수 없게 됐구려. 당신들은 너무 무능했소."

최명철은 느릿하게 권총을 들어 올렸다. 슬라이드 화면이 넘어가는 것 같은 영상이 끊어질 것처럼 차곡차곡 이어졌다. 그리고 방아쇠가 막 당겨지는 순간, 거짓말처럼 눈앞에서 사라져 버렸다.

끼아아아악! 쾅!

무시무시한 스키드 음이 터지고 시커먼 자동차 한 대가 반대쪽 인도로 튕겨져 올라가 공중전화 박스를 박살내면서 멈춰 섰다. 눈앞에 서 있던 최명철은 10여 미터 이상 떨어진 화단까지 날아가 거꾸로 처박혀 있었다. 그리고 짧은 침묵, 갑천 도로 쪽에서 어수선한 발자국 소리가 들려왔다. 총리의 안전을 확인하는 경호원들의 고함 소리와 구급차를 부르라는 김세명의 목소리가 뒤엉켜 차츰 멀어졌다. 김세명을 안전 지역으로 데려가려는 것일 터였다.

'끝난 건가?'

뒤늦게 어깨와 가슴에서 지독한 통증이 몰려왔다.

'더럽게 아프군.'

차로 고개를 돌리자 어디서 본 듯한 여자가 맨발로 절뚝거리며 달려와 그의 머리를 받쳐 들었다.

"여긴 왜 왔어?"

퉁명스런 물음, 한선아는 그렁그렁하게 맺힌 눈물을 손등으로 닦아내면서 하얗게 웃었다.

"가다가 길 잃어버렸어."

그는 마주 웃으려다가 불현듯 가슴을 찌르는 지독한 통증에

격하게 몸을 떨었다. 아직은 살아 있었다. 그리고 다음 순간, 눈앞을 맴돌던 차가운 눈송이 하나가 이마에 부딪쳐 녹아 내렸다.

CHAPTER 8
시리도록 푸르른

커피숍에서 틀어놓은 경쾌한 음악이 6차선 도로 건너편까지 쩌렁쩌렁하게 울려 퍼졌다. 입원한 오정식과 이현주를 만나보고 돌아 나오는 길, 한동안 매섭게 몰아치던 한파가 물러간 뒤끝이 어서인지 걷는 것만으로도 제법 기분 전환이 되는 것 같았다.

"이제 공항으로 가는 거니?"

"아뇨. 5시 비행기니까 아직 시간 많아요. 마지막으로 한군데만 들리고요."

"쩝… 나 아직 환자거든?"

김태훈이 슬며시 아픈 척을 하며 투덜대자 한선아가 입을 삐죽 내밀었다.

"치. 어제부터 병원 매일 갈 필요 없다면서요. 할 일도 없으면서 괜히 튕기지 말아요. 이제 안 봐줘. 나 정말 바쁜데 시간 뺀 거예요. 토 달면 주거요. 알았죠?"

한선아는 주먹을 김태훈의 코앞에다 들이대면서 눈을 가늘게 떴다. 숨 쉴 틈 없는 연말 스케줄을 끝내자마자 시간을 냈는데 아침부터 괜한 짓을 했다며 툴툴댔으니 매를 번 셈이었다. 그는 얼른 꼬리를 내렸다.

"송구합니다, 마님. 어디로 모실까요?"

"좋아, 마당쇠. 이제야 이야기가 되네."

한선아는 의기양양한 얼굴로 그를 잡아끌고 쇼핑센터를 한 바퀴 더 순회하면서 겨울 옷가지 몇 가지를 고른 뒤에야 공항으로 출발했다. 오후 1시, 시간은 아직 여유가 있었다. 차가 고속도로로 올라서 빠르게 가속하자 운전하던 매니저가 백미러로 뒤를 넘겨다보며 말했다.

"공항에서 양 변호사님 기다릴 겁니다."

"잘 됐대요?"

"네. 어제 하나 박 사장님하고 말씀드린 대로 합의됐답니다."

"휴. 다행이다."

환하게 웃은 한선아는 그의 얼굴을 올려다보면서 보충설명을 했다.

"사실 정 안되면 연말까지 수익을 전부 회사에 양보하려고 했는데 어제 갑자기 박 사장님이 연락해서는 지난 9월까지만 기존의 계약서대로 정산하고 10월 이후는 5대 5 정산하는 걸로 끝내자고 했대."

"그래? 그럼 계약은 파기된 거네?"

"응. 2월 1일부터 다른 회사랑 계약하기로 했어요. 물론 경호는 정식 오빠 퇴원해서 회사 설립할 때까지 지금 일봐주는 정식 오빠 친구들이 맡기로 했고. 당분간 급하면 오빠 끌고 다닐 생각이야. 흐흐흐."

"좀 봐줘라. 나 아직 환자라니까?"

"됐거덩요?"

곱게 눈을 흘긴 한선아가 입을 가리고 귓가에다 속삭였다.

"숫처녀 건드렸으면 끝까지 책임을 져야죠. 잔소리하지 말고 내가 하자는 대로 따라와요."

"그건 아닌 거 같은데? 엄밀히 말하면 내가 당한 거 아니니?"

"칫. 또 그 소리."

투닥거리며 농담을 주고받는 사이, 자동차는 뻥 뚫린 공항고속도로를 질주해 순식간에 국제선 출국장으로 올라섰다. 매니저는 그냥 보내고 단둘이 짐을 부친 다음, 곧장 프레스티지 클래스 라운지로 걸음을 옮겼다. 얼굴 내놓고 여기저기 돌아다니기에는 한선아의 얼굴이 너무 알려진 탓이었다. 그런데 라운지로 들어서는 순간, 검은색 정장의 사내 네 사람이 앞을 가로막았다. 그중 가장 노련해 보이는 사내가 정중하게 인사를 건넸다.

"잠시 뵜으면 하는 분이 계십니다."

"우린 비행기를 타야 할 것 같은데요?"

"N2께서 VIP 라운지에서 기다리십니다."

"N2면… 부원장?"

사내는 말없이 고개만 까딱해 보이고 앞장서서 걷기 시작했다. 고급스러운 분위기의 VIP 라운지에는 얼핏 보기에도 경호원처럼 보이는 건장한 사내 대여섯 명이 매서운 눈을 번득이고 있었다. 앉아 있는 사람은 창가에 앉은 40대 남자 하나였다. 별로 반갑지 않은 얼굴, 신용학이었다.

"여. 건강해 보이는군, 중령. 죽은 사람치곤 너무 멀쩡한데? 아니지 이제 사업가 김훈 씨라고 불러야 하나?"

신용학이 동네 아저씨처럼 밝게 웃으며 인사를 건넸지만 김태훈은 쓸쓸하게 입맛을 다셨다. 그날 이후, 웬만하면 신용학과 엮이지 않겠다는 다짐을 한 뒤여서 결코 기분 좋은 만남이 아니었다.

"안녕하십니까? 한선아 양."

신용학이 한선아에게도 인사를 건네자 그가 날 선 목소리로 끼어들었다.

"부원장 승진 축하드립니다."

"그래. 고마워. 자네 역할이 컸지. 우선 앉게. 할 이야기가 많아."

"선약이 있는데요?"

"아아. 그쪽 선약보다 훨씬 중요한 일이야. 내가 큰맘 먹고 호의를 베푸는 거니까 딴생각 치우고 앉아."

그는 뚱한 얼굴로 한선아와 눈을 마주친 뒤, 나란히 건너편에 앉았다.

"자. 이제 용건을 이야기하지. 한선아 씨, 죄송합니다만 오늘 변호사 약속은 내가 취소시켰습니다. 양 변호사가 다 처리하고 두 분이 돌아오시면 사인 받으러 갈 겁니다. 그리고 두 분 비행기도 내일로 연기했습니다. 짐도 찾아놨고요."

"네?"

한선아가 눈을 동그랗게 뜨자 신용학이 손사래를 치면서 얼른 말을 이었다.

"아아. 이거 난 좋은 일 하려고 하면 꼭 이렇게 되더군요. 어쨌든 오늘 꼭 가셔야 하는 곳입니다. 모른 척 버텨보려고 했는데 보나마나 이 친구 여행에서 돌아오면 냅다 파고들 것 같아서 미리 자수하는 겁니다."

우선 폭탄부터 터트린 신용학은 잠시 말을 끊고 싱글싱글 웃은 다음, 김태훈에게 눈을 돌렸다.

"지금 박시후 씨를 만나러 갈 거야. 아, 한재인 씨라고 하는 편이 이야기가 쉽겠지. 내가 모시고 있네."

두 사람이 또 얼어붙자 신용학이 씩 웃으면서 음료수 잔을 들었다.

"배덕성 과장 그 친구가 더블에이전트였어. 일이 심상치 않게 돌아가자 마지막 순간에 일종의 보험으로 한재인 씨를 빼돌린 것 같더군. 일이 틀어진 것을 확인하고 제자리로 돌아온 셈이지."

"그럼 그날 갑천변에 남아 있던 일본요원 둘을 제거하고 폭약을 설치한 게 배덕성이라는 겁니까?"

"아니. 일본요원을 처치한 건 맞는데 폭약하고 저격수는 아니라고 우기더군. 그건 자기가 떠난 뒤에 차성묵이 예비로 남겨놓은 수하가 한 짓이라는 거야. 물론 100퍼센트 믿을 수는 없지. 후후. 어쨌든 배덕성 그 친구 공식적으로는 자네하고 똑같이 현장에서 순직했어. 앞으로는 별도 조직으로 편입시켜서 대북 작전 몇 가지를 맡길 생각일세. 자. 자. 쓸데없는 이야기는 이 정도로 하고, 한재인 씨 이야기로 돌아가세. 일단 한재인 씨는 다음 달부터 다른 장소에서 다른 이름으로 '두 번째 태양'을 보완하게 될 걸세. 군으로서는 절대 포기할 수 없는 프로젝트인데 현재로서는 정부의 정상적인 지원을 받을 수 없다고 판단한 거야. 그래서 대통령과 군의 묵인하에 대전에 있는 모든 설비와 자료, 인력을 국정원이 인수했네. 비용은 양평하고 익산에서 챙긴 비자금으로 충당할 거야. 후후. 그런 의미에서 자네들 공이 아주 크지. 그래서 특별히 선아 양을 만나게 해주는 거야."

"어째 또 만나기는 어렵다는 이야기 같군요."

"그런 셈이지. 선아 양에게는 대단히 미안하지만 프로젝트가 진행되는 동안에는 외부와의 접촉을 완전히 끊어야 돼. 이놈의 나라가 미국과 중국의 눈치를 봐야 하는 형편이라 어쩔 수가 없다네. 사람까지 극비로 취급하지 않으면 대놓고 프로젝트 중단 압력을 받게 될 것이고 핵심 관련인사들은 주구장천 암살 위협에 시달려야 할 거야. 솔직히 지금으로선 가장 큰 일이 미국의 압력을 어떻게 무마할 것이냐인 셈이지."

그는 신용학이 구구절절 늘어놓는 부연설명을 귓등으로 흘리면서 조심스럽게 한선아의 표정을 살폈다. 여전히 굳은 표정의 한선아는 입을 꾹 다문 채 아무런 반응도 보이지 않았다. 사망을 확인하고 입관까지 지켜봤던 아버지가 느닷없이 나타나 만나자고 하는 꼴이니 누구라도 당황스러울 것이었다. 어색한 침묵이 길어지자 슬쩍 한선아의 눈치를 살핀 신용학이 껄껄 웃으며 분위기를 바꿨다.

"하하. 그럼 승낙을 한 것으로 알겠습니다. 밖에 특별예산으로 걸프스트림 대기시켜 놨습니다. 충주에 먼저 갔다가 내일 밴쿠버까지 모셔다 드릴 겁니다. 편안히 기다리십쇼. 자넨 잠깐 이야기 좀 하지."

"말씀하시죠."

"자네, 아이들 데리고 경호회사 차릴 생각이라면서?"

"생각 중입니다."

"규모를 좀 키워봐. 내가 리쿠르트는 물론이고 일감도 풍족하게 만들어주지."

"그럴 만한 여유는 없습니다. 그냥 선아 경호하면서 후배들 일자리나 조금 만들어줄 생각입니다."

"자금은 걱정 말게. 대통령 계신 자리에서 총리께서 직접 지원해 주라고 하명하셨으니까. 어차피 우리나라도 정통 PMC Private Military Company 사설용병회사가 필요한 시점이 됐거든. 해외사업장 보호를 위한 부대는 이미 필수적인 상황이 됐고 빈번해지는 납치나 테러에 효율적으로 대응하려면 국회의 동의 없이 즉시 내보낼 수 있는 용병부대가 필요한 입장이야. 뭐 최근에는 미국의 파병 압력이 심한 판이니 그쪽으로 활용할 수도 있고."

"후자가 더 가깝겠군요."

"하하. 그럴 수도 있지. 어쨌든 생각해 보게. 참! 우리 기다리는 동안 잠깐 뉴스나 듣지. 조금 전에 합동수사반의 말도 안 되는 짜깁기 수사결과가 발표됐어. 어이. TV 켜봐."

그의 등 뒤에 앉아 있던 요원이 재빨리 노트북을 가져다 세 사람의 테이블 위에 올려놓았다. 모니터 안에서는 정장을 한 리포터가 건조한 목소리로 현장의 상황을 전하고 있었다.

『결국 이번 사건은 지방좌천에 불만을 품은 육군본부 정보사령관 이성우 중장과 파면의 위기에 몰린 전직 국가정보원장 원용민이 주도한 친위 쿠데타 기도로 판단하고 있으며 관련자 40여 명에 대한 수사는 아직 끝나지 않아서 향후 국정에 미칠 후폭풍은 엄청날 것으로 보입니다. 사건 직후에 거론되었던 북한의 개입에 대해서는 부정적인 입장입니다.

…(중략)…….

현장에서 암살을 막고 순직한 국방부총리 최명철에게 대한민국 최고 무공훈장인 태극무공훈장을 수여함과 동시에 국립묘지에 안장하기로 했습니다. 또한 현장에서 순직한 군인과 경호관들에게는 1계급 특진과 함께 화랑무공훈장을 수여하기로 결정하고 유가족에게 대통령이 직접 조의를 표명하는 선에서 마무리가 될 것으로 보입니다.

다음 달에는 군 기강을 바로잡기 위한 대대적인 인사가 단행될 예정이고 일부 공석을 메우기 위한 중폭 개각까지 겹쳐지면서 연말 정가의 모습은 상당 기간 어수선한 상황을 벗어나기 어려울 것으로 보입니다. 또한…….』

진실과 허구가 마구 뒤섞인 누가 봐도 엉성한 결론, 두 사람은 마주 보면서 허탈하게 웃었다. 현 정부의 정치적 부담을 덜기 위한 고육지책일 가능성이 높지만 아무리 좋게 봐주려고 해도 이건 너무나 엉성했다. 얼핏 보기에도 음모론이 힘을 받을 수 있는 최적의 여건인 셈이었다. 보나마나 한동안은 사실 여부를 놓고 논란이 거듭될 것 같았다. 신용학이 입가의 웃음을 지우지 않은 채 노트북을 덮어버리고 자리에서 일어났다.

"솔직히 정치하는 인간들은 민간의 의식 수준을 따라잡을 생각이 전혀 없어. 그냥 그러려니 하고 넘어가자고. 가세. 후후."

두 사람은 휘적휘적 앞서 걷는 신용학을 따라 문 몇 개를 통과해 곧장 활주로로 나왔다. 걸프스트림이 대기한 제트기 격납고까지는 상당히 멀어서 공항에서 운용하는 전기차를 타고 10여 분을 달려야 했다.

두 사람이 차에서 내리자 신용학이 뒷자리에서 손만 내밀었다.

"같이 가는 건 어렵고 박 과장이 만날 장소까지 안전하게 모실 걸세. 밀월여행 잘 다녀오라고. 하하."

가볍게 악수만 나눈 그는 돌아서면서 남의 일처럼 심드렁하게 입을 열었다.

"하나엔터테인먼트 손대셨습니까?"

신용학이 피식 웃더니 주머니에서 USB 하나를 주섬주섬 꺼내 그에게 던졌다.

"그냥 내 선물이라고 알고 있게. 박 사장 그 친구 죄지은 게 많아서 별로 어렵지 않았어. 잊어버리자고. 하하. 그리고 그 USB 한번 열어봐. 그제 있었던 KSTAR 상업 발전 기념식 행사 동영상이야. 비밀리에 관련자와 높은 양반들만 참석한 비공식 시연회여서 별것 없지만 자네들을 위해 녹화해 놨어. 누가 뭐래도 자네들은 볼 자격이 있지 않겠나? 하하. 총리께서 돌아가신 전직 대통령의 연설문 일부를 인용하시는 통에 이런저런 말들이 많은데 난 전체적으로 마음에 들어. 한번 들어봐. 그럼 잘 다녀오게. 한선아 양, 전 이만 돌아가겠습니다. 즐거운 시간 보내십시오."

신용학은 한선아에게 장난스럽게 머리를 숙여보인 다음, 되짚어 격납고를 떠났다. 김태훈은 신용학이 탄 차가 시야에서 완전히 사라지고 나서 비행기에 올라탔다. 처음 두 사람을 안내했던 요원들이 뒤따라 올라타 기장에게 무언가 이야기를 하자 걸프스트림은 곧바로 활주로로 나가기 시작했다. 요원 하나가 뒷자리로 넘어가 자리를 잡으며 말했다.

"안전벨트 매십시오. 테이블에 있는 노트북에 USB를 꽂으시면 저쪽 대형 모니터에 영상이 올라올 겁니다."

"고맙습니다."

짧게 대답한 그는 굳은 표정으로 앉아 있는 한선아의 손을 잡았다. 한선아는 말없이 팔짱을 끼면서 그의 어깨에 머리를 기댔다. 이래저래 기분이 묘할 터였다. 그는 한선아의 뺨을 가볍게 쓰다듬어준 다음, USB를 꽂고 하나밖에 없는 파일을 클릭했다. 동영상은 요원의 말대로 조정석 옆에서 내려온 중형모니터로 올라왔다. 그리고 가장 먼저 화면을 채운 건 연단에 선 김세명의 다소 상기된 얼굴이었다.

『우여곡절 끝에 마침내 오늘, 대한민국은 KSTAR와 핵융합발전의 완성을 선언합니다. 모두가 기억하듯 핵융합은 인류의 희망입니다. 그저 에너지 문제를 극복하는 수준을 넘어서, 인류 생존의 근본적 모멘텀을 바꾸는 이정표가 될 것입니다. 지구온난화는 점점 더 빠른 속도로 진행되고 국제유가는 다시 배럴당 90달러를 넘어서고 있습니다. 과학이 발전하는 속도만큼 인류의 미래도 불확실해진 것이지요. 그런데 우린 그 과학을 통해서 인류의 미래에 희망을 던졌습니다.

…(중략)…….

자력으로 이룩한 KSTAR의 완성은 거대한 의미를 가집니다. '우리 한국이 이만큼 훌륭해졌다'는 의미가 아니라 인류의 미래가 극적으로 전환되는 현장에 함께 서 있다는 의미입니다. 정말 기쁘기 짝이 없는 일입니다. 여러분의 노고로 대한민국이 여기까지 왔습니다. 지난 10년 기술개발에 불철주야 땀 흘려온 연구원과 산업체 관계자 여러분께 다시 한 번 찬사를 보냅니다. 감사합니다.』

김세명의 치사는 활주로에 올라선 걸프스트림이 강력하게 가속을 시작할 무렵, 청중의 우레와 같은 박수 소리와 함께 끝이 났다. 이어진 화면은 KSTAR 개략도와 설비 소개, 그는 영상에서 눈을 떼고 빠르게 스쳐 지나가는 풍경들에 시선을 던졌다. 잔설 희끗희끗한 잔디밭이 무서운 속도로 사라지고 곧바로 검푸른 바다가 발밑을 뒤덮었다. 그리고 바다가 사라진 자리를 시리도록 푸르른 1월의 하늘이 가득 채웠다.

The end